中國當代文學發展三十年

——一九七八～二〇〇八年

韓晗 著

謹以此書

獻給五四運動九十周年

以及

祖父韓溫甫先生百年誕辰（1910-2010）

書寫文學史的「三重立場」

王　堯[1]

　　與韓晗相識已有三年多時間，他給我最初的印象是一個年輕的作者，在國內一些文學刊物上偶爾能看到他的一些隨筆、小說等文學作品。後來他把新近翻譯的《從柏拉圖到巴特的文學理論》[2]發給我，讀後感觸良多。二十出頭的年輕學子，敢於嘗試這樣多領域、寬視野的文學研究工作，其勇氣與底氣都令人鼓舞。我對大陸「八○後」一代，感覺比較複雜，而韓晗的沉潛、穩妥、厚實，給我很深印象。

　　今年年初，我又收到韓晗的郵件，附件裡是一部書稿，《中國當代文學發展三十年——一九七八～二○○八年》（以下簡稱《三十年》）。近幾年學界在紀念改革開放三十年的大勢中，對新時期三十年（1978-2008）文學的討論有不少成果，但尚無系統的成果面

---

[1]　王堯，男，1960 年出生，著名文藝評論家、散文家、文學博士。現為蘇州大學文學院院長、教授、博士生導師。兼任臺灣東吳大學客座教授、南京大學中國現代文學研究中心兼職研究員、中國作家協會會員、江蘇省當代文學研究會副會長、教育部文化素質指導委員會委員等職務。

[2]　該書將由中央編譯出版社出版。

世，韓晗的書稿頗出乎我預料，可謂喜出望外。他請我為這本書寫序，我欣然同意，作為中國當代文學史的研究者，樂見我們這個群體有更多的青年學者加入，同時，我也願意就我們共同感興趣的問題表達我的一些想法。

應當說，我和韓晗是兩代學人，當我們面對一段共同的歷史時，我自然關注他對待歷史的態度或立場。近三十年來，不僅是文學史觀，當代史觀都發生了很大的變化，我們這一代人參與了打破歷史統一論述的過程，在這個過程中，韓晗這一代人成長起來了，他們如何看歷史，無疑值得我們關注。從這個角度看，韓晗在《三十年》一書中，表達的是他對文學史的「三重立場」。

首先是「當代性」的立場。

長期以來，對於中國當代文學的認識一直是學界較為關注的問題。當代文學因為其開闊性、當代性而時常被賦予很多不同的定位與評價。而從 1978 年肇始的「新時期文學」，則又構成了當代文學中最重要的部分。

當代文學，是大陸學界的一個特定名詞，專指 1949 年之後的文學，英文一般譯作 Contemporary literature，最明顯的本質則是「當代性」。如何從「當代文學」的「當代性」來敘述「文學史」，則構成了當代文學研究的一個重要主題。

在《三十年》中，韓晗力圖從「當代性」來反思自身的價值及其規律，他在「附錄」中，如是闡釋「當代性」這一命題：

> 「當代文學」作為一個文學概念，其意義並不在於文學這樣一個古老的命題，而在於「當代」這個特殊的限定性語境。

> 「當代文學」中的「當代性」旨在闡釋兩個命題。一個是當代文學的傳播方式，一個是生產形式。這兩者即意味著「當代」在生產方式上的「大眾性」，「文學」作為傳播形式的「文化性」。

在韓晗看來，當代性的意義在於文學主體中兩個命題的呈現，一個是文學的生產，另一個是文學的傳播，兩者殊途而同歸。最關鍵之處在於，「當代」的切入點是在「生產方式」上的反應——即以「大眾性」作為一個出發點進行審理。當代性、生產方式與大眾性構成了韓晗對於當代文學史研究的邏輯框架，從這一點來看，韓晗的思路是清晰的，視角也相對敏銳。

阿杜諾在《文化工業：大眾文化隨筆選》中也認為，所謂「大眾性」（Mass），就是介於「當代生活」與「文化生產」之間的一個橋樑。如何讓日常生活走向審美，如何又讓文化生產靠近日常生活，大眾性在其中起著重要的過渡作用。在《三十年》裡，韓晗就是秉承「大眾性」的當代文學觀，對 1978 年以來當代中國的文學現象、文藝思潮與作家作品進行了多角度的研究與探索。確實，進入到 1978 年以後，文學刊物、圖書出版的市場化，電視劇、電影與互聯網的興起，以及暢銷書的出現等等，這些帶有「大眾性」的文學現象都是當代文學研究中不可忽視的新現象與新問題。批評界將這些問題都歸結於文學批評的領域當中，但是很多文學現象已經出現了十幾年甚至幾十年，納入到文學史的考量範疇當不過分。韓晗在《三十年》中，就對於電視劇、電影與暢銷小說的生成與本質做了較為細緻、系統的分析。從這點來看，韓晗對於當代文學的理

解，有著從時代出發的學術意義與研究價值。儘管，將「當代性」落實到「大眾性」仍然有眾多可以檢討之處，但確實從一個關鍵側面呈現了這三十年文學的特徵。

其次，關於「文學本體」的立場。

長時間以來，文學史的書寫一直被作家與作品所困擾，文學現象、文學思潮、文學流派都統統地被一攬子放到作家與作品的研究之下。人們認為，所謂文學史，實質上就是一部作家作品史，但是作家作品只是文學作為一種意識形態的組成，而無法構成文學史的全部。尤其是進入到後工業化時期，知識生產、文化生產成為了文學之所以被「呈現」的方式，再單純地從作家作品出發，很難抵達文學本質所強調的真實。

韓晗在《三十年》中沒有按照傳統意義上的「作家作品論」進行文學史敘事，而是積極地尋求當代文學的生成機制、生產模式與發展規律──只要是與文學相關並帶動文學本體發展的，都可以列入文學史的考量範疇──這既是對於文學史的一種重新解讀，也是對於文學本體的另一種重新認識。

在韓晗看來，「文學本體」就是可以反映文學、服務文學的一種文學存在形式。文學是抽象的概念，但文學本體卻是真實、客觀存在的概念。在《三十年》中，文學本體這一概念的內涵與外延被擴大化了──作家、作品、思潮、現象、文學批評甚至文學生產模式，都成了可以分析的物件。強調文學本體的多元化，恰恰是當下文學評論與文學理論最需要的一種研究範式。

尤其對於新世紀以來的文學，韓晗所主張的文學本體多元化起到了較有意義的分析效果。譬如韓晗試圖審理「文學市場化」語境

下「作家」、「文本」與「批評家」三者之間的關係時，他採取的就是「文學本體多元化」的方式：

> 當作家脫離文學思維，且同時批評不能解讀文本（或者不為文本所解讀）時，作家、文本與批評家三者之間就會呈現出「三者相互獨立」的景象。這是「文學市場化」在文學創作與文學批評中所呈現出的表徵危機。但是，從更深層次的文學本質來看──這一切當是由另一種接受關係決定的，即從讀圖時代到暢銷時代的「雙軸位移」。

一言以蔽之，所謂「文學本體多元化」，就是在文學批評、文學理論與文學史書寫這三者之間尋求一個交集。而這種交集的最好立足點，就是事關當代文學的研究──「當代史」既是歷史，也是現實，重要的是，如何用多元化、歷史性的眼光來觀照「當代」，這是韓晗在《三十年》中力圖去闡釋、釐清的一個問題。

最後，「人」的立場是韓晗這本《三十年》中的核心觀念。

「以人為本」是近年來社會的主旋律，韓晗在《三十年》中，主動尋求中國文學傳統中「人」的發展脈絡，試圖從當代文學中將「人」尋找出來並加以放大。他祛除了「現代性」這個長期以來在文學史研究中既熱門又模糊不清的概念，在他看來，當代文學最重要之處，仍是將「人」予以發現並重新定位，這才是當代文學在今後發展的理路，也是當代文學史書寫最為核心、關鍵的立場。

他在《三十年》的〈序言〉中說：

　　現代文學為 1949 年之後的中國文學奠定了一個基本的文學
傳統──這個傳統可以被當作一種文學規範進行當代文學
的審理與思考，即：人的意識。在 1949 年之後，中國大陸
的文學一度失範、失語，但是這並不妨礙「人的意識」在文
學觀念當中以各種形式存在：被弘揚、被打壓、被顛覆──
但是從來沒有被遺忘過，這就是一種新的文學規範所帶來的
意識價值。

從改革開放至今有三十年的歷史，中華人民共和國成立至今也有了
六十年歷史，但「五四」至今卻有了九十年的歷史。或許正如懷特
海所說，數千年之後的後人反觀我們，仍從屬於「柏拉圖時代」。
無疑，誰也無法否定，我們超越了「五四」的精神與文學傳統──
即人的意識，可以這樣說，無論我們怎麼求變、如何顛覆，我們的
骨子裡，仍然延續著「五四」以來的文學傳統，這是不爭的事實。
　　這是韓晗的敏銳之處，「人的意識」也是新時期文學史的關鍵
之處。從早期的人道主義論爭，到後來的重寫文學史，及至「新寫
實主義」的氾濫，最後再到作品題材的「民生熱」，這些都反映了
三十年裡中國文學的發展與進步，這也是為何當代文學史以「新時
期文學」為主的原因，因為「新時期文學」在某種意義上重新發現
並繼承了「五四」的文學傳統，並試圖為這種傳統做一層「當代性」
的注解。
　　縱觀韓晗這部《三十年》，這「三重立場」是我的讀後的一
點感受，作為與韓晗父親同庚的長輩，我很欣喜看到我們的下一

代——如韓晗等青年學者的勤奮與努力，在他這本書出版之前，寫
一篇帶有評點性質的序言，我想這也是對他的鼓勵與期待。

　　韓晗這部《三十年》的繁體中文版將由臺灣秀威出版公司出
版，早聞秀威公司是臺灣學者蔡登山先生參與的一家專事學術出版
的出版社，大陸許多現當代文學同行如李怡、陳子善與謝泳等人都
在那裡出版過現當代文學專著。韓晗的《三十年》能在秀威出版，
當然是一件好事。尤其，在臺灣地區出版大陸的文學史著作，可以
讓臺灣讀者更直接地感受到海峽對岸的文學狀況，這對於兩岸文化
交流，促進文化共識還是有著積極意義的。

　　是為序。

前　言

　　打算寫一部文學史，是早就以來的想法。但是這個想法的確立，卻是在 2008 年 10 月。上海外國語大學召開了文體學國際研討會，我作為最年輕的發言代表應邀出席。當時準備的發言題目是〈一個文學評論界「叛徒」的自白〉，題目很新穎，「叛徒」自然是指我自己。之所以自責為「叛徒」，倒不是為了標新立異，而是有著自己的學術主張，即從單純的文學評論「叛變」到文體學研究的隊伍當中──說白了就是期望將文體學研究引入到文學評論領域當中來。發言完畢，福州大學潘虹、徐朝暉兩位教授立刻在後面的發言中呼應我，得道多助，行而不孤，給了我不少的信心。

　　會後遇到北京大學的申丹老師與清華大學的劉世生老師，兩位前輩都非常支持我的觀點，並鼓勵我嘗試著做這樣一種探索性的工作。但就我本人而言，卻又有著自己更為大膽的設想：能否把文體學研究引入到文學史這個範疇當中來？

　　在這個設想產生不久之後，我又接二連三地催生了現在的「貪心想法」──能否再拔高一下，把當今前沿的文學理論與文學史的書寫有機地結合起來？也許我的目的正是回應之前陶東風先生對於當下文學史書寫狀況的批評。但是這種結合，本身是一種前所未有的嘗試，是否成功，自然是一切有待探索。

　　從本書撰寫的角度來看，大致有如下兩個值得期待的亮點之處，一個是時間上的切入點。本書從撰寫完稿恰恰是從 2008 年跨入 2009 年──從大陸「新時期」的三十年向標誌「當代」意義的中共建國六十周年跨入的特殊時期。在這個特殊的年份，以六十年的「當代性」視野，進行「新時期文學史」的梳理性研究，自然有著歷史性的價值。

　　從寫作形式看，最重要的特點還是營造出了「當代文學理論」與「當代文學」的對話。理論必然晚於實踐，這是不爭的事實。但是文學理論（包括文學思潮、文學現象）與文學實踐又有著密不可分的聯繫。尤其是眼花撩亂的「新時期文學」──這段時間又是各派文學思潮百花齊放、各類文學理論百家爭鳴、各種文學現象爭奇鬥艷的歷史時間段。而且本書採用了文藝學、傳播學、譯介學、敘事學等各種學術理論，用來輔助說明筆者的學術觀點──為了突出重心，筆者採取「個案分析」、「舉一反三」的研究方式，以最典型的案例，一窺新時期文學各階段的全貌。

　　值得一提的是，書中所有內容，之前均未發表、公開過，全是一氣呵成的整體之作。這樣雖然費時費力，但卻可以保證作品風格的連貫性、時新性與原創性。

　　這部著作之所以能夠如此順利地完稿，得力於我的父母、祖母的鼎力支持，當然更要感謝女友劉璐一直以來在我創作這本書時對我傾力的關心，這部書當是送給他們最好的謝禮。

　　感謝鄉賢周傳財先生對本書後期的指導與審閱，並向摯友眉睫先生的支持與推薦表示最誠摯的感謝。

　　感謝蘇州大學文學院院長、博士生導師王堯教授撥冗為本書親筆代序並推薦，王堯先生是大陸當代文學史研究的名家，更是多年來提攜筆者的恩師，先生之熱情，當使我終生難忘。

　　向中國社會科學院副院長劉吉老師、中國社會科學院文學所原所長鄧紹基先生表示由衷的敬意與感謝，兩位前輩一直在支持我這個年輕後生的創作與研究，這是我終生難以忘懷的感情與財富。

　　尤其向北京大學中文系教授洪子誠先生表示感謝。在洪先生抱病赴臺講學的途中，還鼓勵與支持我這本書的撰述，著實令筆者感動之至。

　　感謝中國傳媒大學周華斌教授四川大學趙毅衡教授、《新文學史料》郭娟主編、東吳大學葉海煙教授、中國作家協會孫德全研究員、中國作家協會副主席張炯教授、著名學者湯吉夫教授、澳門大學朱壽桐教授、復旦大學陳思和教授與張新穎教授、北京大學申丹教授、張頤武教授與陳曉明教授、西南民族大學馬建智教授、清華大學劉世生教授與陳永國教授、美國北卡羅來納大學魏若冰教授、美國新澤西大學東亞系夏高奇教授、臺灣中央研究院楊小濱教授、中國社會科學院于建嶸研究員、王颿研究員、王達敏研究員與趙稀方研究員、南京大學董健教授與丁帆教授、華中師範大學張永健教授、上海大學葛紅兵教授、中山大學謝有順教授、武漢大學樊星教授與浙江師範大學葉誌良教授等老師們長期以來的指導與關心。值得一提的是，諸位前輩既是當代華語文學批評與文藝研究版圖上的領軍人物，亦是多年來提攜筆者的恩師前輩，在此謹表謝意。

　　尤其感謝臺灣秀威出版公司總編輯、著名學者蔡登山先生為該書的出版所付出的辛勞。登山先生為現代文學研究名家，聲播學

界，譽滿兩岸。能與先生相識，當是我最大的榮幸。而本著責任編輯林泰宏先生的敬業與專業，使我這個多年接觸出版界的大陸同行深深地受到感動，也讓這本小冊子增色不少。

中國作家協會副主席瑪拉沁夫先生、老一輩文藝理論家顧驤先生、著名作家陳應松老師、邱華棟老師、曹樹瑩老師、呂永超老師與孫甘露老師對本書的完稿付出良多，並多次向筆者提供珍貴的一手資料，並深切感謝數十位新聞界朋友向我提供的珍貴照片，在此誠致謝意。

需要說明的是，因作者水平有限，該書在撰寫時未敢考慮在臺灣出版，現得此良機，深覺責任重大，此前言權當台灣版的一個前言，久慕臺灣學界治學嚴謹，尤其對大陸文學研究成果頗多。藉此機會，願與臺灣諸同仁一起，共同切磋。同時，也樂得將大陸文學的現狀及時向臺灣讀者們做一個較為詳盡的彙報。

囿於作者水平有限，書中謬誤與不當之處在所難免，亟待讀者諸君與諸方家指導批評。

韓晗

2009 年盛夏於北京朝陽門某咖啡館

目　次

從人的結構人到人的解構

——兼談「五四」以來中國文學傳統諸問題

你認為，中國現當代文學的傳統究竟是什麼？

——復旦大學現當代文學專業博士生入學考題（2009 年）

看現代文學是否真的具有現代性，就看他是否符合「五四精神」。

——朱壽桐（1995 年）

在這裏（五四時期）否定與肯定、反對與擁護、破與立的對峙和衝突，主要是在政治、倫理、社會的範疇之中展開，文學只不過是導向政治、倫理、社會鬥爭的一條途徑、一種手段而已。

——姚文放（1998 年）

第一節　論現代文學中文學傳統的問題

現代文學的價值實際上在於對中國文學傳統的重構。

從一開始，現代文學就是以一種「顛覆者」的姿態存在，而且被認作是「現代文學」邏輯起點的新文化運動，甫一開始亦是以「文學革命」為先聲。周策縱在《五四運動史》中也主張，早在十九世紀末的「詩界革命」與留美學生的文學革命思潮是「促成五四運動的幾種重要力量之一」[1]。在自五四運動至 1949 年第一次「文代會」的這三十年間，中國文學幾乎徹底地顛覆了近五千年所形成的文學傳統與文學觀念。

中國傳統的文學傳統，多半從「文以載道」的觀點入手，即認為「文統道統合一」──文學傳統服從於道德傳統、政治功利的既成觀念，文學觀念史的書寫前提要服從於道德與政治的敘事邏輯。但這些觀點並非是後來者修改的，而是來自於孔子所論述的「文」。固然在傳統文學觀念中，孔子的論述被當作圭臬源頭，但是我們經過分析就能明白，孔子的「文」並非是文學本質。孔子曾在《論語》中多次提到「文」或「文章」：

> 文之以禮樂，亦可以為成人矣。[2]

> 大哉！堯之為君也。巍巍乎，唯天唯大，唯堯則之。蕩蕩乎，民無能名焉。巍巍乎其有成功也，煥乎其有文章！[3]

---

[1]　周策縱：《五四運動史》，岳麓書社，1998 年。

[2]　《論語‧憲問》。

朱熹在《四書集注》中又對孔子的「文」與「文章」做了詳細的解釋與說明：

道之顯者謂之文，蓋禮樂制度之謂……文章，禮樂法度。[4]

在這裏，朱熹替孔子就「文」做了注解，「文」指的是一種代表周代的禮樂制度，或者廣義上說，是一種制度性、規範性的意識形態。在中國文學傳統形成的初期，關注的並非是對於文學概念的抽象界定，而是文學的價值、作用以及上升到「制度」層面上的政治功利性。

　　這為中國傳統意識形態中的文學概念做了一個維度上的限定，文學成為了一種功利性、強制性的規範、行為。這是有悖於文學自然規律的。雖然到了南朝的蕭統、劉勰那裏，「文學」的定義歸屬已經從政治理論逐漸轉向為創作理論，但是「文以載道」的觀念卻一直從孔子一路延續下來的。到了明清「王學」異軍突起後的鼎盛，兼之資本主義早期萌芽所帶來啟蒙意識的興起，文學傳統受到了一定程度上的進化。譬如清初尊經重史風氣導致「經世致用」成為了治學問、做文章的基本法則，並且主動為之前的文學觀念進行「辨源流、清學脈」，黃宗羲的《宋元學案》、《明儒學案》開一代文學之風。

　　但是清代中期以降，隨著乾嘉學派的興盛，作文治學之風由理學轉入漢學。直至清代後期的今文經學的興起，知識界開始重新考

3　《論語‧泰伯》。

4　朱熹：《四書集注》，岳麓書社，2004 年。

慮「經世致用」的文學觀念，至此，「詩界革命」爆發，中國的文
學傳統開始呈現出從傳統向現代性的變革、轉型。

之所以在前文贅述中國傳統文學傳統的發展軌跡，乃是為了佐
證「現代文學」對於傳統文學傳統這個繁雜體系的顛覆與重構。現
代文學的發軔「五四運動」迄今已經有整整九十年的歷史，而屬於
「現代文學」的三十年恰恰只是這九十年的前三分之一，就這「三
十年」對中國文學體制、文學傳統與文學觀念影響的研究，是有著
總結性意義與前瞻性價值的。

誰也無法否認並逃避，目前關於「現代文學」的研究，當是為
當下中國文學書寫狀況與理論批評承擔歷史責任。但是，由於意識
形態的束縛，或是「現代文學」、「當代文學」甚至「新時期文學」
的分期太明顯，各自成為了一個單獨的學術領域。歷史邏輯內部的
時間連續性被人為地消解掉了。取而代之是越過「現代文學」的文
學傳統、文學制度與文學觀念，直接從「現代性」這個虛構的、烏
托邦式的概念出發，闡釋當代文學中既成的話語規範。

現代文學為 1949 年之後的中國文學奠定了一個基本的文學傳
統──這個傳統可以被當作一種文學規範進行當代文學的審理與
思考，即：人的意識。在 1949 年之後，中國大陸的文學一度失範、
失語，但是這並不妨礙「人的意識」在文學觀念當中以各種形式存
在：被弘揚、被打壓、被顛覆──但是從來沒有被遺忘過，這就是
一種新的文學規範所帶來的意識價值。

現代文學之所以常與當代文學「混為一談」統稱為「現當代文
學」，原因之一在於文學研究者們已經發現了兩者之間存在文學傳
統的延續性。「人的意識」並非是中國傳統文學傳統中固有的，因

為中國傳統文論對於文學生產所強調的是作者的本我性（作者中心制），而不是超越意識形態的文學文本（作品中心制），況且五四運動前期「人的意識」乃是來源於留美學生對人文主義者白璧德、實用主義者杜威等美國思想家的譯介引入。在這個前提下「人的意識」被移植到「詩界革命」的文學運動當中，遂形成新的文學價值觀。

　　值得注意的是，在新文化革命的一開始，文學的意義仍然被賦予了政治功利化的角色，或者說，「文以載道」中沒有變化的是「文統精神」　——但「道統精神」變了，只不過是載的是另一種「道」：

　　　　愚見以為居今論政，實不知從何說起。洪範九疇，亦只能明夷待訪。果爾，則其選事立詞，當與尋常批評家專就現象為言者有別。至根本救濟，遠意當從提倡新文學入手。綜之，當使吾輩思潮如何能與現代思潮相接觸，而促其猛省。而其要義，須與一般之人生出交涉。法須淺近文藝，普遍四周。史家以文藝復興，為中世改革之根本，足下當能語其消息盈虛之理也[5]。

「中世改革」即政治行為，而文學如何成為政治行為「之根本」？中國現代文學的「文學傳統」在這個時候就被提了出來。當代中國現代文學史的研究，多半將視域投射在五四運動人文主義與自由主義的「啟蒙」傾向上，但是這重啟蒙意識卻是充滿吊詭的。雖然在表徵上取代了明清以降的「風化體」，代之以「人本主義」，但是卻

---

[5]　黃遠庸：〈致章士釗〉，《甲寅》（第 1 卷），第 10 期，東京，1915 年 2 月。

未能在根本上擺脫文學從屬於政治的「道法體例」。一方面，文學當然要為「人」，而且其後的白話文運動、現實主義寫作的興起，彷彿正式印證了「人的文學」似乎成為中國文學新的文學傳統而被樹立起來；另一方面，新文學的推行者依然在小心翼翼地維護著傳統文學的「文道關係」，文學與政治雖同屬意識形態，本是相互獨立的兩個領域，但是在中國文學的傳統文學傳統中，前者必須要服從後者的邏輯規則。

　　由此造成的結果，就是「現代文學」這個體例中，文學自身的獨立性被逐漸消解，或者苛刻地說，新文化運動中鮮有將文學獨立出來的觀點與言論──僅僅只有後來的「為人生派」與「為藝術本身派」提出了文學書寫的自覺性，但始終都未能超越意識形態，將文學自身上升到一個更為獨立的話語空間當中。

　　但在這裏值得一提的是，章士釗作為《甲寅》的主編，並不贊同黃遠庸的觀點，他就此觀點評論曰：「然必其國政治差良，其度不在水平線下，而後有社會之事可言」[6]。《甲寅》雜誌雖然是發文學革命之先聲，但是因為章士釗對於「文學」這個「水平線上」的意識形態客體的看重，最終仍未捲入「社會革命」的巨瀾當中，取而代之的是 1915 年陳獨秀創辦的《新青年》雜誌。《甲寅》雜誌隨之退出歷史舞臺，《新青年》雜誌以其激進的思想觀點、強烈的政治參與性，成為了「五四」期間最具意識形態代表性的文學刊物[7]。

---

[6]　章士釗：《甲寅》雜誌存稿（第 2 集），上海商務印書館，1922 年，頁 94-98。

[7]　1917 年以後，陳獨秀本人也發現了文學過於服從政治變革，對文學自身帶來的損害。其後他支持自然主義的原因是因為自然主義可以客觀、公正不加修飾地描摹社會現狀。他堅決地認為文學不僅僅是為了達到某種手段的

尤其令人覺得詫異的是,「文學革命」之後,中國文學界隨之出現的並不是文學意識獨立性的呈現,亦不是對文學書寫規則與敘事邏輯的探求,而是「革命文學」這個特定歷史階段的社會產物,「左翼文學」很快成為國內文學的主流思潮。文學又重新恢復到「載道」的思想意識形態軌道中。「人」作為文學獨立性的前提,於是不再被主流意識形態提起。

新青年雜誌。

　　由此再反觀上個世紀八十年代初期國內文學界對於「人」的重新認識,其中包括周揚與胡喬木的人道主義論爭。就周揚的觀點而言,我們完全可以看作是文學精神的獨立訴求在時隔六十年之後的「復活」。周揚認為,不再提「文藝從屬於政治」、「文藝為政治服務」的口號更加科學,更加符合實際。按照馬克思主義的觀點,政治和文藝同屬於上層建築,都是為一定的經濟基礎服務的。而「文學是寫人的命運的」,寫人而又作用於人,是文藝的基本特點,也是上層建築領域裏的分工所決定的。[8]

　　工具,文學與藝術的獨立價值不可忽視。但是這個時候俄國十月革命爆發,隨之左翼文學興起,陳獨秀的觀點遂與「革命敘事」背道而馳。

[8]　周揚:《周揚文集》(第 5 卷),人民文學出版社,1994 年。

第二節　對當代文學之文學傳統的重新認識

　　現代文學中文學傳統問題大致若此，導致這一問題的根源乃是在於「人」這一主體性的喪失。有學者認為當代文學屬於從迷失「人」到發現「人」這樣一個特定的歷史過程[9]。而筆者經過具體而詳盡的研究得出：當代文學實際上是對「文道合一」這個傳統文學觀念的反抗與挑戰。如果說現代文學為當下中國文學樹立了一個基本文學傳統的話，那麼當代文學賦予給當下中國文學的，是對於「基本文學傳統」的重新認定與價值弘揚。之所以筆者提出這樣的觀點，大致原因有二。

　　首先，從表面上看，當代文學確實在事實上存在著「迷失人」這一問題，尤其是後期「十七年文學」與十年浩劫時期，文學作品內容空洞、敘事技巧簡單，大量作品幾乎毫無藝術美感可言，而且在學理上稱其「迷失人」也是未嘗不可的，畢竟當代文學中有近二十年的時間裏，文藝理論呈現出倒退的傾向，這種倒退並不是符合客觀規律的波狀發展，而是在政治高壓下的妥協與逆轉。確實，對於強調「人」的基本文學傳統與文學精神，在這裏非但被壓制了，更是被拋棄了。

　　之所以我仍然把當代文學認為是對「基本文學傳統」的重新認定與價值弘揚，恰恰是因為當代文學中作家與作品中呈現出對「人」的追求。長期以來，當代文學研究領域部分論者習慣性地認為「十七年文學」後期與「文革文學」只有且僅有一些極左思潮氾濫的口

---

[9]　石明輝：〈五四文學革命與中國當代文學〉，《揚州大學學報》（人文社會科學版），1989 年第 2 期。

號式作品，因此，這段時間的文學就是一段空白，甚至是一段黑暗。如果這構成了認識當代文學的前提或是主流思潮，那麼，論者自身亦迷失了對於「人」的定義。畢竟文學的發展是鏈狀的，若是這段時間真的是「空白」、「黑暗」的話，七十年代末期與八十年代中期那些優秀作品又是從何處發展而來？

　　正如作家賈平凹所說，「我們是吃狼奶長大的」[10]。「狼奶」的意義在於為有著文學精神與文學信仰的人重新樹立現代文學的文學傳統體系。況且當代文學的意義並不只是 1978 年之前的近二十年，而是從 1949 年起一直至今的六十年。這六十年中，現代文學所建立起來的文學傳統體系雖然一直游離在主流意識形態之外，但是並未脫離文學思潮，亦未與作家創作相脫節。相反，越是在邏輯悖謬、意識混亂的時候，「人的文學」作為一種獨特的文學傳統體系反而更加明朗、清晰。

　　其次，「當代文學是現代文學『文學傳統』的重新認定與價值弘揚」這個命題之所以成立，原因還在於現代文學與當代文學之間內在的精神賡續關係。我們通過兩個歷史階段的理論出發點進行比較即可得知，現代文學的理論出發點是從《甲寅》到早期《新青年》在「五四」時期的學術主張，而當代文學的理論出發點則是毛澤東在 1942 年 5 月的《在延安文藝座談會上的講話》（下文簡稱《講話》），後者看似與前者沒有必然的邏輯關係，甚至在某種程度上後者與前者存在著邏輯上的衝突——前者強調的是「從人出發」，而後者強調的是「為什麼人而寫」。

---

[10]　賈平凹：《懷念狼》，作家出版社，2000 年。

　　如果我們從更深的層次來看，「為什麼人而寫」實際上在邏輯與學理上由三根支柱支撐而成，其一，是源自於文學對於「人」的對話關係，這是之前文學理論中所沒有提到的，即文學所直面的是受眾，而不是某種體制、某種思想或是具體某個人。構成「文學」這個概念的基本前提是「為人」，這與西方的文學傳播理論似乎有著天然的邏輯相似之處；其二，肯定了「文學」的存在性──只要「為人」就是「文學」，只是文學有「顏色」之分，這僅是出於毛澤東本人政治立場的考慮，而並不能根據「為什麼人」的不同就將其作為「文學」的前提消解了；其三，雖然在階級的層面上提出了「人性」與「愛」這兩個概念，但是肯定了這兩個概念在文學中存在的必要性。

　　若是從這三根支柱來看《講話》，我們就很容易讀懂當代文學緣何會與現代文學中的文學傳統構成一種精神賡續的關係。原因乃是在於當代文學固然再與政治發生關係、再屈服於主流意識形態，說到底它仍然是建構在「人」這個主體之上，只是作為「五四」文學精神的現代性闡釋，與黃遠庸在《甲寅》雜誌中所提及的「改革之根本」如出一轍。

　　由此可見，作為當代中國文學史之理論濫觴的《講話》，仍然在延續著「五四」文學精神中「文道合一」的路子，但這卻無意中繼續遮蔽了「人的意識」與文學獨立性的價值。但是

陳獨秀。

對於「人」與「文學」關係的肯定，無疑是延續了「人的意識」這個潛在文學傳統規制的。

　　該如何去釐清現代文學對當代文學「前三十年」的影響呢？為了避免重新落入之前習慣性誤區的窠臼當中，最好的方式則是：以「人」作為文學主體的變化，避開特定的歷史時間，從具體的文學現象與文學文本出發，考察自「五四」前期至 1978 年文學觀念的演進與變化，進而總結「人的意識」語境下，文學傳統與「道統」之間相互反抗、僵持與妥協的發展脈絡。但需要說明的是，這種影響的研究，只是規律性的探索與總結。並且，當代文學的文學傳統，是對於現代文學傳統的進一步深化，所關注的仍是「人的意識」，只是在「人的意識」之上，覆蓋了一層既成的政治意識形態。

　　由是而論，當代文學中的文學傳統，比現代文學中的文學傳統要複雜。況且從 1949 年至今，當代文學經歷了多次劇變，每一次劇變都是對之前「道統」的顛覆，所幸的是，在整體格局上，對於現代文學的認識一直未產生動搖與變化。在我看來，這既是現代文學中文學傳統自身的穩固性所決定，亦是與文學自身走向進化的因素是分不開的。

　　然而，單純地談「人的意識」是不能全面地研究現當代文學脈絡關係的，還要從文學自身規律入手。從 1949 年起至 1957 年這「十七年文學」中，我們還應該看到，仍然有很多符合人性的優秀作品呈現在人們人眾面前，並且引發各種各樣的爭議甚至政治運動，大量作家、作品不斷受到打壓、迫害。反過來說，這恰恰印證了現代文學傳統的作用與「文道合一」的理想破滅。

第三節　現代文學與新時期文學的文學傳統賡續

　　將當代文學與新時期文學分開來談，有著自己的意圖所在。按照當下文學史研究的學術分科，新時期文學是屬於當代文學的一個重要組成。但是，當代文學六十年中，新時期文學佔了三十一年，且不說作家作品的文學影響，就單從年限上說，新時期文學在當代文學中已然佔據了主要時間。

　　又該如何去審理新時期文學的意義呢？這是「新時期文學三十年」以來，文學史界一直在研究、探討的一個問題。當然，新時期文學最大的意義還是在於對「人」的發揚，尤其進入八十年代以來，人成為了文學生活的主體問題，文學作品亦都開始從五六十年代對生活的「俯視」過渡到對生活的「仰望」。拙認為，新時期文學在本質上是回歸到「五四」前期文學傳統──即對於「人的意識」進一步探尋，雖然不似當代文學前三十年那樣沿著五四以來新的「文道合一」的路子，而是在文學生產、傳播的機制中開始將文學獨立化，尤其是八十年代的「人道主義」、九十年代的「文學商品化」與新世紀文學在網際網路語境下的「大眾傳播化」，導致文學逐漸回歸到具備自省意識的話語空間當中。由是，我們可以這樣認定「新時期文學」與現代文學的文學傳統存在著必然的連續關係：

一、新時期文學不同於當代文學前三十年，新時期文學一直致力於
　　文學獨立性的努力，而這恰恰是「人的意識」之下現代文學的
　　文學傳統。

二、新時期文學的文學傳統仍然是對「人」這個概念的延伸與建立，亦存在時代局限性下的文學功利性，但是文學與政治已經不再構成決定性的因果關係；

三、新時期文學是開放性、世界性的文學體制，這與「五四」前期中國文學體制相類似，在這樣的獨特語境下，與現代文學的文學傳統自然是有著歷史的共通關係。

在這樣的關係下，我們對於新時期文學的個體解讀，就不只是從「當代文學前三十年」那裏做注解了，而是打通現代文學、當代文學前三十年與新時期文學三者之間的關係。中國社會的大格局在這九十年中，是從開放到封閉再到開放的過程，而文學體制在這樣的大格局下自然隨時而變。對於新時期文學的文學傳統或文學精神的考量，應當以「重回『五四』前期的起跑線」為出發點與立足點，而不是引證賈平凹所說的「吃狼奶」理論，或是「人的意識」再發現。

淺認為，新時期文學體制與五四前期文學體制有如下一些相似之處：

第一，「新時期文學」的文本總體上說是大眾傳播與現代傳媒之下的市場化文本，文學不再是束之高閣的陽春白雪，亦不是奉若天書的萬世經典。文學變成了大眾文化的重要組成，而且以新媒體的形式，結合報刊、圖書、電視、電影、網路甚至手機等多重媒介，進行跨文化、跨媒體的大眾傳播，並且被市場化所檢驗。市場化與大眾傳播也是「五四」前期文學體制的重要變革之處。電影、民營出版社與報刊亦在「五四」前後出現，並對日後的文學體制影響深遠。但是這並未能持久，左翼文學出現後引發國民政府當局的「報

禁」政策與戰爭的頻繁，1949 年之後文學又逐漸陷入了「極左」的政治功利化窠臼，導致「五四」前後的「文學市場化」只是在文學體制中曇花一現的「現代化」嘗試。但是在「新時期文學」中，大眾傳播與現代傳媒成為了文學體制主要形式。從這個體制的延續，就能得知新時期文學與現代文學的文學傳統存在著一脈相承的關係。

體制決定內涵，文學樣式由文學生產所決定，而文學體制的形式又是文學生產的前提。新時期文學的文學傳統實際上是從現代文學那裏賡續而來。大眾傳播下的文學生產，所針對的對象是「人」，符合人性、張揚人性的作品，自然會在傳播中處於優先的地位。從這點來考慮，新時期文學的大眾傳播性與現代傳媒的特質決定了，它與「五四」前後的文學傳統有著天然的歷史淵藪。

第二，新時期文學與五四文學都是開放性的文學格局，文學視野具備全球化的眼光與品格。如果我們把 1905 年之後中國社會體制的變革與 1978 年之後的中國社會體制的變革進行對比，很容易發現兩者之間的相似之處（當然拋開國家的強弱不談），正是這種相似的開放性，才促成了文學中「人的意識」的出現[11]。

不難看出，兩個歷史時間段在某種程度上有雷同之處。尤其值得注意的是，在這兩段時間中，文學觀念也悄然發生著變化。留學與教育制度改革為新思潮、新流派的引介提供了非常必要的後備支援，並且正是一批懂外語的大學生、留學生將西方的文學思潮帶入到了國內，形成了較為廣泛且深遠的文學影響。在「五四」前期，

---

[11] 下表部分內容參考吉伯特‧羅茲曼，《中國的現代化》，上海人民出版社，1989 年。

「一些居住在沿海城市與開放口岸中國人開始關注西方文學作品，並且逐漸認同這些作品中一些帶有顛覆性的觀點與手法」。[12]之後，西方盛行的現實主義、自然主義成為了當時中國文學創作的主流。無獨有偶，在上個世紀八十年代初，中國人亦表示出對於解禁後西方現代作品中一些內容與手法的好奇，甚至在國內文學界競相模仿，呈現出所謂的「馬爾克斯句式」以及先鋒文學、實驗戲劇與朦朧詩等舶來文學體裁與中國傳統文學風格相「嫁接」的新生產物。

	1905 年之後中國社會的變革	1978 年之後中國社會的變革
教育	取消科舉制度，建立現代教育制度與考試制度。並設立現代高校。	恢復高考，全國各大高校重建現代學科體制。
留學	1908 年清政府與美國政府達成協議，用辛丑合約的「庚子賠款」送中國學生出國留學，並在國內建立留美預備學堂，以留美、留日為主。	1978 年鄧小平指示擴大派遣出國留學人員規模。1979 年初，鄧小平與美國總統卡特簽署中美關於派遣留學生的正式協議。1981 年，自費出國留學政策放開。
文學生產	新的文學機制如圖書、雜誌、報社、廣播與電影被以大眾媒介的形式引入，文學走向市場化。兼之國民政府書報檢查政策的鬆動與西方忙於「一戰」，國內相對穩定和平，文學開始復甦。	1978 年 10 月，全國少兒讀物出版會議召開，解放了出版界的思想。1979 年 12 月，全國出版工作會議召開，這次會議調整了地方出版社的經營方針，促進了全國出版業的迅速發展。
社會思潮	中外文化交流頻繁，西方思潮如進化論、馬克思主義等湧入中國，學界百家爭鳴。形成諸多文學、學術流派。	實行對外開放的政策，後現代、西方馬克思主義等理論被引入，學界呈現「群言雜語」的狀況。

---

[12]　吉伯特‧羅茲曼：《中國的現代化》，上海人民出版社，1989 年。

另一方面，出版政策的鬆動，亦是導致文學快速市場化的原因。過於刻板、政治化的出版政策，勢必會影響到作家的創作，傷害到寫作者的寫作激情。久而久之，會讓寫作者與讀者之間形成一條人為的隔膜──當文本不能靠近讀者時，就只有向主流意識形態趨近。時至日久，文學自然就會喪失基本的人文關懷。

第三，現代文學與新時期文學都對「文道合一」表示出了抗爭，提出了「人的意識下」文學的獨立性意義，兩者共同構成了「五四」以來的文學傳統。正如章士釗所主編《甲寅》到最後不得不退出歷史舞臺，讓位給《新青年》一樣，現代文學在正式進入「五四」之後，所遇到另一種「文道合一」的主張，促使其剛剛萌芽的文學傳統──「人的意識」就不得不被更為激烈、革命的青年思潮所替代。雖然正如前文分析的那樣，「五四」的文學傳統還是關注「人」，只是強調文學有色彩之分，服務不同的人，文學的色彩就不同，而這個色彩的標準是主流意識形態決定的，這個只能作為文學立場的判定，而不能作為是否成為文學的定義。這樣的定義從「五四」開始，一直延續到《講話》甚至其後較長一段時間。

值得注意的是，新時期文學除了「人道主義」論爭之外，絕大多數的形式都是將文學體制交給市場讓受眾去檢驗，文學作為在市場中可以獲取既得利益的工具，呈現出了一種更為廣泛的「人性」意識，甚至不惜犧牲文學性，去迎合大眾的閱讀胃口。甚至逼迫作家降低品格，以私人化甚至隱私化的書寫來滿足讀者中最基本的人性需要──從這點來看，這又與上個世紀二三十年代邵洵美的「頹加蕩」（decadence）與張資平的「戀愛文藝」等文學思潮又是非常類似的。

第四節　新時期文學史研究與人的解構

　　具體而言，對於新時期文學史的研究，應該採取什麼樣的方式，或是對於新時期文學史的撰述，應該採取什麼樣的策略呢？結合上文的論述，以我陋見，無論是做文學批評，還是治文學史，抑或是比較文學，下面所提的幾點都是有著一定意義的。

　　首先，在視野上建立一種開闊的歷史觀，而非拘泥於某個具體的歷史時間段進行研究。治文學史或做文學批評當然要從具體的文本、作家與文學思潮入手，採取史料考證、作品分析與比較研究，但這並意味著必須要在視野上拘泥於某一個特定的歷史時期，或者某一個人為劃分的時階段。但由於長期以來現當代文學研究被混為一談，而當代文學批評又與文學史的研究相脫節，意圖建立起一個連貫性、線性的文學視野，並不是一件容易的事。由此，為了更好地研究新時期文學史，「人」這個問題的認識則是非常必要的。

　　「五四」前期的「人」剛萌芽，尚且處於被結構的階段，屬於舶來品，人的價值體現是抽象的。而經歷了六十餘年的「現代化」之後，國際格局亦發生了極大的變化。及至本世紀初期，文化多元化、全球化成為了世界文化格局的主潮，「人」作為一個既成的命題，亦變得十分廣泛了。

　　只不過，當下的「人」早已不是五四時期的「人」，兩者在意識形態的區分上有著天壤之別。早在上個世紀八十年代，德勒茲就提出了在全球化語境下「人」的異變問題，時過境遷至今，人這一概念的內涵與外延早已發生了質的變化。當下的「人」，已經被異化、充斥，我們對其要做的，絕對不是結構的加法，而是解構的減

法，要對其剝離、去蔽，爭取還原到「人」的最初本原──只是由
於我們長期以來被「人」這個概念的表像所蒙蔽，以及對自我的強
烈認同感，幾乎很難認識到「人」的時代性嬗變。從更高的維度來
看，人作為一種社會意識形態的存在價值，一直在呈現出各種各樣
的規律性變化，如何把握這個變化的路數，倒是做新時期文學史研
究的一個重要前提。

　　既然如此，那如何認識人呢？

　　這就是第二個問題，從作家研究的角度看，一部好的文學史，
當是一部文學觀念史，譬如夏志清的《中國現代小說史》、陳思和
的《中國當代文學史教程》、丁帆的《新時期中國小說主潮》與王
堯的《當代中國散文史》等等，文學史延續著文學觀念，去尋找文
學傳統的發展脈絡，這樣的文學史才是客觀、公正的，如果不能從
這個角度出發，單純羅列作家作品，甚至只是簡單的東抄西湊，這
樣的文學史自然是缺乏「人」的，讀起來也是令人覺得乏善可陳，
味同嚼蠟。

　　而「人」在文學觀念的演進中則起著不可替代的作用。文學觀
念中人的萌芽、出現、成熟、沉寂甚至異化，都是文學觀念有別於
其他意識形態觀念的差異之處。文學觀念的價值，往往體現在人的
存在價值上，認識「人」，就是認識文學觀念，就是對於文學傳統
的總結。

　　最後，需要提及的是，所謂文學觀念史，是針對作家而言的，
但對於作品的研究，也應該從「人」的角度來衡量──即作家們的
創作心理與寫作風格，這個問題具體落實到文學作品當中，就是對
於文學文體的研究，一部好的文學史，往往亦是一部文體史。如果

不能抓住這兩點，否則新時期文學史的研究者們很難逃過文學史學的僭越。

　　無論如何，對當代文學尤其是新時期文學史的研究與對文學作品的評判，一定要從其源頭濫觴開始，去找尋其文學傳統對於文學觀念、文學文體（或曰時代精神、文學風格）的影響，這樣我們才能不斷地接近文學史的真實，不斷超越時代的局限，達到一個全新的高度。

第一章
1978～1984 年：解凍與去蔽

特別是那個「十年」，流行的傾向總是主張用「我們」代替「我」，用「大我」否定「小我」，用「人民」取消「個人」。凡是這樣做的，就被譽為「抒人民之情」，凡是試圖唱出自己獨特的感受和聲音的，就會因為「表現自我」或「自我表現」而遭到貶斥。

——江楓（1981 年）

新時期文學是中國現代文學的一個有機組成部分，也是自「五四」新文學以來最活躍、最具有文學史意義的一個特殊發展時期……完成了中國現代文學與世界文學對接的使命。

——宋劍華（2004 年）

新時期以來的文學創作中所出現的諸多問題，尤其是在文學史重寫之後所出現的一些問題已經引起重視。經過二十多年

的人性化寫作已經引起一些人警惕，其創作本身所帶來的問題是人性的內涵所解決不了的。

──周景華（2008 年）

1978 年以後，中國社會開始逐漸往「世界性」進行現代化轉型，這是一次前所未有的嘗試與探索，是東方歷史上一次勇敢的革新，中國人稱其為「新時期」。

──奧特倫‧曼德爾（Outrun Mendel，2005 年）

「新時期文學」是一個備受爭議的名詞，而且這種爭議，一直沒有停過。

無論怎麼爭議，研究者們似乎都達成了一種共識，即「新時期文學」這個詞所指的時間段，必定是 1978 年十一屆三中全會之後，在這一點上，沒有爭議。

這是一個困擾了文學史、文學批評界很多年的悖論。一方面，「新時期文學」這個說法的形式不合理，理應糾正。但是，這個說法的內容卻受到大多數人的認可。縱然想糾正、想革除，一時間也找不到合適的名詞來替代它。於是便只有將就著用。

令人沒有想到的是，這個說法使用了整整三十年。

三十年是一個什麼概念呢？

中國現代文學的劃分，一般說來，分為現代文學與當代文學。現代文學的起止時間是 1919 年五四運動（一說 1917 年新文化運動）至 1949 年的第一屆文代會，整整三十年的時間。錢理群先生著有《中國現代文學三十年》，已成為國內大學中文系的通行文科教材。

　　而正如序言中所述，「當代文學的前三十年」當與新時期文學三十年分開來看，這樣看來，三個「三十年」成為了中國文學邁向現代化的一個輪迴，在第三個三十年，中國文學終於有了成為「新紀元」的全新開始。

　　三十年，是一個新的總結，一個新的跨越。邁向現代性的文學是九十年的耄耋之年——但新時期中國文學年方而立，應該理性而成熟，應該走向一個新的高度，應該充滿喜悅與激情，從而獲得一種新的生命體驗，成就一段時期的歷史輝煌。

　　三十年，理應讓我們充滿期待。

第一節　新時期文學肇始時的文學場分析

　　法國學者布迪厄（Pierre Bourdieu）認為，文學的生產、消費與分配與商品的生產、消費與分配一樣，後者被稱為「市場」，那麼前者就被其稱為「文學場」。[1]自布迪厄之後，「文學場」遂成為了西方文藝批評界進行文學功利性、接受美學、大眾文化專門研究的一扇視窗。尤其是近年來，「文學場」理論被各種批評家廣泛應用，分析各種文學形式，從古希臘到後現代，從美國到非洲小國，像只要有商品和消費就會有市場一樣，只要有文學，有讀者，便有了文學場。

---

[1]　布迪厄：《藝術的法則──文學場的生成和結構》，中央編譯出版社，2001 年。

　　試圖用文學場的方法來審理「新時期文學」肇始時的各種文學關係，即當時的文學生產、文學消費與文學觀念，進而釐清從屬於這個文學場域之內的作家、出版社與作者之間的複雜關係，以及文學的使用、權力與價值問題。

　　釐清這個問題很有必要，因為新時期文學是一個大的課題。要把握這個課題，從何處入手便是一個值得關注、研究的問題。而對於文學史的研究分析，多半從文學的「發生」入手，進而探討文學的「形成」，新時期文學的「發生」也就成為了新時期文學史撰寫的第一個課題。

　　拙以為，新時期文學的「發生」，是處於一個特殊的「文學場」當中的。

　　首先，是文學「身份」的特殊。現代文學理論與批評探討的第一個問題就是「身份」問題，這個問題非常有道理，也很有價值。就像研究不同市場中「資本」（capital）的身份一樣，在計劃經濟、市場經濟以及原始經濟這些不同的經濟體制中，「資本」有著不同的身份。

　　「新時期」伊始，文學的身份就成為了諸多學者去主動研究、探索的一個問題。這個問題即「什麼是文學」這一問題的精神賡續。早在魯迅、胡適的那個時代就開始在討論何為文學這個問題。無論是改良派，還是保守派，均對這一問題做出了自己的回答。

　　魯迅在〈黑暗中國的文藝界的現狀──為美國《新群眾》作〉一文中如是認為：

現在，在中國，無產階級的革命的文藝運動，其實就是惟一
的文藝運動。因為這乃是荒野中的萌芽，除此以外，中國已
經毫無其他文藝。[2]

值得注意的是，義大利當代哲學家葛蘭西（Antonio Gramsci）有著
與魯迅近乎類似的關於文學的定義：

社會主義國家文學的基本特點，便是無產階級政黨依靠其強
大的組織化力量建立文學領導權的機器，並將政黨意識形態
內化為廣大人民特別是知識份子的普遍意志。[3]

魯迅的判定成為了未來六十年中國大陸關於文學定義問題的範
本。在魯迅之前，文學便有「載道」、「言為心之聲」等多種說法，
但從未形成一個規範的看法。在魯迅之後，文學的「身份」便只有
了一種，而且這種說法幾乎沒有第二種可闡釋性。

　　一直到 1978 年，這個問題才逐漸被「解凍」，但是在之前，關
於文學身份的討論卻一直在明裏暗裏地進行著，評論家、理論家們
並未停止自己的思考。譬如說華東師範學院教授錢谷融提出「文學
是人學」這一基本看法──況且這個說法錢谷融並非原創，而是來
自於蘇聯作家高爾基，但是錢谷融卻因此獲罪，他與他的同道被打
成右派，險些被送進監獄。

---

[2]　魯迅：〈黑暗中國的文藝界的現狀──為美國《新群眾》作〉，《魯迅文集》
　　（第四卷），人民文學出版社，1995 年。

[3]　葛蘭西：《論文學》，人民文學出版社，1983 年。

那麼，文學究竟是什麼呢？

進入到新時期以來，文學因為其獨特的社會影響力與意識形態價值受到了社會各階層的一致關注，「實踐是檢驗真理的唯一標準」早已深入人心。文學的真理自然也要靠文學的實踐來檢驗，文學的實踐無非是兩種——生產與消費。

美國文論家韋勒克和沃倫合著的經典讀本《文學理論》（Literature theory）提到了關於這兩重關係的定義，韋勒克認為，文學生產和消費實際上是「兩重」的審美過程，即作家創作，讀者閱讀。讀者在閱讀完之後自然會對作品的高下優劣有一個是非判斷，那麼這個閱讀與判斷便構成了「文學審美」與「文學批評」，這與作家的「文學創作」一同構成了「文學實踐」[4]。

1978 年，韋勒克的理論尚未引入到中國，但是這種方法論意義卻已經在中國人心中有了地位，甚至是有相當的分量。一言以蔽之，所謂文學身份問題，就是文學是什麼及文學本質的問題，文學本質再系統化，便是文學真理的問題。

長期以來，左傾思想甚囂塵上，文學不斷被附加上各種各樣的政治意識形態特徵。譬如說，文學是投槍，是匕首，是武器，「一支鉛筆抵三千毛瑟槍」，這些說到底都是一點，文學是工具而且是政治的工具。文學的意義似乎成為了政治的附庸。作家畢竟不等同於政治家，文學與政治雖同屬意識形態上層建築，但是兩者在社會生活領域中當各司其責，而不是混為一談，更不存在誰從屬於誰的問題。

---

[4]　韋勒克、沃倫：《文學理論》，三聯書店，1983 年。

　　文學的真理是什麼？絕對不是政治的輸贏，更不是「階級鬥爭的工具」。當然，文學可以去書寫政治背景，可以識大體、辨正誤——但是這個前提是作家的自覺自願，倘若作家不願意涉及政治，那麼其文學作品仍不能被當作沒有價值的東西對待。譬如梁實秋「與抗戰無關」的散文隨筆雖然長時間遭到了不公正對待，但是在新時期被拿出來並獲得重新定位之後，其文學意義凸顯，文學價值已為大家所公允。

　　在 1979 年 4 月召開的大陸第四屆文代會上，文學的使命、定義再次被政治規範化了，但是與之前不同，總的說來，這次的規範化要求的是文學作為一種新的意識形態代言形式，既要為個體代言，又要為社會說話，既要談個人的內心體會，又要積極地承擔歷史責任。文學是人的文學，也是人民的文學，作家、文學的意義，全在於此。

　　倘若沒有這樣的精神，大多數作家是不敢繼續寫作的，更不敢改弦更張繼續說真話，說實話，因為 1978 年時，作家們的主流仍然是剛剛從監獄裏解放出來的老作家，大家對於那個特殊的時代都心有餘悸，年輕的作家又尚未成熟，大陸的當代文學雖然解放了思想，擁有了相對較為寬廣的敘事空間，但是卻未能有成熟的梯隊，形成一股敢擔重任、能擔重任的文學力量。

　　其次，是文學創作的「手段」問題，這也是我曾經多次提到的一個觀點——將文體學研究引入到文學史研究的範疇當中。

　　中國的文學寫作理論其實源遠流長，三國時期文論家曹丕在〈典論·論文〉中便強調文學創作是一種個人的、自然的行為，「文以氣為主，氣之清濁有體，不可力強而致」。晉代文論家陸機則在

〈文賦〉中提出了「收視反聽，耽思傍訊；精騖八極，心遊萬仞」的學術主張，要求文學創作應該有著細緻入微的觀察與天馬行空的思維，文學創作理應是作家「耽思傍訊」思考而來的結果。

但是當我們看到「十七年」文學與「文革」文學的荒謬粗俗時，誰也無法相信，這些不成章法的文字，居然代表著一個文學古國、文化大國在某一個時代的文學成就，文學寫作的意義在這段時間內不但被損害，更是被滅絕掉了。

所謂文學寫作的體例研究，也就是我們常說的文體學研究，既包含篇章修辭，也包括內涵精神，文體（style）即西方人所說的風格（style），兩者為同一單詞，殊途而同歸。一部好的作品，在文體上是成熟、成功的；反之，一部在文體上不成熟，甚至存在諸多問題的作品，那便是稚嫩的，甚至是失敗的。

當然，文體標準並不構成文學的標準，兩者亦不可混為一談，但是我卻意圖從文體學出發，來探討「新時期」初期文學精神的重建與文學場的「權力」分析，從而釐清新時期文學現象之下的文學本質問題。

在 1978 年之前的三十年，「高大全」、「三突出」成為了文學作品、文學樣式中的主要創作形式與主體風格。但是這種風格又不等於西方文體學中的「崇高」，或者說兩者並無客觀聯繫，只是在形式上都存在著一種恢宏、壯觀的表現形式罷了。

烈士、戰爭、口號、英雄、紅光滿面、堅貞不屈、主義理想大於一切……這些本身有悖於自然規律甚至是反人性的文學意象，在新時期之前的文學作品中層出不窮，簡單的二元對立關係，敵人就是十惡不赦，英雄就是不食煙火。這種簡單到無趣的角色設置，實

際上所凸顯的是文學的無奈、作家的沉寂與思想的貧乏，歸根結底到一點，就是文體即風格的單一化。

不同作家，不同時代，其風格必然不同。這既是文學批評的普通常識，也是文學理論的基本原理。但是「十七年」文學加上「文革」十年，大陸的文學卻未能在風格上實現多樣化，這不得不說是中國當代文學史上的一種悲哀。及至新時期初期，大陸的文壇風氣才為之一變，即開始呈現出多樣化的文體形式。

文體形式，小被學者丁帆稱為「文學體制」，兩者實際上是一種所指。在 1978 年之後，知青文學、「反左反封建」文學、人道主義文學與傷痕文學等文體形式不斷出現，呈現出一種文學多元化的正常現象。文學的服務對象、寫作模式與話語樣式也隨之發生了變化，文學的權力自然也出現了應有的嬗變。

文學與政治的關係就是文學權力發生變化的標識，即文學的權力回歸到美學探索、生活歷練與文化敘事這些範疇當中，而不再是絕對從屬於政治，並尾隨於政治行動而行動。文學權利一旦放開，並從單一化走向多樣化，那麼創作風格隨之也獲得了解放，很容易就從一元直接過渡到了多元。

這就是為何新時期初期文學風格層出不窮、樣式五彩斑斕的根本原因。學者關注文學史，應具備文體學的視野，研究文學史也應採取文體學的方式，這是一種必然的趨勢，當然，我在這裏只是稍微地提及一下，具體的應用當留到後文再敘。

最後，便是文學「現代性」的重申，即啟蒙意識的再發生。這一問題實際上曾長期為國內學術界所關注，現代性早已不是什麼新問題。但是中國文學的現代性卻非一蹴而就的，而是經歷了漫長的

時間過程,這在世界上是獨一無二的。大體來說,中國文學的現代性與中國近代學術的現代性進程相似,都經歷了兩重過程,先是體例、式樣的現代性,再是風格、精神的現代性。前者,我們姑且稱其為語言的現代性,後者我們暫將其命名為啟蒙意識的發生。

朱壽桐在《中國現代性文學傳統的「道法體系」》一文中認為,所謂中國文學的現代性(或曰啟蒙意識),實際上是一種「人本精神」,即作品中的主題是「人」,這也是高爾基論斷「文學是人學」的概念延伸。文學是人做出來的,那麼勢必以反映人的需求,人的思想觀為主要目的,而不是以偏蓋全地、盲目地上升到超人、超意志甚至超規律的層次之上。文學與其他的藝術形式一樣,有著自身的發展規律與生成機制,強求不得[5]。

中國文學的現代性發軔較早,從 1917 年的新文化運動就存在著這樣的一層啟蒙的意識。陳平原先生在〈《學術史叢書》總序〉中論及中國學術史時,就曾將中國學術史分成兩個看法,一者為「賡續」,另一者為「斷裂」,即中國現代學術與之前學術的關係,究竟是一種精神賡續,還是一種另起爐灶的斷裂?[6]

我曾對中國話劇史做過研究,認為中國現代文學的現代性精神當起源於中國話劇的發生。因為話劇無論是表現形式、精神內容還是其發生時間,都當之無愧地堪稱中國現代文學的先聲,在形式上是一種「賡續」,但是在內容上卻是「斷裂」的。值得注意是,話劇研究一直遭受到一種旁落,這實在是一種不公平。究其原因,張

5　朱壽桐:《中國現代文學傳統的「道法體系」》,人民文學出版社,2002 年。

6　陳平原:《中國現代學術之建立──學術史叢書》,北京大學出版社,1998 年。

庚先生一言以蔽之：中國話劇史不是劇場發展史，而是戲劇配合「革命」發展的歷史。

這便是「現代性」被政治化、工具化的最好論斷。「革命」其實也是現代性的一種稱謂，即推翻封建王朝，革除封建政制，建立民主、憲政與法治。但是中國文學的「現代性」卻是和政治的「現代性」同時進行的，當政治成為意識形態與社會生活的大主題時，隨之也就形成了一股巨大的向心力，將文學、經濟、文化、法律等諸多上層建築（superstructure）所包攬，文學自然而然地也就成為政治的附庸了。

在 1978 年之後，極左思潮被控制，政治的意識形態意義被重新界定，即文學與政治分屬上層建築的不同分支。這是內部邏輯規律的一次釐清、分野。但是文學並非完全與政治無關，或是說可以與政治主張背道而馳。正如丁帆在《新時期中國小說主潮》中所提到的那樣，一方面，官方對於新時期的文學採取「話語激勵」的態度，比如說鼓勵作家批判極左思潮，號召大家寫多寫好，並將全國中短篇小說獎、茅盾文學獎頒發給以「傷痕文學」為主要創作內容的作家作品；但是又要提防作家「越界」，產生與主流意識形態相抵的文學觀念，於是又採取「話語規約」的策略[7]。其中，代表事件就是對於傷痕文學《苦戀》的批判以及在 1983 年大規模的「清除精神污染」活動。

《苦戀》是作家白樺的代表作，發表於北京市作協刊物《十月》1979 年第 3 期，這部小說發表後的 1980 年，在電影大師夏衍的直接指導下，被改編成電影《太陽和人》。這部作品的核心思想在於

---

[7]　丁帆、許志英：《新時期中國小說主潮》，人民文學出版社，2001 年。

對「文革」期間「四人幫」殘酷摧殘知識份子的深度批判與無情揭露，以及對人性尊嚴的真誠呼喚。

這部電影的主人公是一位畫家（原型為著名畫家黃永玉），在飽受「文革」的摧殘之後仍矢志不移地熱愛著自己的祖國，甚至放棄了出國避難的機會，影片反映了那一代知識份子對於民族、國家的熱愛。他的選擇受到了各方的質疑，甚至他的女兒在出國都向他發出了疑問：爸爸，您愛我們這個國家，苦苦地留戀這個國家……可是這個國家愛您嗎？

這句話成為這部電影遭禁的理由──揭發者將「國家」這一詞偷換為「祖國」，一下子就把事件上升到政治意識形態之中。在影片敘事上，也是被很多左傾批評家所詬病，電影的導演彭寧是一位紅軍後代，作為該片的導演，他大膽地利用當時還不是很時興的荒誕敘事手段，在電影的結尾通過鏡頭打了六個點的省略號，表示對於影片主人公觀點、主張的未竟之詞──當時一批左傾的評論家竟然評價這個鏡頭是「向著紅太陽打了六炮」。

對於這部電影的批判，一開始是被一位叫黃鋼的作家點名揭發的，並且在整個批判的過程中，黃鋼是宣傳最賣力、最積極的一個人。在不明白事實真相的情況下，剛從文革走出的文化領導者與知識份子，對於這部電影的批判多半是出自於「寧可信其有，不可信其無」的主觀性。白樺也在回憶文章中寫道，「他（黃克誠）當時沒有看過這個劇本，也沒有看過這個影片，只是聽有人向他吹風，他就被激怒了。」[8]

---

8 黃長怡：〈《苦戀》：被嚴厲批判的未公映電影〉，《南方都市報》，2008 年 4 月 6 日。

　　1981 年 4 月 17 日《解放軍報》所刊登的評論員文章對於這部影片的批評性文章，與「文革」不同，白樺自己回憶說，當時每天都能收到全國各地支持他的來信、電報。對於某些報章上充滿「文革語彙」的批判，大家都表現出了很反感的情緒。

作家白樺。

　　事情總要有個了結，所幸的是，白樺並未因此影片而身陷囹圄，而且還在全國的文化界贏得了一定的聲譽。當時主政的中共領導人鄧小平在該事件的最後下了如是的定論：「批評可以，不要一棍子打死」[9]、「對電影文學劇本《苦戀》要批判，這是有關堅持四項基本原則的問題。當然，批判的時候要擺事實，講道理，防止片面性。」

　　最後，《文藝報》發表了唐達成、唐因寫的〈論《苦戀》的錯誤傾向〉，這篇文章進而被《人民日報》全文轉載，事情方才以「文學批評」的形式而結束，從而避免了將文藝爭鳴上升為「政治交鋒」的上綱上線。《苦戀》實際上彰顯了中國新時期初期文學權力的問題，即政治與文學的何種關係問題。

　　在新時期，對於文學的批評不再採取建國初期那種武斷、粗魯，以政令代替文學批評的手段，而是採取相對較為公平、客觀、緩和、全面的形式，而且社會、讀者（觀眾）對於某些作品，再也不採取「一擁而上」的「人民戰爭模式」來橫加批判，而是有著自

---

[9]　同上。

已的眼光與判斷力。這對於作家創作的積極性與文學創作的多樣化顯然是有益處的。[10]

在文學與政治的雙重博弈下，較之之前的三十年，新時期文學的權力獲得了增強並敢於承擔上層建築的部分權力——當然這也是體制內的一種鞏固。當文學不再成為政治運動的導火索，並重新回歸到接近藝術本質的審美之上時，這無疑是文學的進步。

德國哲學家海德格爾在《詩‧語言‧思》一書中如是論斷，「詩人越是詩意化——他的言說越自由——他更純粹地使其所說所聽於不斷努力的傾聽。」[11]事實上，反之亦然。當文學無法獲得自由的言說的權力並被政治所牽絆時，詩人就無法獲得詩意化的表達，自然，文學也就無法成其為文學。

第二節　審美意義、社會意義與倫理意義的重建

研讀中國當代文學史，新時期文學無疑是重中之重。美國當代漢學家顧威廉（Gate William）曾如是評價：中國當代文學史，前三十年批判多於褒揚，而後三十年卻褒揚多於批判，真正的文學性

---

[10] 筆者認為，「清除精神污染」運動導火索雖是對於周揚、王若水的人道主義與異化問題的批判，但其肇始源頭卻是對於《苦戀》的批判，即對於人性問題的認識與探索。這場運動在胡耀邦、鄧小平兩位領導人的干預下，只持續了二十七天，並未對中國新時期文學的規制與樣式產生較大的影響。

[11] 海德格爾：《詩‧語言‧思》，文化藝術出版社，1991 年。

主要集中在「新時期」的三十年。另一位學者董健也認同這個觀點，即新時期文學三十年的成就，遠遠要高於前三十年的成就。

「新時期」文學的價值頗高，總體水平高，這已是當代文學史研究者們公認的事實。但是新時期文學並不是一直持續走高的，其中也有波折、低谷，這亦是文學發展客觀規律使之然也。在這裏，我們主要探討「新時期」初期，即 1978 年至 1984 年中國文學的文學史價值。

正如前文所述，1978 年中國文學形成了新的規範，文學話語既受激勵，又受制約，文學權力在有秩序地維度下獲得了增長。比起前三十年文學的嚴重失範，1978 年之後的中國文學，確實值得大書特書。其中代表作品有盧新華的《傷痕》、瑪拉沁夫的《活佛的故事》、張賢亮的《肖爾布拉克》、劉心武的《班主任》以及蔣子龍的《喬廠長上任記》。

作家盧新華。

儘管當下仍有評論家對其中某些作品發出「不忍卒讀」的評價，亦有人在這些作品中品讀出了「左」的味道，但不同的時代本身就有著不同的文學作品，這些作品的文學史意義無疑是非常巨大的。本著試圖從文體學的文本解讀法出發，來釐清「新時期」初期文學的文學史價值。

　　盧新華的《傷痕》最早發表於《文匯報》上（1978 年 8 月 11 日），這篇作品為大陸「傷痕文學」的開山之作。這部小說的寫作基調非常舒緩婉約，並且採取了倒敘的形式，這種帶有舊上海寫作風格的作品在當時並不多見。

　　在這篇小說的開頭，盧新華如是描摹：

> 除夕的夜裏，車窗外什麼也看不見，只有遠的近的，紅的白的，五彩繽紛的燈火，在窗外時隱時現。這已經是一九七八年的春天了。[12]

在充斥著「高大全」、「三突出」的「文革」文學之後，陡然冒出這樣一篇作品，不得不說是一種另類。儘管「燈火」、「春天」這些文字常被後來的評論家們解讀為一種政治隱喻，但盧新華自己從未承認自己的作品包容著一個巨大的政治寓言。在百廢待興的時代前沿，這樣的文學風格自然會成為當時的一個社會亮點，其敘事模式無疑亦會引領一代文風。

　　「曉華」是盧新華在文中塑造的主人公角色。這個被「文革」迫害到家破人亡的女青年對於生活既擁有夢想，也被種種現實劃的傷痕累累，曉華曾因為「成分」問題不得不離開自己的戀人蘇小林，她的母親、剛剛恢復工作的王校長也因之前的迫害成疾而離世。當然，這些傷痕既是曉華本人的傷痕，也是國家之殤。盧新華在這部小說中除了描述傷痕，更用了之前從未有過的寫實主義描寫方式，尤其是對女性的描寫：

---

[12]　盧新華：〈傷痕〉，《文匯報》，1978 年 8 月 11 日。

她掉過頭來，讓面龐罩在車廂裏淡白的燈光下，映在方方的小鏡裏。這是一張方正、白嫩、豐腴的面龐：端正的鼻樑，小巧的嘴唇，各自嵌在自己適中的部位上；下頜微微向前突起；淡黑的眉毛下，是一對深潭般的幽靜的眸子，那間或的一滾，便泛起道道微波的閃光……又是兩年過去了。她的瓜子型的臉盤，隨著青春的發育已經變得方正，身體的各個部位也豐滿起來。她已是一個標準的青年姑娘了。[13]

這類描寫，若是放在當代文學的前三十年，即使不打成「修正主義」、「小資產階級」，至少也會用「文鬥」甚至「武鬥」的形式讓作者難受好一陣子。

盧新華的《傷痕》，在某種程度上實際是上個世紀前半葉上海作家的精神賡續，描寫城市生活細膩精緻，深入人內心去探求文學精神的本質，無論是前行者劉吶鷗、張愛玲，還是後來者程乃珊、王安憶，實際上都與其有著某種程度上的文化血統關係。這種關係，既與角度、時代有關，也與地域、文化存在著聯繫。

之所以在這裏要著重談及盧新華的《傷痕》，究其本質原因，還是意圖審理新時期初期文學在整個文學史中的意義，尤其是在寫作形式上的開創性意義。馬克思主義所說的內容決定形式，赫爾德的時代精神（Volksgeist）決定文學特質，實際上都是說的這個道理。

---

[13] 同上。

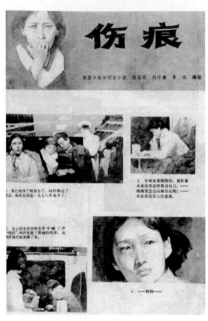

刊登盧新華《傷痕》的版面。

在盧新華之前，中國當代小說的創作，內容與形式都是脫節的。無論什麼內容、什麼形式，都被一種主題所掌控，脫離了這個主題，就是文學創作的「失範」，殊不知這已然構成了在文學創作規律上最大的「失範」。之前的小說，女主人公全是正面形象，而且都是銀盤大臉、英姿颯爽，缺乏文學本體上基本的女性審美形象。盧新華這種寫作風格與敘事形態，並非是他獨創，而是主動地撿起了半個世紀之前的寫作態度，從而使一種回歸到人性本真的寫作重新發揚了。

而蔣子龍的《喬廠長上任記》則是一部「向前看」的小說，這部小說發表於《人民文學》1979 年第 7 期，隨後由北京電影製片廠於 1981 年改編為電影《鐘聲》。主人公喬光樸是一個銳意改革、勇於創新的新廠長。在制度改革的過程中，屢遇阻力卻不折不撓，最後憑藉踏實肯幹的作風與改革家氣魄，終於將接手的工廠扭虧為盈。

這是一個時代感極強的文學文本。當然，這也被後來的批評家所詬病為「歌德」作品，即對大趨勢、大時代歌功頌德。但同時卻被一些後學者稱其為「改革文學」之先聲，因為在《喬廠長上任記》

之後，大量事關改革、渴望改革的作品蜂擁而出，其文學成果可謂洋洋大觀，歎為觀止。

從文體敘事學的角度來看，這部小說的意義當然不止是對於改革的訴求，而是以一種特殊的文體形式為後來的作家塑造出了一個文體範例（Style example），即敘事類型、風格結構與話語權力的三角關係構成了小說的全部。

一個好的領導幹部在「新時期」的一段歷史時代，面臨各種各樣的守舊阻礙（或時代陰暗面）頑強不屈，最後這位領導幹部終獲成功──《喬廠長上任記》為後來者開闢了一種套路。對於領導幹部正面形象採取何樣的書寫形式──即以一種新時期的個人英雄主義形態，對主人公進行白描。作者並不急於用細膩的筆觸去描寫主人公的形象、氣質與外表，而是不斷用矛盾來獲得靠近主人公內心本質的可能。

在某種程度上，《喬廠長上任記》為後來的作品開闢了一種敘事的秩序。所謂改革，實際上就是現存體制的改變與意識形態的革新，這是改革的秩序。在這樣一種秩序下，談「改革小說」的意義，實際上就是談「領導層」與「被領導層」的關係問題，即幹群關係問題。文革期間，幹群關係一度混亂，社會秩序錯綜茫然。在世界觀混淆、責任意識淡漠的前提下，重申社會秩序的建設，有著非常重要的價值。

《喬廠長上任記》作者蔣子龍。

　　劉心武的短篇小說《班主任》發表於《人民文學》1977 年第
11 期，這部小說存在著雙重的複調敘事，書中有兩個主人公，一
個是班主任張俊石老師，一個是問題少年宋寶琦。但是文中更深層
次的矛盾卻是團支書、工人子女謝惠敏與宣傳委員、幹部子弟石紅
之間的意識形態差距。張俊石在不斷地瞭解、深入與思考中發現，
真正的問題癥結，並不是在於某個同學的意識問題，而是在於「四
人幫」在之前對於青少年世界觀、認識論上的戕害，個體問題隨之
也就變成了一種廣泛性的問題。

> 今天下午圍繞著收留宋寶琦發生的這一件又一件的事情，
> 好比一面鏡子，照出了四人幫糟害我們下一代的罪惡；有
> 些「四人幫」的流毒和影響，我以前或者沒有覺察出來，
> 或者沒有像今天這樣感到觸目驚心，我想到了很多、很
> 多……」[14]

文中所謂的「四人幫」、「林賊」，在這裏只是一個隱喻符號，即對
於之前那個時代的一種質疑、否定。無論是調皮搗蛋的宋寶琦，還
是睿智成熟的石紅，或是上綱上線的謝惠敏，在作家看來，這些孩
子都是需要「救救」的，因為他們身上普遍所缺乏的不是道德意識、
責任感，而是存在著一種倫理危機。

　　同學關係、師生關係等被無限地政治化了。同學之間動不動用
「批鬥」、「批判」解決問題，要互相「作鬥爭」。人與人被時代所

---

[14]　劉心武：〈班主任〉，《人民文學》，1978 年第 11 期。

異化，這是作家關注的一個著眼點。老師如何站在一種治病救人的立場上去關愛學生，而不是一味地批判、上綱上線；同學之間如何相互理解，坦誠以待，而不是拿著政治標準作為為人處世的原則，這是作家劉心武在文中意圖表達的最大隱喻。

> 小幹部們面對這些東西都厭惡得皺鼻子、撇嘴角。謝惠敏提議說：「團支部明天課後開個現場會，積極分子們也參加，擺出這些東西，狠狠批判一頓！」……謝惠敏感到張老師神情有點異常，忙把那本書要過來翻看。她以前沒聽說過、更沒看見過這本書，她見裏頭有外國男女談戀愛的插圖，不禁驚叫起來：「唉呀！真黃！明天得狠批這本黃書！」……謝惠敏沒等石紅說完，立刻反問道。「報上推薦過嗎？」這一問使石紅呆住了，半晌才回答：「沒推薦呢。」「讀沒推薦的書不怕中毒嗎？現在正反腐蝕，咱們幹部可不能帶頭受腐蝕呀！……」謝惠敏一臉警惕的神色警告著石紅，不僅自己拒絕參加這個活動，還勸說石紅不要「犯錯誤」……[15]

文中的謝惠敏絲毫沒有一丁點可愛之處，一副「銀盤大臉」的女紅衛兵架勢，動輒「批鬥」且沉不住氣，與「張大的眼眶裏，晶亮的眸子緩慢地遊動著，豐滿的下巴微微上翹」並喜歡穿著碎花短袖襯衣的石紅形成了鮮明的對比。這實際上是兩重意識形態的博弈，也

---

[15] 同上。

是作家劉心武著力去刻畫的一對矛盾——倫理與人際關係的異化
問題。

在文章的後半部分劉心武發出如下的質疑：

> 應當怎樣認識生活？應當怎樣瞭解歷史？應當怎樣對待人
> 類社會產生的一切文明成果？應當怎樣批判過去文化遺產
> 中的糟粕而吸取其精華？應當怎樣全面地、辯證地看問題？
> 應當怎樣辨別香花和毒草，識別真假馬列主義？應當使自己
> 成為一個什麼樣的人？應當怎樣去為祖國的「四化」為共產
> 主義的燦爛未來而鬥爭？……[16]

從這點看，劉心武是帶有一種強烈的批判意識來解讀這個時代，但
是他的批判意識又是以一種人文情懷為思想背景的。劉心武與盧新
華、蔣子龍不同，他所關注的，是社會中的倫理問題，並意圖重構
這種倫理關係。

綜上所述，新時期初期的三位代表作家盧新華、蔣子龍與劉心
武，實際上是有著重要的時代意義與文學史價值的。從文體學的角
度來看，他們三位作家為中國新時期文學奠定了審美、社會與倫理
的三重意義範疇，即回答了如何認識文學，如何解讀社會以及如何
解讀人的問題，為後來的文學創作者、理論研究者拓寬了一條新時
期文學內涵的新路。

值得注意的是，這三個問題恰恰又是之前三十年文學中所忽略的。

---

[16] 同上。

第三節　人道主義論爭與文學真理

　　俄國大文豪列夫·托爾斯泰在《藝術論》中強調，藝術的使命是促進人類友愛與聯合。真正在世界上永垂不朽的經典之作，實際上是富含人道主義張力的作品。[17]或者換言之，當一部作品缺乏人道主義張力的時候，這部作品很容易被歷史所遺忘。從傳播學的角度來分析，文學的傳播是人與人之間的資訊傳遞——既包括人際交流也包括大眾傳播，傳播的過程實際上是一個「資訊篩選」與「資訊過濾」的過程，之所以會有不被篩選掉、過濾掉的名家名作，實質是因為這些作品在傳播的過程中不斷喚起共鳴，獲得不同時代受眾的肯定，存在著普適的人性價值。

　　在上個世紀的 1978 年至 1984 年，中國的文藝理論界並非如創作界一樣新人新文層出不窮，而是存在著各種各樣的衝突、鬥爭與矛盾。其中較有代表性影響也最大的就是「人道主義與異化問題」的爭論——即關於馬克思主義人性論與資產階級人性論的爭論。這場爭論恰恰從 1978 年萌芽，持續到 1984 年，構成了新時期文學第一階段的文論主潮。

　　最開始點燃爭論之火的是著名哲學家朱光潛先生，他在 1978 年初的《社會科學戰線》雜誌上撰文題為《文藝復興至十九世紀西方資產階級文學家藝術家有關人道主義、人性論的言論概述》，目的在於揭批四人幫蔑視人權、踐踏人身自由的惡劣行徑。同年八月，著名美學家、後來成為中共中央候補委員的汝信在《哲學研究》

---

[17]　托爾斯泰：《藝術論》，人民文學出版社，1958 年。

上發表《青年黑格爾關於勞動和異化的思想——關於異化問題的探索之一》，對朱光潛先生的觀點進行聲援。

所謂人道主義，實際上是源自於西方古典主義哲學、美學的一個專有名詞。作為新興資產階級思想代表的人文主義者，在與封建神權較量的時候，提出了以人為中心的思想。他們要求尊重「人性」、「人的尊嚴」、人的「自由意志」，主張「順從你的意欲而行」。人道主義，遂成為人文主義的衍伸範疇，構成了西方美學上的一個重要概念。

馬克思也曾論述過人性這一問題，在〈德意志意識形態〉一文中，馬克思與恩格斯說：

> 我們首先應該確定一切人類生存的第一個前提也就是一切歷史的第一個前提，這個前提就是：人們為了能夠「創造歷史」，必須能夠生活。但是為了生活，首先就需要衣、食、住以及其他東西。因此第一個歷史活動就是生產滿足這些需要的資料，即生產物質生活本身。同時這也是人們僅僅為了能夠生活就必須每日每時都要進行（現在也和幾千年前一樣）的一種歷史活動，即一切歷史的一種基本條件。[18]

這樣看來，馬克思對於人的定義是雙重的，即人既要滿足生存基本需求，也要滿足精神需求，但是前者為後者的前提，這點無可厚非。

---

[18] 馬克思、恩格斯：《馬克思恩格斯選集》，人民出版社，1955 年。

馬克思所強調的是「現實的人」，即「社會人」，而不是西方古典主義、人文主義所強調的「抽象的人」。

　　「現實的人」與「抽象的人」存在著最大的邏輯分歧就是人是否是「出發點」的問題。馬克思所關注的是，人的「社會存在形式」問題。誠然，奴隸與國王在本質上都是「抽象的人」，但是這層抽象的人並沒有任何的實際意義。

　　值得注意的是，這場論爭的核心是馬克思的《政治經濟學批判（1857-1858 年草稿)》和《經濟學手稿（1861-1863 年）》，這兩篇手稿成為了當時中國文藝批評界、思想界最熱門的話題。在手稿中，馬克思曾兩次批評蒲魯東，駁斥其所謂「從社會的角度來看，並不存在奴隸和公民；兩者都是人」的說法。馬克思繼而指出：「其實正相反，在社會之外他們才是人。是奴隸或是公民，這是 A 這個人和 B 這個人的一定的社會存在方式。」[19]

　　這場關於「什麼是人」的論爭爆發於思想解放初期，延續六年。從 1980 年開始，關於人道主義和異化問題的討論文章大量湧現，全國幾乎所有報紙和雜誌都參加了討論，有的報刊還開闢了專欄。據統計，各地出版文集 20 餘種，發表文章 750 餘篇。此外，還舉辦了各種類型的討論會、報告會、座談會等。堪稱思想界的一次大爆發、大爭論與大高潮。思想界所爭論的核心即「什麼是『人』？『人』與馬克思主義構成何種關係？」這兩大問題，落實到文學理論界，即如何面對文學創作、文學審美中的「人道主義」問題。

---

[19]　馬克思、恩格斯：《馬克斯恩格斯全集(第三十一卷)：經濟學手稿(1857-1858 年)》，人民出版社，1998 年。

周揚。

論爭的結束是以周揚與胡喬木的對話為邏輯終結點。1983 年 3 月 7 日，在馬克思逝世 100 周年的學術報告會上，文藝理論家周揚率先提出了「人道主義」的問題，這個問題的提出既是對之前「四人幫」倒行逆施、踐踏人權的質控，也是對之前數年學術界對於人道主義爭論的總結。在報告中，周揚稱：

> 「文化大革命」中，林彪、「四人幫」一夥人把對人性論、人道主義的錯誤批判，發展到了登峰造極的地步，為他們推行滅絕人性、慘無人道的封建法西斯主義製造輿論根據。過去對人性論、人道主義的錯誤批判，在理論上和實踐上，都帶來了嚴重後果。這個教訓必須記取。在粉碎「四人幫」之後，人們迫切需要恢復人的尊嚴，提高人的價值，這是對「四人幫」倒行逆施的否定，是完全應該的。[20]

另一位文學理論家胡喬木並不贊同周揚的觀點，在周揚發言後的十個月，胡喬木 1984 年 1 月 3 日在中央黨校發表演說《關於人道主義和異化問題》，該文後來發表在《紅旗》雜誌之上，之後又以單行本的形式由人民出版社出版。書中完全否定了將馬克思主義與人道主義相融合的關係，從根本上推翻了「馬克思主義人道主義」的

---

[20] 周揚：《周揚文集》（第五卷），1995 年。

提法，並將有關討論說成是「根本性質的錯誤觀點，不僅會引起思想混亂，而且會產生消極的政治後果」，「誘發對於社會主義的不信任情緒」。

在 1983 年 10 月的中共十二屆二中全會上，鄧小平專門就這一問題做了《黨在組織戰線和思想戰線上的迫切任務》報告，在報告中，鄧小平公正、客觀地做了評價，並且認為人道主義「當然是可以和需要研究討論的」：

> 有一些同志熱衷於談論人的價值、人道主義和所謂異化，他們興趣不在批評資本主義而在批評社會主義。人道主義作為一個理論問題和道德問題，當然是可以和需要研究討論的。但是人道主義有各式各樣，我們應當進行馬克思主義的分析，宣傳和實行社會主義的人道主義，批評資產階級的人道主義。[21]

當然，鄧小平對於思想界的「污染」，並非只停留在對於政治意義上的批判，對於文藝工作者在道德、修養方面所存在的問題，也做了深刻的批評。縱然是現在看來，也有很強的針對意義：

> 「一切向錢看」的歪風，在文藝界也傳播開來了，從基層到中央一級的表演團體，都有些演員到處亂跑亂演，不少人竟用一些庸俗低級的內容和形式去撈錢。很可惜，有些名演

21　鄧小平：《鄧小平文選》（第三卷），人民出版社，1993 年。

　　員、有些解放軍的文藝戰士，也被捲到裏邊去了。對於那些
　　只顧迎合一部分觀眾的低級趣味，而不惜敗壞社會主義文藝
　　工作者光榮稱號的人，廣大群眾表示憤慨是理所當然的。這
　　種「一切向錢看」、把精神產品商品化的傾向，在精神生產
　　的其他方面也有表現。有些混跡於藝術界、出版界、文物界
　　的人簡直成了唯利是圖的商人。[22]

從邏輯上說，至此這段歷時數年的學術爭鳴終告結束。

　　值得一提的是，當時的「贏家」胡喬木後來也對另一位理論家
龔育之坦承，他自己那篇批評文章把問題「過分地政治化」了。[23]

　　學術爭鳴本身無贏家，往往兩者所爭辯的結果就是促使對方以
及自己更加地與真理靠近。剛從「文革」走出的中國老一輩理論家
們，學術爭論帶上政治的火藥味在所難免。但時隔近三十年的我
們，再看這場爭論又會有哪些啟示或意義呢？

　　對這場人道主義的爭論有如下幾重深層次的意義：

　　首先是文學立場（Literature standard）即「人」的「發現」。所
謂文學立場，即文學為何的問題，人道主義爭論的意義在於發現了
「人道主義」這樣一種文學立場，即文學與人生、與社會的關係。
文學與政治的從屬關係一旦被解脫，那麼獲得獨立、自由的文學就
必須要找到一個內涵主題與之形式相對應。文學究竟為誰代言的問
題，成為了文學立場的大問題。在這場論爭中，「人」被發現了，
進而對「人」進行一種意識形態的重構。胡喬木與周揚的爭論，實

22　同上。
23　〈「異化」旋渦中的周揚〉，《中國新聞週刊》，2008 年 11 月 11 日。

際上都是圍繞著「人」的形態來爭論的，兩人的共同點是都肯定了「人」的存在性，這是歷史的巨大進步，是值得肯定的。

　　其次是批評意識（Criticism consciousness）的確立。當下看似熱鬧、簡單的學術批評與思想爭鳴，在當時看來是非常不可想像的。文學的批評、理論、概念、定義與範疇長期以來是單調、一元的，非此即彼。但是在這次爭鳴中，各持己見的學者、評論家開始有了自己的批評意識與學術立場，這是新時期第一次有規模、有影響並且堅持到最後的學術爭論，對後世影響深遠。在此之後，各種文學爭鳴層出不窮，不斷推動中國新時期文學史的理論前進。

　　最後，「人道主義論爭」為後來解決文學批評論爭提供了一個非常好的範例（example）。在此之前，俞平伯與李希凡的論爭、《海瑞罷官》的論爭與胡風關於馬克思主義文論的論爭，最後都是行政手段、集權政策迫害持不同意見者，甚至將其投入牢獄。「人道主義」論爭到了後來雖然也有行政手段干預，但是縱觀從開始到最後，都是以發表論文、講演、開研討會與出版專著等「文鬥」的形式進行，這是一個國家走向民主、法治的表現（雖然其後有十二屆二中全會推行的「清污運動」，但這並未能給中國文學評論界帶來根本性的影響）。在此之後，越來越多的批評家敢於進行學術爭鳴、熱衷於學術爭鳴，更過火在於部分評論家到了「不爭不快」的地步，時常一副「虎視眈眈」的樣子，要在學術界進行理論爭執。

　　對於三十年前這場人道主義論爭，實際在本質上為中國未來的文學發展、思想走向奠定了一個好的開端，並釐清了一些基本的概念、定義與內涵。譬如說對於「人」的重構，對於文藝爭鳴、文學

批評的認識，無疑這些都是對於中國新時期文學發展大有裨益的。
當然最關鍵之處在於學者、作家們都敢於去追求真理，去弄清什麼
是文學真理，這是一次大膽、積極的意識形態革新，也是新時期文
學繼續前行的必然前提。

第四節　張賢亮和戴厚英

　　筆者之所以將 1984 年作為新時期文學第一階段的終點，原因
在於 1984 年是人道主義與異化問題爭論的終點，便是 1983 年底。
及至 1984 年，中國的文論界不再關注這個已經爭論六年的問題，
而將視野投到了更大的理論空間當中，這便是關於「後現代理論」
的認識。因為就在 1984 年，美國後現代大師弗雷德里克・詹明信
（Fredric Jameson）在世界著名刊物《新左派評論》上發表了〈晚
期資本主義的文化邏輯〉一文，對國內學術界影響頗大，次年秋他
又應邀造訪北大，為中國的文論界播下了後現代研究的種子，就這
個問題在下一章會專門講到。[24]

---

[24] 關於詹明信的訪華，筆者認為這與五四期間杜威的訪華極其相似。陳小眉
曾 在 *Occidentalism: A Theory of Counter-discourse in Post-Mao China*
（Cambridge, England. Cambridge University Press, 1995）一書中論述，後毛
澤東時期的思想解放與西學東漸與五四時期的思想解放、西學東漸極為相
似，兩者最大的共同點在於一種「神權」集權制的崩潰與封閉式國家體制
的開放，官方語彙稱其為「改革開放」。

　　但是在此之前，中國的文學理論界也好，創作界也罷，都是圍繞著傳統的、向內的文學觀念進行創作、研究。作家即使進行文學創新、結構改革，一時也尋不到較為滿意的突破口。縱然想突破，也只是在創作內容、寫作原則上一改之前的「三突出」、「高大全」，在敘事手法上進行復古性或是載道性的改弦更張。至於文學立場，則遵循的是中國傳統學人的文學觀，即使借鑒西方也只是從馬克思主義、俄羅斯革命現實主義或西方古典主義的創作原則入手，即創造典型環境下的典型人物性格。這樣說來，中國的文學還是延續著傳統的路子在前進，若是與世界其他國家比起來，這個路子可以說滯後了將近一百年。

　　但是值得一提的在於，1978 年之後，國內對於國外的文化思潮、意識形態，不再採取廣而概之的批判、拒斥，而是有篩選地予以翻譯、引介。這在文化傳播的程度上起到了一層資訊傳遞、資源分享的作用。當然，1978 年對於中國人來說，是改革開放的第一年，但是對於西方來說，卻是走進全球化、後現代的第十年。在一個全球化的現代資訊時代，落後十年意味著在文化上主動權的缺失。但是，這段時間的中國作家並非是後知後覺者，誠然有前面上述諸如蔣子龍、盧新華等人的反思，亦有一些作家在文學風格與創作手法上的嘗試。拙以為，其中最具代表性的作家分別為西部作家張賢亮與知識份子作家戴厚英。

　　張賢亮 1936 年生於江蘇，1955 年分配到寧夏任教，1957 年因言論被錯劃為右派分子，遂在當地勞改，待到重新提筆的時候已是春暖花開的 1979 年。次年，久居寧夏的張賢亮憑藉中篇小說《靈與肉》（發表於《朔方》雜誌 1980 年第 9 期）聞名文壇，這部小說

張賢亮。

被已故著名電影導演謝晉相中，將其改編成了電影文學劇本《牧馬人》並拍攝公映，轟動全國。1980 年底，這部小說榮膺全國優秀短篇小說獎，與其一同獲獎的還有李國文的《月蝕》（發表於《人民文學》1980 年第 3 期）、蔣子龍的《一個工廠秘書的日記》（發表於《新港》1980 年第 5 期）、高曉聲的《陳奐生上城》（發表於《人民文學》1980 年第 2 期），以及瑪拉沁夫的《活佛的故事》（發表於《人民文學》1980 年第 7 期）等數十部作品。

《靈與肉》講述的是資本家許景由與其子許靈均父子相見的故事。其子許靈均長期生活在大陸，是一位西部地區的牧民。許景由既拋妻棄子又遇到政治鬥爭，不得已出走到國外。待到改革開放時他又回國，看到自己的兒子在大陸未「光宗耀祖」，遂想將自己的孩子接到國外，但是被擁有家庭責任感與國家榮譽感的許靈均拒絕──儘管許靈均曾遭遇被劃為「右派分子」的不公正待遇。

張賢亮在文中所塑造的「許景由」這個角色，說到底，許景由是代表一種被異化了的東方文化──一個徹底被西化了的人，無論是生活方式，還是意識形態，都是西方化了的。

在開篇，作者就用了「印第安酋長頭像的煙絲」、「哈佛學士學位」、「花呢西服」等生活意象來襯托許景由的形象氣質。與其說許

景由代表著一種意識形態，毋寧說他代表的更是一種文化立場。並且作者在一開始，將兩人的衣著、裝扮進行了細緻的對比性描寫：

> 他（許靈均）看見大大小小的箱子上貼滿了花花綠綠的旅館商標：洛杉磯的、東京的、曼谷的、香港的，還有美國環球航空公司印著波音747的橢圓形標籤。從這個小小的貯藏室裏掀開了一個廣闊的世界。而他呢，只不過在三天前得到領導轉來的國際旅行社的通知，經過兩天兩夜汽車和火車的顛簸才到這裏的。他提來的灰色人造革提包放在長沙發的一角。這種提包在農場還算是比較「洋氣」的，但一到這間客廳也好像忸怩起來，可憐巴巴地縮成一團。提包上面放著他的尼龍網袋，裏面裝著他的牙具和幾個在路上吃剩下來的茶葉蛋。[25]

許靈均所代表的文化，實際上是當時更多中國人的一種形象，而許景由所代表的，則是一種來自於異域他鄉的文化形象。文化的衝突造就了意識形態的矛盾，隨之將文本中的戲劇矛盾也烘托了出來。當然，也有學者認為，在這裏張賢亮是通過「許靈均」這個角色來「隔著道德敘事之門縫開始張望消費時代和慾望時代」[26]。

對於這一觀點，本著並不敢苟同。「消費時代」與「慾望時代」實際上是全球化語境下審美化走向日常生活的一種個人意識形態

---

[25]　張賢亮：〈靈與肉〉，《朔方》，1980年第9期。

[26]　馬德：〈張賢亮與大陸文學的鄉土敘事〉，《臺灣大學文學研究學報》，1989年4月。

集中化的表現。在 1978 年，困居寧夏的張賢亮尚還未能覺察到都市中的大眾文化與日常生活的審美化，更不可能去體會後現代、全球化這些尚未在中國生根發芽的東西，若是這樣說，拙以為或許有點牽強。

列斐伏爾曾如是論述日常生活審美化原則的文化學意義，他認為，所謂日常生活審美化，其最大的意義並不是在於「揭露」（或曰「批判」）（Kritik），即法蘭克福學派所主張的對於工業社會的批判，而是在於「比較」（Vergleich），即英國文化研究學者們所熱衷文化本質問題，即日常生活審美所凸顯出的文化衝突。

把這個觀點通俗化，就是如此：文化衝突是一個大命題，若是從戰爭、文學、藝術、貿易這些大的命題來看，平常人很難窺見一斑，更別說看到全貌。但是若是在日常生活中去探尋文化衝突，並將其「審美化」，那麼這些衝突便不是被縮小了，而是被放大了。

根據這個觀點，再來看《靈與肉》中作者的敏銳，兩位許姓主人公在倫理上卻存在著父子關係，這又是一層文本所特意賦予的悖論。正如作者在文中所表述的那樣，「認親」只是一種形式，兩者的文化衝突才是文本所暴露的最大問題。作者特意用筆墨渲染了許景由及其秘書來到北京之後所表露出的驚疑：

> 「啊，這兒還能聽到丹尼‧古德門的《恒河上的月光》！」密司宋能說一口純正的普通話。她長得高大豐滿，身上散發出一股素馨花的香氣，一頭長長的黑髮被一條紫色的緞帶束在腦後，不時像馬尾一樣甩動著。「董事長，您看，北京人跳迪斯可比香港人還夠味，他們現在也現代化了！」「任何

人都抵禦不了享樂的誘惑。」父親像把一切都看透了的哲學家似的笑著。「他們現在也不承認自己是禁慾主義者了。」吃完晚飯，父親和密司宋把他帶到舞廳。他沒有想到北京也有這樣的地方……大廳裏響著樂曲，有幾對男女跳起奇形怪狀的舞蹈。他們不是摟抱在一起，而是面對面像鬥雞一樣互相挑逗，前仰後合。這些人就這樣來消耗過剩的精力！[27]

「看透了的哲學家似的笑著」，實際上所表現的是全球化文化戰勝封閉文化之後勝利者的笑。「禁慾主義者」是當時西方社會對於中國等東方社會主義國家的普遍認同。上海灘的闊少是許靈均之前的身份，而「牧馬人」則是他當下的身份。前者是世界性、都市性的，而後者則是鄉土文化。兩者間的身份過渡「糅合著那麼多痛苦和歡欣的平凡的勞動」，都市文化對於許靈均並沒有太大的誘惑力和吸引力，相反，鄉村的牧馬生活所帶來的天然親近，卻賦予了許靈均無法忘卻的精神依託。

在文化的衝突下，人類往往會選擇自己所熟悉的文化氛圍生活、依託，這是《靈與肉》所賦予的精神主題。在日趨開放的中國，許靈均的選擇實際上反映了多數中國人的文化選擇，縱然外面世界精彩，自己的「肉體」誠然也有靠近繁華、意圖享樂的東西，但是自己的「靈魂」卻迫使自己必須要理智地做出自己的文化選擇——如何描摹中國在日益開放時所遇到的文化衝突？可以這樣說，張賢亮的這部作品，有著新時期早期小說非常罕見的文化意義。

---

[27] 張賢亮：《靈與肉》，《朔方》，1980 年第 9 期。

戴厚英墓地。

與張賢亮同時，上海女作家戴厚英憑藉上海女性特有的細膩感悟與知識份子獨到的人文情懷，為新時期早期中國文學也塗抹了一層亮彩。但是她又與同時代的上海作家盧新華不同，如果說盧新華是憑藉一腔激情與熱血進行文字書寫的話，那麼戴厚英則是將一種女性知識份子的責任意識、母性情懷發揮到了極致。

戴厚英 1938 年出生在一個上海知識份子家庭，早年畢業於華東師範大學中文系，後來執教於上海大學、復旦大學，是一個標準的上海女知識份子。這類形象在上海的文壇並不鮮見，譬如說現在仍然活躍在上海文壇的程乃珊、陳月燕等等。她們的文學共性在於：對於這個城市以及這個城市所遭遇巨大變革時的真切感悟。

從文學史的角度看，戴厚英最具影響力與文學價值的作品並不是她的第一部作品《人啊！人！》，而是於次年創作的長篇小說《詩人之死》。文中的「詩人」即他的亡夫、著名詩人聞捷。戴厚英用深入、細緻的史家筆觸，以聞捷的辭世為全文的主題，來渲染之前那個特殊荒謬、慘痛的年代。

小說以詩人柳如梅的死為主要線索，他因攻擊中央文革小組成員「狄化橋」——即張春橋（張春橋曾化名「狄克」）而受到不公正待遇，最後「以死殉詩」，這不得不說是在畸形歷史條件下的小人物的悲哀。作家還塑造了余子期、向南與吳畏等個性鮮明的文學

角色，在那個特定的時代背景下所造就的一系列畸形的、異化的人物形象。

戴厚英試圖用理性的視角來揭露當時的社會現實，並起到反思的作用。在《詩人之死》中，她運用西方現實主義的文學手段，採取「群像」式的敘事形式，塑造出大批人物形象，並將這些形象具體化、抽象化，這是戴厚英的高明之處，她擺脫了「三突出」的創作原則，作品不是依靠主人公——即人物而推動，而是依靠敘事——即情節而推移。

值得關注的是，在新時期初期，主要引起影響的文學樣式是中短篇小說，而非長篇小說。根據本人自己的文學創作感受來看，中短篇小說的創作難度遠遠高於長篇小說，且從文學接受這一層面來看，長篇小說無疑擁有更多、更廣的接受群體[28]，那為何在百廢待舉、朝氣蓬勃的新時期之初，卻是中短篇小說雲集，而長篇小說僅有戴厚英的《詩人之死》等少數幾部呢？

在解讀《詩人之死》時我們就很容易發現這個問題所在，前文所重點提及的幾部作品都是中短篇小說，在文學刊物缺乏、文學刊物稿源缺乏、出版條件差的前提下，中短篇小說無疑是「短平快」的創作方式，即作家從立意到完稿也就一個星期左右的時間，能夠具備其他文體（雜文除外）的時效性，在改革浪潮風起雲湧，社會瞬息萬變的大時代轉捩點下，捕捉時代的細節動態成為了當時的時代精神與作家的歷史使命。像多幕劇本，長篇小說與長詩創作週期長，出版又比發表耗費更多時間，自然不是作家們的首選。

---

[28] 當代作家陳應松先生也認同筆者這一觀點。

　　那麼這就更能體現《詩人之死》的時代價值了。這部小說的意義並不在於對於時代的揭露，對於人性的問責，而是在於對於那個時代全景式的描述。如果說之前所述的那些中短篇小說是特寫、是某個典型鏡頭的話，那麼戴厚英的《詩人之死》則是一部英雄末路、群醜畢現但又不失波瀾壯闊的全景式長卷。

　　從 1978 年的思想解放到 1985 年詹明信對中國學術界的影響，中國新時期文學走過了它的第一個階段，在這個階段中，中國新時期文學找到了自己的定位點、文學立場與生存方式，並以「人的發現」奠定了新時期文學的主要基調。在這個時期中，沉悶、禁錮的文壇風氣一掃而光，取而代之的是作家們欣喜、激動的創作激情，與批評家們復甦的責任心與批評姿態。

　　如果從時代的層面來看，新時期初期中國的作家呈現出了一種前所未有的積極心態，文化的多元化、全面化趨勢開始呈現，文學理論也走向了「指導思想一元化，方法策略多元化」的健康、有序發展路線。文學不單是服務於政治，而是服務於時代、服務於人類，成為了人性話語的集中與時代意識形態的具體反映。思想上的「解凍」，意識形態中的「去蔽」，構成了當時文學的主要基調。

　　從文體學的角度來分析，這段時間的文學作品的內涵各式各樣，一改之前數十年「全民劃一」的風格基調。但值得注意的是，這段時間的文學作品仍然是以中長篇小說、雜文為主，幾乎每部有影響的作品都反應了社會變革的某一個關注點。誠然，一方面，作家們過多地去承擔了自己的社會價值與責任意識，在文學精神的本質上卻有所忽略；另一方面，年輕作家的創作梯隊尚未完全成熟，活躍在文壇上的仍是一批老作家、老文藝理論家，這是值得注意

的。正是因為這樣的一種機制，導致在後文第五章（1985-1989）中，中國的作家重新回歸到冷靜、沉澱，年輕的作家走向成熟，文學視角愈發廣闊，中國新時期的文壇開始湧現出大量優秀的長篇小說、戲劇劇本，這在下一章會專門講到。

第二章
1985～1989 年：批評、重構和爭鳴

在文藝問題、文藝政策、文藝方向的問題上，同樣要注意問題的兩個方面，注意堅持二為方向與二百方針，避免各執一詞與各取所需，避免「左」和右的搖擺，避免以「左」反右和以右反「左」才能達到促進發展藝術生產力的目的。

——王蒙（1988 年）

「後現代主義」這個術語人們可能還不太瞭解，但有跡象表明，它很快就會像「現實主義」和「現代主義」一樣被廣泛、隨便地使用。

——詹明信（1986 年）

馬克思在《共產黨宣言》中曾這樣論述：「各民族的精神產品成了公共的財產。民族的片面性和侷限性日益成為不可能，於是由許多民族的和地方的文學形成了一種世界的文學」[1]。這是他根據歌德「民族文學」與「世界文學」所做出的進一步定義。這個定義

---

[1]　馬克思、恩格斯：《馬克思恩格斯選集》，人民出版社，1955 年。

大概持續到上個世紀末，又被美籍印度學者阿米塔・庫瑪（Amitava Kumar）進一步修正為「世界銀行文學」，即認為在世界資本進行全球化域流動的前提下，意識形態也會隨著資本的流動進行「解域化」流動，進而形成以資本為原發動力的全球化蔓延——當然，文學亦是意識形態的重要組成。[2]

中國的改革開放實際上就是促使自己進行世界性、現代性對接的一個歷史進程，以文學為主要組成的意識形態自然也不例外。前面五年的時間，中國的意識形態已經逐漸出現了擺脫一元化，意圖進入多元化的歷史趨勢，譬如說張賢亮作品中對於異文化的解讀，以及關於馬克思《1844 年哲學經濟學手稿》（以下簡稱《手稿》）及「人道主義」的討論。

但是一直到 1984 年，中國學者始終未能覺察到外面世界的變化。及至詹明信發表〈晚期資本主義的文化邏輯〉一文以後，部分英語水平較高、又與國外學術界接觸頗多的中國學者才覺察到自己所研究、關注的東西與西方的差距實在是十分地大。「人道主義」也好，「異化問題」也罷，在國內論爭地沸沸揚揚，這個討論若是與中國當代文學理論相比，誠然是進步了不少，但若是拿來和西方相比，我們起碼落後了半個世紀，因為西方進行人道主義、《手稿》的爭鳴時，是白璧德、杜威與盧卡奇那個年代，也就是二戰爆發前的二十世紀二十年代。

正是這樣的警醒，促成了 1985 年秋詹明信的北大之行。1985 年 9 月到 12 月，應北京大學比較文學研究所和國際政治系國際文

2　陳永國：《理論的逃逸》，北京大學出版社，2008 年。

化專業的邀請，詹明信在北京大學進行了為期四個月的講學。在講學中，詹明信自稱是一位馬克思主義者，並將毛澤東的著作列入到了必讀書單，這言論讓中國的知識份子一時很難接受。正如陳永國先生所說「雖然自 1982 年以來中國的改革開放在政治、經濟、軍事等領域已有長足發展，但在思想文化交流方面卻仍未具規模」[3]。詹明信的此次訪問，對於中國新時期文學創作與文學理論的探索，意義極其重要。

那麼，我們應該感知到一點，那就是從 1985 年的秋天入手釐清中國新時期文學第二段歷程的發展規律，無疑是一件很有必要的事情。

第一節　後現代理論下的批評策略與創作立場

在 1985 年之前，中國人尚不知道「後現代」為何物，待到 1985 年，若是不提後現代，好似失去了基本的學術話語規範。「後現代」究竟為何？這倒成了一個爭論至今都沒有結論的話題。

「後現代」的緣起，是詹明信〈晚期資本主義的文化邏輯〉一文的發表。詹明信作為當代西方最有影響力的文化理論家，率先提出「晚期資本主義」這一獨創性概念。根據比利時經濟學家恩內斯特‧曼德爾（Ernest Mandel）對資本主義發展階段的分期[4]，詹明

---

[3]　同上。

[4]　曼德爾：《晚期資本主義》，黑龍江人民出版社，1983 年。

信對資本主義社會的文化發展進行了對應性的時代劃分，即對應於第一階段市場資本主義的現實主義，對應於第二階段壟斷資本主義的現代主義，和對應於第三階段晚期資本主義的後現代主義。詹明信繼而指出，後現代主義是晚期資本主義發展的文化邏輯，代表了對世界和自我的一種新的體驗，在這個「體驗」中，詹明信強調了「世界」與「自我」兩個令中國文學界耳目一新的概念。

　　生產方式、宗教、意識形態、敘事分析、文化研究……這些看似新鮮的、跨學科的辭彙構成了詹明信關於後現代論述的思想主題。本身帶有馬克思主義思想特質的詹明信在意識形態上受到中國學者的稱讚與歡迎，因而，他的方法論隨之也就變成了一種可以接受的方法論了。

美國文論家詹明信。

1986 年，詹明信的《後現代主義與文化理論》由北京大學出版社出版，王寧、王一川、張法、王岳川、陳曉明、張頤武等青年學者從這本書中看到了後現代主義的重要性，接觸到了西方後現代主義的批評家們及其全新的理論話語，逐漸開始成為了中國「後現代研究」的主力軍。此後不久，戲劇、文學創作等領域也都先後召開了後現代文學與當代文學藝術的研討會，四年時間裏，一系列專著隨之付梓出版，在當時以及之後

的中國文論界引發了非常巨大的影響。比如劉峰的《後現代主義文藝思想》（1986 年）、唐小兵的詹明信訪談《後現代主義：商品化和文化擴張》（1986 年）、伍曉明與孟悅的《歷史—本文—解釋：傑姆遜的文藝理論》（1987 年）、王逢振的《傑出的西方馬克思主義批評家：弗雷德里克‧詹明信》（1987 年）、董朝斌的《文化的現代困惑——讀〈後現代主義與文化理論〉》（1989 年）等等。

　　談完影響，那麼就應該深入到時代精神的本質，中國特色的「後現代」本質究竟又是什麼呢？拙認為，詹明信的「後現代」理論為 1985 年之後的中國文學，提供了兩層影響——一層來自於文學理論家、評論家的關注視角，另一層則是來自於作家們的創作實踐，兩者共同構成了「後現代」理論對於二十世紀八十年代中後期中國文壇的決定性影響。

　　其一，後現代理論為當時的中國學者提供了一種批評策略（criticism strategy）。批評策略又稱批評視角，實際上是指文學批評家們對於一個文學文本的解讀方式。在 1985 年之前，中國的文學批評實際上是非常不成熟，也是相對較為落後的。且不說女性主義批評、符號學批評、敘事學批評與文化研究未引入中國，就連在西方已經是使用多年的後現代主義批評，對於中國評論界來說仍然是新東西。詹明信的形式意義是為中國的學者們打開了一扇窗，以此為契機，可以管窺到當代世界的批評圖景，從而繁榮中國的文學批評，這是他對於文學批評的形式意義。

　　再從內容上看，意義就更為明顯。後現代主張在研究文化現象時用一種文化來反觀另一種文化，即進行跨文化的比較性研究。1983 年，十二屆二中全會剛剛閉幕，「以經濟建設為中心」方才被

提到日程之上。一時間，國內快速地進行著城市化、市場化與國際
化的建設，譬如商業廣告、電視劇、交際舞、雜誌與時裝等一系列
新的、日常生活化的審美符號開始呈現在大眾的眼前，如何解讀這
些符號？它們的文化價值、文學價值究竟又在何處？於是這遂構成
了文論界一致認為的學術難題。

詹明信的後現代理論為評論界解讀這類符號以及對大眾文
學、雅文學與俗文學的認識提供了一個可資借鑒的方法論。他憑藉
自己汪洋恣肆的文風與浩瀚如海的知識面，將文學批評變成了文化
研究的一種「鏡像」。在日益開放的中國文學批評界，這樣的「鏡
像」是有著其他的批評形式所不具備的前瞻性與全面性。面對舶來
的、自生的種種新生事物、文化現象，如何進行深入到內部邏輯的
解讀？文學批評是否可以應用於其他文化本體的批評當中？這便
是詹明信所賦予文學批評家們的答案所在。

其次，詹明信為當時中國的作家樹立了一種創作立場（writing
attitude）。正如前文所言，詹明信之前的中國文學創作界，在創作
立場（或曰創作態度）上實際上是單調、一元的。西方的意識流、
後現代與荒誕派等創作形式、創作心理與創作模式並未完全地引入
中國文壇，大家所熱衷的仍是蘇聯的革命現實主義、歐洲的寫實主
義、浪漫主義等簡單、粗線條的寫作風格，這對於中國文學的世界
性對話，非常不利。

在詹明信訪華之後，中國的各級作家協會、出版單位與文學研
究機構隨之舉行各種座談，商談中國文學創作形式革新的可能性。
馬原、格非、孫甘露等全國各地青年作家紛紛拿起筆，開始了自己
的文學創作。

在這次寫作立場的革命中，大陸的青年作家開始了前所未有的大膽嘗試。面對瞬息萬變的社會變遷與波瀾壯闊的改革浪潮，作家們深知這早已不是之前那個「一人能領導」的專制時代，如何描摹這個時代？這個與西方社會相差無幾的時代，我們又應該用什麼樣的文學形式去適應？

第二節　「新詩」與先鋒小說：敘事方式的重構

在後現代理論被引入中國之前，中國的詩歌就呈現出一種即將轉變的文學潮流，並且這種潮流不可逆轉地波及到當代中國的詩歌創作當中。對於這類詩歌的形成，學術界大致有三種不同的意見。

其一是「四五運動」說，學者丁帆在《中國現代文學史（1917-1997）》一書中如是認為：「新時期詩歌的覺醒，是以1976年的天安門詩歌運動為起點的」[5]。這種說法有其歷史道理，因為「四五運動」標誌著一次群體思想、大眾願望與社會意志的轉型，正式地「宣佈了充斥於詩壇的矯揉造作、陳詞濫調的死刑」。對於歷史的反思、對於群醜的控訴是「四五運動」詩歌的主潮，因為周恩來總理的病逝導致詩人們對於世態有了應有的覺醒、對於文學也有了重新的認識——尤其是以北京第二外國語學院漢語教研室16位教師以「童懷周」為筆名搜集、修訂的《天安門詩抄》更是成為

---

[5]　丁帆、朱棟霖：《中國現代文學史（1917-1997）》，高等教育出版社，2006。

了中國新時期詩歌的分水嶺，這部著作自然也成為了中國新時期新詩的第一聲驚雷，隨後所出現的先鋒詩、朦朧詩都步其後塵。這一說法不無道理，也獲得了國內學術界的肯定與支持。

其二是「後現代意識」說，這種說法在西方漢學界尤為流行。在上個世紀八十年代初，中國經濟飛速發展，久閉的國門終於打開，先進的生產方式、生產關係與西式的生活方式與意識形態構成了一幅中國大地上前所未有的絢爛圖景。作家敏感、乾涸的心靈遇到了這樣的變革，於是形成了一種類似於西方「後殖民主義」在「解殖」（decolonial）之後的「茫然無序」──置身於瞬息萬變、花花綠綠的世界中，傳統的意識形態受到了顛覆，新的思維秩序尚未建立，於是作家就形成了一種類似於酒後迷狂的「無序」意念狀態，本我控制自我，語言法則為言語所顛覆，遂形成後現代時代難以理解的新詩的濫觴──即朦朧詩[6]，此為其二論。

其三是「代際文化」說，這是本人近年來所提出的一個觀念。在上個世紀八○年代初期，中國社會步入了轉型期。在經歷了痛定思痛的傷痕文學之後，六○年代生人第一次開始對一種全新文學現象癡迷沉醉，於是，新詩的早期代表──「朦朧詩」就自然而然地成就了中國新時期最早的一批詩人和讀者。經歷了「文革」的青年人這時正處於轉型期，對於信仰和人生出現了迷茫和焦灼情緒，形成一種情緒化思潮。而作為文學，朦朧詩的出場則恰好將這種情緒瓦解，而瓦解這種情緒的朦朧詩自然而然的也成為一種思潮[7]。再

---

[6] Ma Tony, *Modernity dispiritedly with latter modern present in China modern literature*. Massachusetts University Press. 2003.

[7] 韓晗：〈代際歷史、文化認同與暢銷圖書──文化類暢銷書的歷史文化分

從傳播學的角度來分析，在朦朧詩出現的時候，六〇年代（包括一批五〇年代末期）出生的青年成為了一批朦朧詩的闖將。他們很快將自己對於現實的迷茫和憂鬱以朦朧詩的形式通過手抄本宣洩出來。在市場經濟和傳媒水平化都不明顯的情況下，朦朧詩這種形式獲得了大眾的高度認可並成為當代文學史上的一座豐碑，也就不足為奇了。

　　不管怎麼說，一種文學樣式的出現，不是某一種單一的因素所引起，正如昆曲一樣，其形成經歷了多重因素與歷史的變遷，而非湯顯祖或是梁辰魚一人之功。上述三種新詩的起源，只是為了佐證新詩乃是在一個極其複雜、特殊的社會環境下發生的，那麼對於新詩的研究最好的方式就應是從某個具體的、有代表性的文本來進行文體學分析，而不是著重於文化現象去嘗試著在千頭萬緒中挖掘其所謂的「文學本質」。

　　真正意義上的新詩——即朦朧詩應發軔於 1979 年舒婷發表於《詩刊》的《致橡樹》，其後朦朧詩一直在萌芽期被評論家們爭論不休。當時以北京大學教授謝冕的《在新的崛起面前》、福建師範大學教授孫紹振的《新的美學原則的崛起》與海南大學教授徐敬亞的《崛起的詩群》，構成了當時對朦朧詩這一新生事物的最強烈的褒贊，一時間評論界對朦朧詩好評如潮、勢不可當，甚至壓過了臧克家、程代熙等老一輩學者對朦朧詩的批評。

　　在 1984 年以前，青年詩人們靠激情寫作，確實成就了一批理想主義、浪漫主義的新人新詩，譬如說顧城、海子與北島等。但是

析〉，《中國圖書評論》，2006 年 8 月。

顧城（左）與捷克漢學家戈利。

在 1984 年以後，詩人們開始走向了理性化、文學化與藝術化，並試著顛覆之前朦朧詩中的晦澀、個人化與口語化。其中代表人物有歐陽江河、楊煉、於堅與韓東，于是被後人稱為「後朦朧詩歌」或「新生代詩歌群」。從文學性、藝術性與當時的影響性而言，他們確實是朦朧詩的精神賡續，但是又是朦朧詩之後的大浪淘金──他們真正地代表著新詩的最高水準。

其中，最具影響力的作品之一便是韓東在 1984 年底完成的代表詩作〈有關大雁塔〉：

> 我們又能知道些什麼
> 有很多人從遠方趕來
> 為了爬上去
> 做一次英雄
> 也有的還來做第二次
> 或者更多
> 那些不得意的人們
> 那些發福的人們
> 統統爬上去

做一做英雄

然後下來

走進這條大街

轉眼不見了

也有有種的往下跳

在臺階上開一朵紅花

那就真的成了英雄

當代英雄

有關大雁塔

我們又能知道什麼

我們爬上去

爬上去

看看四周的風景

然後再下來[8]

這首詩 1984 年底完稿，1986 年發表於《中國》雜誌第七期，這才在全國有了廣泛的影響，「大雁塔」在這裏實際上指的就是一種「追求」，或者是人世間某些虛榮、外在的東西。費勁千辛萬苦登上去的目的只是「做一回英雄」，無論男女老少，有的甚至冒著「在臺階上開一朵紅花」的危險，去做這樣的英雄。但是韓東看來，當我們對於這樣的理想不知道拿來何用時，不妨「爬上去」，看看四周的風景再下來。

---

[8] 韓東：〈有關大雁塔〉，《中國》，1986 年第 7 期。

　　韓東的這首詩表述了他的一種人生況味,或是說一群人的人生觀與世界觀。這是一種群體的思想態度,即理想虛無化、無主義化與政治波普化。詩人們對於現實的世界覺得蒼白無力,金錢刺激了感官,扭曲了人性,而詩人又是最講求純美的,在這樣一重矛盾下,新詩走向了對於社會的重構與批判。

　　對於意象、修辭的悖反,對於口語化的推崇,是新詩近十年發展過程中一以貫之的文學風格。「讓詩回到語言本身」成為了當時詩壇最流行的一句口號。做詩尚且如此,同行的先鋒小說在這一時刻大行其道,竟成為中國小說創作的主潮,所以亦不覺得奇怪了。

　　所謂先鋒小說,有批評家認為,實際是以現代主義(後現代主義)為主要創作意識,作家深受後現代主義與現代主義的影響,顛覆了傳統現實主義的創作觀與審美觀,認為文學不是再現生活、摹仿生活,而是自我表現,用藝術想像創造客觀、再現客觀從而表現主體,即作者不再通過在文本中注入自己的價值評判與精神情感來建立其他體性[9]。筆者倒主張,從宏觀上看,這是在繼之前中國當代文學思

劉索拉。

---

[9]　金秋:〈論中國當代先鋒文學的精神流變〉,《暨南學報》(哲學社會科學版),2000 年 7 月。

潮「人的發現」之後的又一次文學進化，即「自我」的發現，其中代表作家有徐星、馬原、孫甘露與目前客居美國的劉索拉。

　　劉索拉（Sola Liu）的《你別無選擇》發表於 1985 年《人民文學》第三期，這篇小說拉開了中國先鋒小說運動的序幕，與同期問世的徐星的小說《無主題變奏》被認為是「現代主義」在中國的端倪。劉索拉的祖父是中共早期領導人劉志丹，她本人又畢業於中央音樂學院作曲系並留校任教，其作品帶有強烈的音樂質感與藝術韻味，這是其作品的最大特色。

　　在《你別無選擇》當中，劉索拉塑造了一個「音樂學院」的具體場景，這個場景既是虛擬、寫意的，又是客觀、寫實的。作家試圖用文學的方式來描摹新的藝術觀念對傳統藝術觀念的衝擊——星星美展、西單民主牆與「現實主義現代主義之爭」等種種新生藝術意識形態不斷衝擊著中國大陸的藝術界，劉索拉敏銳地發現了代際之間的藝術觀衝突，並將其客觀地表達了出來。

　　「李鳴」是小說中的主人公，他是一個作曲系的學生。雖然他也是眾多學生中的百分之一，但是他一直以一種自我的、冷峻的心態來審視周圍人的生存狀態與意識形態。小說的開篇，以李鳴要求退學為切入點，鋪陳地描述了音樂學院一批學生的精神氣質——董客的迂腐、戴齊的聰穎、森森的迷茫，以及孟野的叛逆。文中的「賈教授」實際上是一種舊的思想觀念與意識形態，而「金教授」則是在社會轉型期學術界特有的一種「偽君子」——不學無術但善於包裝自己，在令人敬畏的外殼下包裹著實際上是一個猥瑣、無知的靈魂。

　　在上個世紀八十年代中期，社會價值觀一度呈現出了「群言雜語」的混亂，多元化思潮影響著中國社會。「音樂學院」就是一個

中國社會的濃縮。劉索拉如是描述年輕學生們與「賈教授」的意識
衝突：

> 這個班上有三個女生已經把全班攪得不亦樂乎。為此，後面
> 幾屆的作曲班就再也沒招進女生。主要是賈教授大為頭疼。
> 風紀、風化，都被這三個女生攪了……賈教授幾乎對這個班
> 的學生感到絕望。但他不能表示出無能，他得管，可又一點
> 兒辦法沒有。他既說不出辦法，又覺得絕望，這使他的臉變
> 得烏黑。他的衣服穿得更破，到後來兩個褲腿已經不一樣長
> 了。可還是一點兒辦法也沒想出來。[10]

這很容易讓人想到昆曲《牡丹亭》裏面杜麗娘、春香與老夫子陳最
良的衝突。這種衝突與其說是代際之間的文化代溝還不如說是新生
力量對於世俗權威的一種反抗、挑戰。

　　湯顯祖寫《牡丹亭》正是中國第一次思想啟蒙運動，顧炎武、
黃宗羲等學者對於君權的置喙，以及江南蘇州、揚州一帶原始資本
主義手工業的萌芽，催生了中國古代第一次思想啟蒙運動──湯顯
祖正是江南人氏；而劉索拉寫《你別無選擇》也正逢中國當代的思
想啟蒙運動，改革開放促使中國現代工業、經濟的飛速發展，兩者
的文化背景何其相似乃爾！

　　劉索拉在作品中所意圖描摹的是一場「交鋒」，當然這場交鋒
的勝者必然是代表新生力量的學生，最後以孟野的作品質樸得無與

---

[10] 劉索拉：〈你別無選擇〉，《人民文學》，1985 年 3 月。

倫比卻被看作「法西斯」而離奇地從比賽中出局，而森森平庸無常的作品卻獲獎為結尾。在荒誕的語境下如何建構一種接近生命本質的真實？劉索拉的作品實際上便意圖為我們賦予這樣一層答案。

「先鋒小說」是後來者為馬原、孫甘露等青年作家作品的命名。所謂先鋒，即時代的弄潮兒。文學史上的「先鋒文學」並非以他們為濫觴。早在十九世紀的德國，施勒格爾、歌德等人發起的「狂飆突進運動」便是世界上最早的「先鋒文學」（pioneer literature）。兩者相同之處在於，都是一群青年作家在自己國家的歷史轉捩點上，進行著「自我」的文學體驗與書寫過程。

正如詹明信理論中提到的那樣，後現代主義是晚期資本主義發展的文化邏輯，代表了對世界和自我的一種新的體驗。找到「自我」的青年作家們，通過自身「新的體驗」來反觀「世界」的巨大變革，成為了當時文學創作的一股熱潮。當然，這股熱潮發展到最後就出現了「奇言雜語」的現象，熱衷於先鋒文學的作家都開始「向內轉」，即在敘事過程中過於強調一己的內心感受與生命體驗。

過於自我的文學是沒有接受市場的，這就導致了其後很多常人難以讀懂或是難以理解的文學作品被人冠之以「先鋒文學」或是「後現代」的戲稱。實際上，這是對這兩者的巨大誤讀，如何認識「先鋒文學」以及如何解讀「先鋒派」，早已構成了當代中國文學批評的一個重要任務。

1986 年第 9 期《上海文學》上，一篇名為《訪問夢境》的作品引起國內文學界的極大關注。作者名叫孫甘露，是上海作家。這篇稿子曾屢遭退稿，多次經人轉手推薦，最後被《上海文學》編輯楊曉敏慧眼識珠。該稿一經發出，迅速在國內文壇引發極大反響。

孫甘露不但成為了先鋒小說獨樹一幟的人物,更是當代中國文壇不可或缺的作家之一。

說到底,孫甘露其實是筆者一直關注,也準備在此進行比較研究的對一個文學個案。作為先鋒派的另一位代表作家,與劉索拉不同,孫甘露的特點便是在於力圖樹立出先鋒派作家中的「不同」,誠然這也是他自己對於先鋒文學的看法與態度。正如他自己所認同的那樣,「被稱作『探索小說』的那些作家,包括我本人,彼此之間其實都有許多明顯的區別,我覺得他們的共性談得太多,個性相對就被忽略了。」[11]

孫甘露活躍於上個世紀八十年代中後期,與孫甘露同時開始寫作的先鋒作家馬原、蘇童與余華等人都逐漸進入主流文壇並被主流文壇所接納時,孫甘露仍然徘徊在主流文壇之外,並未能進入到一線作家當中。日後的孫甘露逐漸遠離主流文壇,新世紀的孫甘露更是受聘生活類雜誌《上海壹周》擔任總策劃一職。2008 年,孫甘露應邀為國際品牌愛馬仕(Hermès)代言,此時的孫甘露早已是一名文化創意產業的領跑者,而不是當年青春激昂、新銳果敢的先鋒作家。

之所以在這裏把孫甘露單列出來個別提及,最主要原因便在於孫甘露作品中的「中國特色」。縱觀同時代其他小說家,作品雖然呈現出先鋒性、後現代性與亞文化性的諸多特徵,但是這一系列作家中所滲透出的文本特徵卻是「西化」的。這種「西化」的本質則是以喪失自我民族的文學基礎為代價──正因為此,作家韓少功才

---

[11]　孫甘露:《在天花板上跳舞》,文匯出版社,1997 年。

會在 1985 年發出「尋根」的疾呼。在先鋒文學諸多作家中，孫甘露無疑是一位將中國傳統敘事與西方文藝思潮較好有機結合的作家。

孫甘露的特別之處在於，他沒有特別代表的某一部作品，但是他所有的作品卻綜合、整體地構成了一個獨特的敘事王國，這也是其最重要的創作特點。譬如說《請女人猜謎》、《訪問夢境》、《信使之函》等作品，本身是抒寫夢境，但是卻能夠從「夢境」這種傳統的敘事法則中走出，與西方小說結構原則合二為一。

孫甘露。

剪紙院落在夜晚是封閉的。也就是說，逝去的歲月在夜晚是封閉的。否則，你將走出歷史之外。現在跟我來吧，我給你安排一個睡覺的地方。要知道，在歷史裏睡一夜是很舒服的，這不比在母親的子宮裏睡一夜差……我發現我不會生孩子，這或許可以說我大概不會死亡。我陷入極度的沮喪之中，我開始整天想像死亡，搜集這方面的著作和研究資料，為自己勾畫死亡的藍圖，設計死亡的各種方案以及實施這種方案所需要的一切準備。是的，死亡高於一切。但很快我就

> 淡漠了，我覺得盯著死亡不放是幼稚的表現。於是我重新開
> 始學習生活，恢復我從前的一切能力[12]。

這是孫甘露《訪問夢境》中的一段，這段話因以其獨特的文體風格
與文學張力獲得了當代中國文學批評界的高度認可。陳曉明認為，孫
甘露的小說敘事「已經徹底改寫了我們的小說規範和藝術修辭學」。

通過如上的引用，其實我們並不難發現，孫甘露的小說最大的
不同，在於其哲理詩樣的語言，將看似「碎片化」、「拼接化」的後
現代小說拼成了一部帶有中國古典文學意境的先鋒小說。從孫甘露
對於生與死、存在與消亡等永恆性問題的考慮上看，他與莊子、楊
朱等早期哲學家的思想，有著不謀而合之處。

這是孫甘露作品中所暴露出來的「傳統」一面，孫甘露認為，
死亡並不代表著徹底的消亡，而是另一種存在形式。這一點與老莊
所持的生死觀有著不謀而合之處。

《莊子·列御寇》中，曾如是論述莊子的生死觀：

> 莊子將死，弟子欲厚葬之。莊子曰：吾以天地為棺廓，以日
> 月為連璧，星辰為珠璣，萬物為齎送，吾葬具豈不備耶，何
> 以加此？[13]

莊子的「日月」、「星辰」、「萬物」與孫甘露所稱的「在歷史裏睡一
夜」、「母體的子宮」有著意識形態上的共同之處。即認同「死」不

---

[12] 孫甘露：《訪問夢境》，長江文藝出版社，2001 年。

[13] 莊子：《莊子·列禦寇》。

是終結，而是一種存在形式，並且可以與其他的存在形式相互轉換。甚至他認為，「盯著死亡不放是幼稚的表現」——認同死亡這種形式與「生」這種形式在存在意義上別無二致。從這點看，孫甘露很好地繼承了莊子的觀點，並將其文本化了。

誠然，孫甘露自己也不否認曾深受薩特、叔本華等存在主義、虛無主義的影響——本身先鋒文學的「根」就是歐美的現代文藝思潮。但是孫甘露的作品和余華、蘇童、馬原等先鋒作家又不盡相同，他的敘事法則卻勇於在「傳統」文化中去建構自己的話語大廈，這一點尤為難能可貴。

之後的孫甘露將目光投到了「舊上海」的城市敘事當中——最終他還是回到了自己生活的城市。從先鋒文學走出，回到城市敘事中的孫甘露，和程乃珊、陳丹燕等作家一道，構成了當代上海作家群的主力軍，雖然孫甘露已經遠離了先鋒文學，但是他的字裏行間中，仍然能夠深切地感觸到其先鋒姿態的文學精神與深厚傳統的文化素養，譬如說《我是少年酒罈子》、《此地是他鄉》、《呼吸》等等，都有所體現。

有評論家認為，以劉索拉、孫甘露、馬原等為代表的先鋒小說家重建的是一種「敘事」（narrative），而不是文本內涵。即認可他們作品在小說技巧層面甚於敘事內涵層面[14]。對於這一說法，筆者倒不是非常贊同，原因在於一點，因為小說的意義本身除了敘事之外，更在於內涵所反應的文學精神。因為小說的文本與其他作品的文本不同，小說本身具備著一種文學張力，可以作為一種隱喻拓展

---

[14]　紅拂：〈深度生存與遊戲空間——論孫甘露的小說（1986-1993）〉，《當代文壇》，1995 年第 2 期。

到文學之外的能指當中，承擔社會、道德或倫理的作用，從這點來看，先鋒小說所重建的，遠不是「敘事」這麼簡單的技巧層面。

但是，「敘事」這一概念本身存在著相當多的含義。在結構主義與敘事學發展到了當下，「敘事」彷彿成為了一種代表「語言」的策略。只要為了表達，任何事物都可以成為敘事的一種，那麼從這點來看，先鋒小說家們對於「敘事」的重建又是合法的、可以理解的。

第三節　高行健與中國實驗戲劇

中國當代文學發展至今，對於中國話劇史的研究卻是極其薄弱，這從某種層面上預示著所謂中國文學的「現代性」研究實際上是一種具象的「偽裝」，這一點本人曾多次撰文提及過。縱觀多部現當代文學史，對於話劇都認可其在文學現代性進程中所承擔不可替代的功用，但是若真是論及話劇史，卻寥寥數言。再刨根問底找到其本質原因，張庚先生五十年前的一句話早已概括地非常詳盡──中國五十年話劇史並不是一部劇場史而是一部如何「配合革命」的運動史。

確實，中國的話劇史在百年發展歷程中受到了太多的束縛與不公正對待，結果導致不止一位的學者常將其擯棄於文學史之外。但是在中國新時期文學史上，話劇所起的積極意義與歷史作用，仍然絲毫不遜色於新文化運動時春柳社、南國社等話劇社團所起的啟蒙

作用。話劇在現當代中國兩次思想啟蒙過程中都發揮著他者無法替代的巨大功用——它能夠主動地與政治運動相脫離，而不像小說那樣無論何時都與政治運動保持著藕斷絲連的關係，這又是話劇史研究所應當注意的。

那麼，中國話劇在上個世紀八十年代究竟發揮了什麼樣的功用呢？

提到八十年代中國話劇，不得不提的就是高行健。

高行健，祖籍江蘇泰州，1940 年出生於江西贛州，「文革」前畢業於北京外國語大學法語系專業，曾在《中國建設》雜誌擔任過俄語翻譯，以及中國作協外聯部幹部，自學油畫，並熱衷於文學創作。後因作品不斷發表、出版，而於 1980 年被北京人民藝術劇院調入任專職編劇。1987 年赴法國，2000 年獲得諾貝爾文學獎，成為該獎設立以來第一個榮膺該獎華裔作家。

準確地說，高行健的戲劇生命開始於 1982 年 8 月 1 日。這一天，他與鐵路文工團創作員劉會遠合著、林兆華執導的話劇《絕對信號》在首都劇場首演，可惜這部戲並未能獲得轟動——原因在於這出戲並未像其他經典劇作一樣在演出場公演，而是在二樓的排練劇場，周圍僅僅只有幾個業內人士與戲劇愛好者。

無意間，高行健與林兆華創造了一種

高行健。

演劇的形式，並且成為中國當代文學最重要的表現形式之一，影響深遠。

　　這種演劇形式被學界稱為「實驗戲劇」（experimental theatre）（趙毅衡語），在臺灣，這類演劇形式早就形成，但是冠名多樣化，有的稱其為「小劇場」（intimate theatre，德語稱之為 Kammerspiele）、「邊緣劇場」、「後現代劇場」甚至在大陸也廣為流傳的「先鋒戲劇」[15]。但是需要說清楚的是，「實驗戲劇」的主導者並非是高行健，而是法國戲劇家安東尼·阿爾托（Antonin Artaud），那是 1932年，正是電影風頭正勁將戲劇逼到絕境的年代，有著責任心的戲劇大師阿爾托揮毫寫下了關於殘酷戲劇的宣言，一改之前戲劇大製作、大場面但場次少的「崇高」體例，主動將戲劇搬入多場次的小劇場，與電影這一新生事物搶奪受眾市場。

　　中國「實驗戲劇」的誕生誠然是與電影電視產業的競爭沒有任何關係，但是中國的話劇先天所承擔的啟蒙意識與後天形成的寫實主義風格將中國話劇再一次地推上了中國當代文學史的風口浪尖。關於高行健的這次演劇，批評家林克歡稱其是「戲劇觀念、舞臺形態和導演語彙的發展」，學者趙毅衡更是將其歸納至「非主流、非商業、非體制，非常規」的戲劇表演體系當中[16]。

　　分析中國實驗戲劇的文學史意義，並非是可以一言以蔽之。但是作為非常重要但又長期被中國文學史研究學者所忽略的中國實

---

[15]　如上這些名詞與英文皆援引自趙毅衡《高行健：建立一種現代禪劇》，臺灣：聯經出版社，2000 年。（《高行健與中國實驗戲劇──建立一種現代禪劇》，臺北：爾雅出版社 1999 年）

[16]　同上。

驗戲劇，本著對文學史負責任的態度，本人仍然要去試圖簡單地釐清「實驗戲劇」的相關內涵、概念與範疇。拙以為，既然談到這個問題，那就須從三個層面來探討。

首先，是「實驗戲劇」的定位問題。我們應該從什麼角度來解讀「實驗戲劇」？當然，從藝術傳播學的角度來分析，實驗戲劇實際上是新媒介（小劇場）與新觀念（戲劇美學、電影美學與後現代藝術精神）的混合物，且其戲劇表現手段也是混合的、多樣的，故臺灣戲劇界亦稱其為「混合手段劇」（mixed-means theatre）。

但是，作為戲劇的一種，它最基本的兩個層面——文本（text）層面與舞臺（stage）層面（即中國傳統戲曲小說中的「場上之美」與「案頭之美」），無論手段如何混合，兩者本身的這兩重層面卻無從更改，這是戲劇成其為戲劇的藝術前提。分析一部戲劇，一般就是從三重角度——文本、舞臺與綜合來分析，高行健的實驗戲劇究竟是重文本還是重舞臺？這是解決實驗戲劇定位的基本前提。

正如前文所述，所謂實驗戲劇至今尚無定名，但是臺灣與歐美學界卻普遍地將其稱為「先鋒戲劇」或是「後現代戲劇」。先鋒也好，後現代也罷，在二十世紀八十年代中期的中國所指當是文學，其他的藝術譬如舞臺美術、燈光與表演在當時尚未趨入先鋒與後現代的領域，但是先鋒小說與詹明信的後現代思想卻早已在中國文壇大行其道。且中國的實驗戲劇，本身就是文本先行，待到文本產生影響之後，隨之將其導演成舞臺戲劇如果上溯到之前的文本層面，仍然與先鋒文學或後現代文藝思潮有著千絲萬縷的聯繫。

說到底，中國的實驗戲劇仍是之前或同時代先鋒小說與後現代思潮的產物，所以筆者將其一並放到一大章裏面，理由正是基於此。

一種現代派的演劇形式，與現代派的文學有著不可分割的聯繫。西方的阿爾托、梅耶荷德、格洛托夫斯基無一例外，中國的高行健也是如此。高行健的藝術靈感來源於文學文本，這是一個基本的前提。所以說，從文本的角度解讀高行健的劇作，本身就有著還原藝術本真的意義。

照此說來，「實驗戲劇」的意義更側重於文本，即後現代意識、先鋒文學精神作為一種意識形態在舞臺藝術形式的反饋，兩者構成了形式與內容的關係。要想弄懂實驗戲劇，那麼就必須要讀懂與之對應的文學文本，倘若沒有這個前提，那麼一切的理解、評論與體會都是空中樓閣──儘管高行健一再主張「戲劇性」的前提是亞里斯多德所說的「行動第一」──但是縱觀高行健的戲劇成就，他的「話語營構」始終是其藝術體系中最閃亮的地方。

談到這裏，就必須要談到第二個問題──即中國實驗戲劇的斷代分期問題。眾所周知 1982 年是中國實驗戲劇元年，那為何又將中國實驗戲劇劃入到 1985 年之後的文學史？

這就像「新詩」一樣，1985 年之前，其具體的藝術樣式雖未完全形成，但是已經有了一定的規模，一時間魚龍混雜、泥沙俱下，當文學藝術成為一種熱潮──即文藝變成公共傳媒視域下的日常生活審美化而缺乏必要的精神積澱時，文藝的意義就很難被彰顯。一旦等這類文學樣式發育成熟漸成體系，那麼文藝本身所攜帶的敏銳也就隨之消沉。

但是撰寫文學史與文學評論的不同之處在於，文學史所考量的不是某一種文化潮流、文學現象或文化，而是具體的作家、文本與文學思潮（或流派）。新詩在藝術上真正的成熟是以 1985 年新生代詩群的誕生為標誌。中國實驗戲劇真正走向成熟，是在 1985 年之後，高行健主動走出了玩弄形式、內容光怪陸離的「實驗介入劇」怪圈，主動地進行尋求自我，探尋藝術本真，於 1986 年創作出了話劇《彼岸》（The Other Shore）。

這部話劇的執導者牟森後來與孟京輝構成了中國實驗戲劇的「雙 M」，這是後話。但是這部戲在當時的中國卻遭到了巨大的爭議甚至有「禁演」的危險。雖然最後高行健出走法國，但是這部戲的藝術影響還是相當大的，至少確立了中國實驗戲劇的表演規制與戲劇體例。

當然，高行健之前的劇作《野人》真正地打破了斯坦尼拉夫斯基建立在觀眾與舞臺之間的「第四堵牆」，演員可以走下場與觀眾打招呼，一起對話，這在某種層面上消解了戲劇的崇高，建立的是一種大眾文化而非雅文化。這種對於大眾文化的強調在高行健的《彼岸》中表現的尤為明顯。

1985 年之後，高行健的劇作上升到一個新的高度──或許這也是他不得不出國的原因，這一高度以《彼岸》為分界線。之前的劇作，既未能徹底擺脫理性的框架。走向真正的荒誕，亦未能在藝術精神上有所創新，追尋技巧早已走向了窮途末路，但自《彼岸》之後，中國劇壇風氣隨之一變。雖然其後不久高行健便身在國外，但是其戲劇思想、藝術理念仍然促成了後來戲劇者們對於中國實驗戲劇的建構、開拓與創新。

《彼岸》裏面有這樣一段臺詞，實際上昭示了高行健的藝術觀：

啊，到彼岸去！到彼岸去！

到彼岸去！到彼岸去！到彼岸去！到彼岸去！

啊──啊──啊──

好清亮的河水──

喚，真涼！

當心，石子繫腳呢。

真快感！[17]

「彼岸」是高行健心中的「靈山」，劇作家意圖將戲劇本我化、主
觀化，形成一種文學文本，再將其「藝術化」為戲劇，這是高行健
藝術體系的核心。當然，並不是每一個劇作家都如高行健那樣具備
常人難及的藝術高度，這也是為何其後一些劇作家東施效顰卻適得
其反的原因。

值得一提的是，在《彼岸》一劇中，高行健描寫了和尚、尼姑
和禪師。他們口念南無阿彌陀佛，誦經聲四起。信客影從，口中也
念念有詞。

禪師：(右膝著地，合掌恭敬，念誦《金剛般若波羅密經》)。
如來善護念諸菩薩，善付囑諸菩薩。世尊，善男子，善女子，
發阿耨多羅三三菩提心。云何應住，云何降伏其心。佛言善

---

[17] 高行健：〈彼岸〉，《高行健劇作集》，臺北：聯經出版社，2002 年。

哉善哉，須菩提，如汝所說，如來喜獲念諸菩薩，善付囑諸

菩薩，汝今諦聽，當為汝說……

（誦經聲中，香煙繚繞，眾人均合眼打坐。人漸漸也閉上了

眼睛。目光少女出現了，蹲在一個角落裏，眼睛微閉，做著

功夫，像在透明的蛋殼裏睡得不很踏實的嬰兒，手腳都頂著

這看不見的蛋殼四壁。隱伏在人身後的少年緩緩站起受了誘

惑，小心翼翼，一步步悄悄接近這少女。誦經聲漸起，眾人

消失。）

禪師：（誦經聲始終隱約可聞）善男子，善女子，發阿耨多

羅三三菩提心。應如是住，如是降伏其心，難然，世尊，願樂

欲聞。佛告須菩提，諸菩薩摩訶薩，應如是降伏其心……[18]

在這裏，高行健開始談佛說法——禪宗最後終於成為高行健的一個精神歸宿，這是後話。他自己也承認：「這是東方人認識自我，找尋自我同外界的平衡的一種感知方式，不同於西方人的反省與懺悔。東方人沒有那麼強烈的懺悔意識，那是被基督教文化所發展了的一種社會潛意識。東方人靠超越自我的悟性得以解脫。」拙以為，高行健意圖用宗教——中國人潛意識裏的一種群體意識形態來帶動、促進當時的啟蒙意識。這是他的初衷所在。從「娛人」到「載道」，《彼岸》自然地也構成了一個極其重要的藝術過渡。

　　高行健的劇作往往汪洋恣肆，自由灑脫。其小說創作也是如此，無論是引起世界文壇轟動的《靈山》，還是新近創作的《一個

---

[18]　同上。

人的聖經》，都具備一種空靈自如、灑脫俊逸的文風，但高行健作品的最大問題就在於他意圖建構一種敘事，卻邯鄲學步般地將最基本的敘事弄丟了──譬如說在《彼岸》中，敘事不明、言語混雜，本身想去表現一種荒謬，結果自身成為了一種荒謬。過於重視假定性與劇場性，最終會陷入到過於自我的「呢喃細語」當中，若是從藝術傳播學的角度來分析，這又是有待批評的。

在高行健之後，中國的實驗戲劇層出不窮，譬如魏明倫的《潘金蓮》（1986 年）、孫惠柱的《中國夢》（1987 年）、沙葉新的《耶穌、孔子、披頭士列儂》（1988 年）、牟森的《屋裏的貓頭鷹》（1989年），都不斷引領著中國話劇界在八十年代走向一個又一個新的高峰。

值得一提的是，後期的高行健最終由戲入禪，形成了自己獨特的「現代禪劇」，而這個轉折是從《彼岸》一劇開始的。及至其後創作的一些作品（包括他唯一的一部京劇），本身就有著一種置身事外、飄然無歸的境界。而這又是新時期海外華人文學普遍存在的一種創作心態，這將在後文再予以詳敘。

第四節　「尋根」語境下文學精神的探索

1985 年 3 月，作家韓少功在《作家》雜誌上發表了一篇署名文章，這是他參加了一次研討會之後的發言記錄，文章的名字叫〈文學的根〉。

在文章中，韓少功如是寫道：

> 文學有「根」，文學之「根」應深植於民族傳說文化的土壤
> 裏，根不深，則葉難茂……這裏正在出現轟轟烈烈的改革和
> 建設，在向西方『拿來』一切我們可用的科學和技術等等，
> 正在走向現代化的生活方式。但陰陽相生，得失相成，新舊
> 相因。萬端變化中，中國還是中國，尤其是在文學藝術方面，
> 在民族的深層精神和文化物質方面，我們有民族的自我。
> 我們的責任是釋放現代觀念的熱能，來重鑄和鍍亮這種自
> 我。[19]

韓少功在這裏提到尋根，恐怕最大的原因乃是因為到了 1985 年，
中國的文壇已經是一片「歐風美雨」，關於傳統文化、意識觀念早
已是鳳毛麟角。後現代、先鋒派、寫實主義……構成了當時中國文
壇口號性的呼聲，小說成為了敘事技巧的實驗室，戲劇變成了玩弄
形式的黑匣子，實驗戲劇走到了窮途末路，先鋒文學也光芒不再，
甚至連文學批評都患上了至今尚未能痊癒的「失語症」──「尋根」
遂成為了當時作家們的唯一出路──若是再這樣下去，中國的文學
很可能變成西方意識形態與話語霸權的殖民地。如何破解這種危機
成為了中國作家們最為關注的話題。
　　韓少功在文中還毫不客氣地對「歐美風雨」的擁躉做出了尖銳
的批評：

---

[19]　韓少功：〈文學的根〉，《作家》，1985 年 3 月。

幾年前，不少作者眼盯著海外，如饑似渴，勇破禁區，大量引進。介紹一個薩特，介紹一個海明威，介紹一個艾特瑪托夫，都引起轟動。連品位不怎麼高的《教父》或《克萊默夫婦》，都會成為熱烈的話題……「五・四」以後，中國文學向外國學習，學西洋的，東洋的，俄國和蘇聯的；也曾向外國關門，夜郎自大地把一切洋貨都封禁焚燒。結果帶來民族文化的毀滅，還有民族自信心的低落──且看現在從外匯券到外國的香水，都在某些人那裏成了時髦。但在這種徹底的清算和批判之中，萎縮和毀滅之中，中國文化也就能涅槃再生了。西方歷史學家湯因比曾經對東方文明寄予厚望。他認為西方基督教文明已經衰落，而古老沉睡著的東方文明，可能在外來文明的「挑戰」之下，隱退後而得「復出」，光照整個地球。我們暫時不必追究湯氏的話是真知還是臆測，有意味的是，西方很多學者都抱有類似的觀念。科學界的笛卡爾、萊布尼茲、愛因斯坦、海森堡等，文學界的托爾斯泰、薩特、博爾赫斯等，都極有興趣於東方文化。傳說張大千去找畢卡索學畫，畢卡索也說：你到巴黎來做什麼？巴黎有什麼藝術？在你們東方，在非洲，才會有藝術。……這一切都是偶然的巧合嗎？在這些人注視著的長江、黃河兩岸，到底會發生什麼事呢？」[20]

之所以本著在這裏會這樣大篇幅引用韓少功先生的原文，並非是因為湊足篇幅，而是真的覺得這篇文章字字珠璣，特別對於當下的中

---

[20] 同上。

國文學批評界，更有著振聾發聵的作用。「尋文學的根」，在韓少功的筆下成為了一個至關重要的命題。韓少功在這裏並非是一名光說不做的理論家，同樣，他身體力行地以小說家的身份揭開了「尋根文學」的序幕。

自上個世紀八十年代中期以來，「現代性」構成了中國文藝理論界的主流批評話語。所謂「現代性」，既不是以「族裔（族群）文化」的封閉性相對應的開放性文化，亦不是一種話語體系的單向度挪移，而是一種建立在公共理性觀念之上的啟蒙意識，西方學者如哈貝馬斯。但是從那時起，「現代性」這一重要概念在中國卻不斷被修正、打破甚至重構，甚至在當時而言，文藝理論話語體系的「全盤西化」都被看作是一種「現代性」的趨勢，而「現代性」又成為了「改革開放」這個龐大話語邏輯的一個必要的子命題。

在這樣雙重悖論性的邏輯下，韓少功的尋根文學明顯有著獨特而又深遠的文學史意義。當然，也有部分學者認為韓少功的尋根意識乃是來源於民族文化的自覺性發生。韓少功的現代性意識並不等同於當時成為文藝界主潮的現代性，而是一種真正接近啟蒙意識的責任觀，因而韓少功自己在文中也承認「我們的責任是釋放現代觀念的熱能」。故拙以為，韓少功所倡導的「尋根文學」從其本質上來看實際上是一種文學責任意識的回歸。

評論家王堯在與韓少功對話時，韓少功曾有這樣一段回答：

> ……以模仿代替創造，把複製當作創造，只會「移植外國樣板戲」，可能沒什麼出息了。還有一種現象，就是某些批「文革」的文學，仍在延續「文革」式的公式化和概念化，仍是

　　突出政治的一套。「尋根」話題就是在這種語境下產生的。
80 年代中期，全球化的趨向已經明顯，中、西文化的激烈
碰撞和深度交流正在展開，如何認清中國的國情，如何清理
我們的文化遺產，並且在融入世界的過程中進行創造，就成
了我和一些作家的關切所在。[21]

韓少功認為，中國作家的責任當是「認清中國的國情」與「清理我
們的文化遺產」，並在全球化的進程中進行「創造」，韓少功意圖將
這種責任進一步明晰化，於是他在 1985 年繼續創作出了中短篇小
說《爸爸爸》（《人民文學》1985 年第 6 期）。這部小說以其強烈的
哲學意味以及其巨大的社會隱喻，為後來的小說開闢了一條「尋根」
新路。

　　小說中的「丙崽」是一個遺腹子。在韓少功的文化觀念中，父
親象徵著靈魂，而母親則象徵著肉體──丙崽不但沒有父親，且也
是一個智商不高的弱智兒，平生只會說兩句話，第一句是「爸爸」，
第二句則是「×媽媽」（髒話方言）。

　　在這部小說中，韓少功力圖構建了一副自己心中的文化之根─
─充滿楚巫湘儺的民俗文化語境，為讀者建構了一座精神上的桃花
源。丙崽自始至終都在「找爸爸」，因為他沒有爸爸，是「野種」，
所以村子裏的孩子都以欺負他為樂。

　　丙崽的遭遇成為了韓少功小說中貫穿的一個巨大主題。雖然他
力圖用充滿巫風儺影的語境去闡述一個發生於子虛烏有地方的傳

---

[21]　王堯、韓少功：《韓少功王堯對話錄》，蘇州大學出版社，2003 年。

奇，但是韓少功在小說中卻無意中營造了兩個二元對立的結構主義主題——丙崽的「言語」與社會約定俗成的「語言」。

丙崽只會說兩個詞——實際上就表示了丙崽的兩個態度，是或否。這也構成了丙崽對社會、對人生的兩種態度，只是可惜的是丙崽自己並不知道什麼時候該表態，於是他混亂的「言語」與社會所通行的「語言」發生了衝突，最後丙崽為社會所不容，村裏的人一致要求，把他殺頭祭穀神。

「一聲雷」構成了丙崽生命的轉折，最後村裏的人開始把丙崽當作神仙，甚至有人認為他的兩句話是兩個卦。但是後來事實證明，丙崽仍然是一個低能的弱智兒，他終其一生都在絕望與希望中「尋根」，但是又處處碰壁。

韓少功所營造的實際上是一種意識形態（superstructure）。這種意識形態實際上是當時中國文化的一種「異化」，即自己的「言語」無法與世界的「語言」達成一種精神上的溝通與融通，最後只是相互嘲弄，相互不認可。

作家嚴文井曾致信韓少功，就他看來「丙崽」實際上描述的是絕大多數中國人的生活態度，平生就用兩種語言為人處世便足夠。此言雖有一定道理，但是文本的批評本身有著多元的因素。筆者堅信 1985 年的韓少功無意去扮演魯迅的角色，他筆下的湖南鄉村並不是魯迅筆下的未莊，丙崽更不是阿 Q，尋根意識並非社會批判，文學的「敘事意識」遠非與社會

韓少功。

的「載道意識」構成意識形態上的意義對等。拙以為，韓少功的意
義在於，在一個需要文化認同與社會意識形態重構的現代中國（注
意，這裏用的是現代而非文學史家們慣用的「當代」），建構一種文
化的載體範式有著自己獨特的「尋根意義」。

在韓少功之後，汪曾祺的《大淖紀事》、王安憶的《小鮑莊》
以及賈平凹的「商州系列」構成了「85 後」中國當代文學史上最
為絢爛的「尋根文學」圖景。可以這樣說，有相當多青年作家都是
在當時因為尋根文學「聲名鵲起」的，包括前文所述的韓少功，以
及日後憑藉《廢都》名震中國文壇的賈平凹。但是尋根文學的時代
性大於文學性，在上個世紀八十年代末「重寫文學史」與「新寫實
主義」口號被提出後，「尋根文學」逐漸黯淡下來，成為了文學史
研究的一個歷史性話語。

自 1985 年的詹明信訪華到 1989 年，新時期中國文學從發軔期
逐步走向了「群言雜語」的成熟期。代表性文學思潮、作家作品開
始不斷湧現，一批年輕的作家梯隊逐漸形成。更重要之處在於，文
學是人學的標杆被徹底確立，作家開始探討文學與生活的真實，試
著去用作家獨有的敏感度揣摩文學所能承擔的社會力量與道德
價值。

從文學史的角度看，這段時間中國文學應當是 1978 年以來最
有文學成就的年代。但是正如一件事物的新生一樣，文學觀尚未健
全，人們從極左的思潮中走出，尚未完全擺脫意識形態的困擾──
非左即右。從文學思潮的流變趨勢來分析，這段時間是文藝爭鳴最
熱鬧的一段歷史時期──但是文學成就的高低與文藝爭鳴的熱鬧
程度並無直接性的關係。

　　若是以文體學的角度來觀照 1985 年至 1989 年的中國當代文學，我們會發現一個奇特的現象，即文體風格的不確定性。且不說不同的作家（哪怕縱然都享有先鋒作家的名頭），即使是同一個作家，在這短短幾年中也會呈現出不同的寫作態度與敘事風格，譬如說王安憶。這正是創作風頭正盛但卻沒有形成作家的基本要素——風格即文體。這也說明一點，大陸的文壇當時正呈現出「結構」與「風格」相統一變化的趨勢。這亦是當代文學走向成熟的歷史必然。

第三章
1990～1997 年：消費時代的文學態度

我們可以發現一種中等收入人群的表現已經變成了文化的
重要的支柱，伴隨著中等收入人群在九十年代以來的經濟高
速成長中的迅速崛起，一種新的消費主義文化已經生成。消
費主義文化已經在我們的社會中佔有了支配的地位。

——張頤武（2008 年）

消費主義文化與眾不同的特徵是，它所滿足的不是需要，而
是欲求，欲求超過了生理本能，進人心理層次，它因而是無
限的要求。

——丹尼爾·貝爾（1998）

之所以以 1989 年作為第二階段的終結，倒不是因為 1989 年的
政治風波——在香港、臺灣與美國等國家與地區的學者似乎更熱衷
於以 1989 年的政治風波作為分水嶺，這種帶有強烈政治意識形態
的文學史眼光並不足為取，1989 年的六四政治事件後，中共對文
藝政策進行了調整，一個新的口號成為官方文藝的基本發展方向，
那就是「弘揚主旋律，提倡多樣化」，儘管如此，但這並未讓大陸

當代文學退回至萬馬齊喑的毛澤東時代。本著之所以在這裏也以
1989 年為分水嶺，而是因為在 1988 年底，中國的文藝政策出現了
一個小的變化，這個變化往往被國內外的文學史所遺漏。

　　1988 年 3 月至年底。一系列影響中國文學史的文藝政策相繼
出爐──國家新聞出版署和國家工商行政管理局聯合發佈的《關於
報社、期刊社、出版社開展有償服務和經營活動的辦法》，中宣部、
新聞出版署推行的《關於當前出版社改革的若干意見》和《關於當
前圖書發行體制改革的若干意見》。第一個文件認為出版社經營部
分可以剝離出來組建公司；而第二個文件秉承這個時期經濟體制改
革的基本思路，嘗試在出版單位實現兩權分離，把企業由單純的生
產者變為相對獨立的經營者；第三個文件不僅提出了在發行領域放
權承包、放開批發渠道的意見，推動了民營資本在出版流通領域的
進一步發展，而且還提出了組建企業集團想法。這三個文件構成了
中國出版產業化最早的政策嘗試，這對後來的中國文學影響深遠。

　　法國當代哲學家尚·布希亞（Jean Baudrillard）認為，全球化
的語境逐漸會將一種現實社會變成一種消費者的社會，而消費者的
社會的特點就是造成一個虛假的「觀念」──認為個人有大量「選
擇的機會」（chance of choose）但實際上人們陷入現實規定的限制
中不能自拔。若是在走向產業化的文學中來重新定義這一概念，便
是在文學消費（literature expense）的語境下，文學作品實際上是呈
現出一幅多元化（可以被多選）的狀態，但是當消費者走進書店的
時候，卻很難發現自己所需要的書。原因很簡單──文學作品作為
一種精神消費被價值規律、產業規制與利潤最大化原則這些「物」
所異化了。

這就是 1989 年後中國文學為何會存在著「人的倒下」這一奇特狀況。文學雖與政治、經濟從屬三個不同的意識形態領域，但是兩者卻有著唯一的相同之處，就是文學本身有一種依賴性，不是依附於政治，便是投靠經濟。這不是文學的立場問題，而是文學自身的語境歸屬，文學本身需要載體才能存在。

1990 年是二十世紀末最後十年，「世紀末」構成了當時社會生活的總主題。而 1997 的香港回歸又將「解殖」（decolonizing）的文學話語引入到了當時的中國文學批評界，如此種種不一而足。可以這樣說，中國的文學進入了世界性同步的消費時代。

王朔、王安憶、莫言、余華、蘇童等作家在這個特殊的時代揚名立萬，憑藉電影、電視劇對文學文本的再闡釋，以及暢銷書的出現，文學開始進入了消費時代。

值得一提的是，總有一些清醒的學者、作家比常人更敏銳、更透徹、更能窺見文化的精髓與本質。1990 年前後的「重寫文學史」風潮，便是在這個蓄勢待發的年代文學精神所發出的真實聲音。

第一節　「重寫文學史」與「人」的理論重現

「重寫文學史」這一概念的提出源於 1988 年陳思和主編的《上海文論》，從 1988 年 8 月第四期起，主編陳思和與學者王曉明擔任了「重寫文學史」的專欄主持。作為重寫文學史的開端，《上海文論》在第四期、第五期先後刊發了戴光中的〈關於「趙樹理」方向

的再認識〉與王雪瑛的〈論丁玲小說創作〉。兩文雖未提關於文學史應如何「重寫」，但是卻在形式、內容上對於重寫文學史的訴求進行了前所未有的呼籲。

能寫入文學史必定是權威或是時代的文學代表，這是中國人約定俗成的看法。在這裏，「重寫」意味著解構，而解構必然又是帶有顛覆性意義的重建。就當時而言，文學史──尤其是現代文學史的寫作風格、話語規制、撰寫初衷與言說脈絡幾乎都是由主流意識形態一言堂控制。而在 1949 年以後，中國較為通行的現代文學史有王瑤先生的《中國新文學史稿》、丁易先生的《中國現代文學史略》與劉綬松先生的《中國新文學史初稿》，這三部文學史構成了當時中國現代文學史的經典之作。

但是這三部成稿於 1949 年之後的現代文學史，無一不帶有很強的意識形態特徵。以不同時代的作家作品為主要寫作線索，幾乎都是「所有作家中突出紅色作家、紅色作家中突出主要紅色作家、主要紅色作家中突出『魯、郭、茅』」的寫作套路。在這個套路下，文學史於是成為了官方意識形態不同版本的化身，獨創性與建設性自然就相當缺乏了。

「重寫文學史」最核心的觀點是：文學史應該是敘事者的個人體驗，與社會意識形態沒有必然聯繫。文學史研究本來就是不能互相「複寫」的，一千個的學者就應該有一千部不同的文學史，這是文學史撰寫的基本前提。學者們認為，現當代文學史絕非是編年史那樣的材料羅列，而是包含了審美層次上對文學作品的闡釋評判，研究者的主體性意識（independent consciousness）必須要參與到文學史的研究、書寫當中來。

「敘事」（narrative）和「批評」（critical）構成了「文學史書寫」兩個最大的趨向性範疇。文學史究竟是該敘事還是該批評？這是困擾當時中國文學史研究學者的一個大問題。對於權威作家尤其是「魯郭茅、巴老曹、丁周賀趙葉聖陶」這些所謂「紅色作家」，只敢平實地敘述、不著邊際地讚揚以及一味地褒獎，而絕對不敢分析、解構更遑論批評。文學史於是成為了金字塔狀的「陣營」。

陳思和。

之所以會出現這樣的情況，當然與社會原因、政治因素密不可分，但是與作家本身的意識狀態、知識結構存在著必然的聯繫。曾經參加「重寫文學史」爭論的評論家陶東風就認為，之所以文學史會千篇一律，究其本質原因，還是因為寫作者的知識結構問題。

> 那些接受新理論較快的人對於文學史知識相對貧乏，那些專治文學史的人又對新理論相對隔膜。[1]

清華大學教授曠新年後來總結說，「重寫文學史」的提出者之一王曉明明確地把1985年在北京萬壽寺中國現代文學館召開的「中國

---

[1] 陶東風、孫津、黃卓越、李春青：〈歷史，從將來走向我們——「重寫文學史」四人談〉，《文藝研究》，1989年3月。

現代文學研究創新座談會」和在會上提出的「20 世紀中國文學」視為「重寫文學史」的「序幕」。這是符合「重寫文學史」的歷史實際的，但是 1985 年未成氣候，到了 1988 年，才成為學術界關注的問題，若是論及其真正產生影響，當是從 1990 年開始。

「重寫文學史」從 1985 年發軔，到 1988 年被初提，到了 1990 年開始影響巨大，成為了上個世紀末中國文學批評最絢麗的一道風景，及至九十年代中期。期間雖然遭遇了《上海文論》的停刊，但是「重寫文學史」的口號一直在提，而且走向了九十年代甚至新世紀。從論文發表量看，從 1990 年到 1997 年，國內一共有二十篇主題論文關於「重寫文學史」，奇特的是 1990 年佔了一半──1990 年全年，《中國文學年鑒》收錄主題為「重寫文學史」的論文三篇，重要期刊發表七篇，成為國內學術界的熱門話題，而 1989 年以「重寫文學史」為主題的原創性論文才六篇。把 1990 年認定為「重寫文學史」的重要起始年份道理在此。

重寫文學史提出來之後，對於當時中國文學史影響巨大。2000 年之後，重寫文學史一度成為重提的熱門話題，2000 年至 2008 年主題論文發表竟達到了 48 篇[2]，這個文學現象雖值得深思，但這裏暫先不談，留待後文專敘。

拙以為，「重寫文學史」並不是一時萌發的文學現象，亦不是標新立異的文化立場，而是中國新時期文學在十年之後的一次反思，即對文學本體、文學形式與文學話語的生成機制進行一次深入到文學內部規律的考量。粗略歸納，「重寫文學史」的文學意義與思想價值大致若三：

---

[2] 統計資料來源於中國知識資源總庫（CNKI）文獻資源庫，後文文獻統計資料皆來源於此，不再做特殊說明。

　　其一，「重寫文學史」為後來對於經典作家的認同、判定樹立了一個尺規，避免了因為政治意識形態而導致文學批評呈現出「失範」（anomie）的趨勢。在此之前一段時間對於某一個作家的評判，要麼一棍子打死，要麼捧上天，而且不從文本出發，直接從社會歷史語境到達作家本身。譬如說對於梁實秋的評價，之前很多學者根本不就梁實秋的文學文本做研究，而是直接因為梁實秋與魯迅有過文字爭論，將梁實秋一棒子打死，進而否定他的一切作品。這種不科學的、野蠻的文學史態度，在「重寫文學史」的口號被確立之後獲得了應有的改觀。

　　其二，文學史的「立場」（standpoint）在此之後獲得了確立。文學史也是一種門類史，故治史當以有正直公平之心、誠實的有學術良心的治史者來完成。整個過程中自然應當旗幟鮮明地堅持真理，堅持正確的學術立場，無論是「左」還是「右」都不是治史應有的立場。並非如胡適所言，歷史是一個任人打扮的小姑娘。文學史治史的苛刻程度同樣逐漸為世人所認可，胡說八道不是文學史，攻擊誹謗也不是文學史。

　　正如前文所述，鄺新年在〈「重寫文學史」的終結與中國現代文學研究轉型〉一文中也提到了他對於重構文學史立場的看法。當然，這篇論文的問世是多年之後的 2003 年，他在文中援引另一位作家劉再復的觀點，認為重寫文學史的關鍵在於「應當揚棄任何敵意，而懷著敬意與愛意。」[3]

---

[3]　鄺新年：〈「重寫文學史」的終結與中國現代文學研究轉型〉，《南方文壇》，2003 年 1 月。

其三，文學的標準（standard）與觀念（idea）在這裏獲得了前所未有的延伸。酈新年、王曉明都認同，當時號召重寫文學史時，「純文學」（belles-letters）與「文學現代化」（literature modernization）成為了兩個理論支撐點。這兩個名詞的發生乃是有著深層次的歷史背景，這與前文提及韓少功所批判的類似，八十年代中國文論界因為詹明信的到來而變得一片歐風美雨————這倒也是一種現代性的必須，譬如說趙毅衡將瑞恰慈（Richards）、燕卜蓀（Empson）與蘭色姆（Ransom）「新批評」的引入、劉象愚將韋勒克（Wellek）、沃倫（Warren）的《文學理論》一書的譯介，這些都在理論上推動了中國文學批評的現代化。在諸多批評理論中，新批評（the new criticism）成為了當時最熱門的批評形式。

所謂新批評，是美國在二十世紀初的一種文學批評樣式，鼻祖是以長詩《荒原》蜚聲世界文壇的美國桂冠詩人艾略特，後來的休姆、龐德等人將他的觀點延伸到文學當中，隨後又被瑞恰慈、燕卜蓀、蘭色姆、威廉·圖特、韋勒克以及沃倫等英美文論家進一步豐富完善。他們主要的學術主張是：文學文本是一個獨立的個體，把作品看成獨立的、客觀的象徵物，是與外界絕緣的自給自足的有機體，稱為「有機形式主義」（organic formalism）。批評文學當從文本入手，當然這有點像筆者近年來所提出的文體學批評（stylistic critical）。

除此之外，新批評認為文學在本質上是一種特殊的語言形式，批評的任務是對作品的文字進行分析，探究各個部分之間的相互作用和隱秘的關係，稱為「字義分析」（meaning analysis）。這實際上是結構主義語言哲學與文本分析一脈相承的路子，當這種意識形態

被引入到中國之後，遂在國內形成了獨到的文化批評形式。在這兩重的影響下，「純文學」與「文學現代性」的提法應運而生。

值得深思的是，在重寫文學史被提出之後的二十一世紀初期，在美國批評家亞瑟・丹托（Arthur Danto）以一本《藝術的終結》叫響世界藝術評論界。丹托認為，藝術在機械複製、大眾傳播之後，其獨有的個性早已喪失殆盡，待到二十世紀末的「文化研究」氾濫，以美學、哲學代替藝術學的思潮從美國、歐洲一路氾濫到全世界，哲學對藝術的剝奪更是讓藝術喪失了其「純藝術」的本質，但這又是「藝術現代性」轉向的一個必然，藝術本身無法逃避——即藝術的「語境化」（contextal）與「文化化」（cultural）是藝術批評不可逆轉的大趨勢[4]。

亞瑟・丹托異曲同工地提到了藝術的現狀與當時中國文學批評與文學史研究的現狀是如此地相似，以至於這本書譯介到國內的時候，國內的學者們開始積極倡議「重寫藝術史」，或許這是對於當年重寫文學史的精神賡續，抑或這也是二十一世紀初「重寫文學史」之所以被重提的原因。但是從更加宏觀的層面來俯瞰，「重寫文學史」則是一種政治訴求在文學中的反映，即對於「人」與「歷史」兩者之間的定位究竟為何的問題。處於歷史中的人，既存在個性，也有共性，如何透過歷史史實客觀地去描摹「人」的價值問題，成為了一個重要的研究關係。

詹明信對經濟、社會與文化相對應的歷史分期在這裏可以作為參照，實際上，不同的經濟、社會對於哲學思潮亦存在著與文

---

[4]　亞瑟・丹托：《藝術的終結》，鳳凰出版集團，2002 年。

化近乎相同的歷史分期，而「人」的發現則是資本主義時期最重要的哲學思潮。西方早在文藝復興時期就在文學思想史上有了關於「人」的理論挖掘，譬如說萊辛、歌德或席勒對於重建文學中「人」的價值所做出的努力。但對於沒有經歷過資本主義的中國人來說，「重寫文學史」在歷史地位上無疑是為中國文壇補上了「人」的這一課，之所以此口號對後來者影響深遠，綿延不絕，意義全在於此。

那為何待到新時期十年之後「人」才被發現？新時期文學中的「人」早在傷痕文學、新詩肇始之時就已經發現，為何延至八十年代末才有「重寫文學史」？其原因在於，實踐與理論發展的不平衡性，實踐永遠要先於理論而存在，當文學自覺發現「人」的價值時理論還未能上升到這一高度。

從哲學層面上，「人道主義」的討論可以看作是「重寫文學史」的先聲，但是前者未能深入到文學與歷史的本質進行探索性的敘事。而重寫文學史則是一次更加深入到文學本體與文學形式內部結構的深層次研究，重寫文學史為探討新時期文學發展規律與文學本體價值功不可沒，至於對後來建樹當代文學史觀與文學理論的積極作用更是影響數代學者。

第二節　王朔、賈平凹、王安憶及莫言

在 1985 年，一部名叫《射雕英雄傳》的電視劇在全國熱播。還沒有熟悉電視劇這種現代藝術形式的中國人忽然地對《射雕英雄

傳》好奇起來。在電視普及率還較低的中國，這部電視的熱播，不但將金庸這個本不為太多大陸人所知的香港作家變得聲名遠播且直接催生了中國作家、文藝理論家對於電視劇這一特殊媒介的高度關注，「電視熱」成為了上個世紀末中國人最為關注的話題之一。

　　與戲劇、電影同存在「觀演關係」的電視出現了前所未有的熱潮，並構成了當代中國最熱門的文藝形式之一。一部電視劇的收視熱潮，可以直接地將一位作家及其作品迅速地推向大眾。與傳統的出版、發行相比，電視劇的走紅無疑是適應中國出版體制改革這一大局的。一小部分敏銳的作家、編輯與編劇發現了這個可以催生利益與知名度的新媒體，於是，國內一些敢於創新的電視臺試著用當代作家的小說直接改編成電視腳本，交付導演排演，然後再向當地公映──在沒有衛星電視的前提下，有線電視的地方性密集程度也足以讓一個作家揚名立萬，若是再能遇到某些開明的電視臺負責人，將一部電視劇賣到其他的地方臺，那麼這個作家的影響力就更是不可阻擋了。

　　英國新左派大師、文化研究重要學者湯林森（Toninson）在論述媒介帝國主義的時候就如是分析：「在現代以及後現代，媒介隨著資本、商品的全球化解域流動，形成一種類似於帝國主義（imperialism）一樣的生產、消費與傳播格局。這種帝國主義不是資本、商品的帝國主義，而是一種媒介的帝國主義……它會與文學、藝術合作，形成一種更大規模的意識形態形式。」誠然，在全球化蔓延、商品經濟高速發展的當下，文學的內容借助傳媒的形式形成一種非純文學性的大眾文學早已是文學傳播的大勢所趨。

上個世紀九十年代初以來，中國文學界也開始呈現出了一種與「文學事業」揮手揖別的徵兆，而主動從「文學事業」過渡到「文學產業」。文學標準再也不是奉「政治標準」為唯一標準，圖書的銷量、作家的版稅收入、作品被評論關注程度、作品是否被改編成電視電影……等等，都構成了一部作品是否有意義的多重標準，多元化的價值認同度遂構成了自當時直至現在的文學話語。

「好看、好懂、好內容」是 1949 年以來中國大陸文學作品的評判尺規——即官方話語中的「社會意義、文學意義與政治意義」相統一的三好原則（雖然五十年代以來極左思潮將其閹割的僅剩下「好內容」一條）。但是到了二十世紀九十年代，「三好」開始向「四好」邁進——增加了「好玩」原則，即符合大眾審美的口味。趙毅衡認為，原先沒有進入文學場資格的「大眾」開始進入了文學場並扮演著主要角色，「經典」的選擇進入了「群選經典」的時代。在上個世紀五十年代、六十年代，大眾對於文學作品只有被動接受，文學作品的原則甚至不再是三好，而成為了一好。但在思想解放、市場開放，國內經濟體制改革的新形勢下，大眾的意義凸顯，作為受眾的大多數「人」，對於文學的價值終於有了自己的選擇權與表決權，從社會學的角度看，這亦是為何「大眾」一詞在當時迅速走紅的原因。

繼《射雕英雄傳》之後，中國大陸的電視工作者開始嘗試著用電視鏡頭來闡釋文學經典，構成獨有的文學敘事策略。雖然在八十年代末有《西遊記》、《紅樓夢》等少數國產電視劇被搬上電視螢屏，但是這類電視劇普遍存在著兩個最大的特徵：第一，從形式上看，當時電視劇的製作者仍然是由戲劇、戲曲工作者轉行而來，國內的

電視劇專業人才團隊尚未完全建立，結果導致整部電視劇中存在著較為濃厚的戲曲、戲劇寫意化、程式化敘事，這與高度寫實化、再現化的電視敘事有著截然不同的區別；第二，從內容上看，電視劇的劇本仍是來源於古代經典作品，即古裝戲，對於當下客觀生活的反映對於正處於大變革、大轉折時期的中國社會並未能形成有效的「反映」——在中國人看來，一個時代的文藝當以反映這個大的時代，否則就會被時代所拋棄。作為高度寫實化、真實化的電視更是被當時的評論界、文學界寄予了厚望，但結果卻令人失望。正因為此，電視究竟是不是藝術的質疑開始悄然流行於評論界。

　　二十世紀八九十年代之交，正處於思想轉型期的中國人始將目光投向了對於自我、社會與人性的反思。作家們也發現，貼近生活的文學作品更能引起讀者們的共鳴。而對於電視劇的開拓，對於文學與娛樂的解構性聯合，形成了一種新的藝術觀。其中，以北京電視劇製作中心最為先行。

　　1990年初，北京市作家協會簽約作家王朔的長篇小說《渴望》發表，作品剛一發表在國內並無影響，亦無反響。對於已經習慣了新時期文學作品「小敘事反映大社會」的中國人來說，他的作品無非是眾多「市井題材作品」中的一部而已。但是，北京電視劇藝術中心主任鄭曉龍卻慧眼識珠，將這部小說迅速改編成一部室內電視劇腳本，由當時名不見經傳的青

《渴望》海報。

年導演魯曉威執導，歷時四個多月，電視劇攝製完成。1990 年冬，這部電視劇在全國公映，反響極其強烈。

《渴望》試圖通過揭露「文革」那個社會動盪、是非顛倒的年代講述了兩對年青人複雜的愛情經歷，揭示了人們對愛情、親情、友情以及美好生活的渴望。該劇將人生的、人性的一切有機地溶入到社會大時代的背景中，加上演員的出色表演，具有較高的社會審美的價值。

電視劇劇情橫跨二十餘年，從六十年代到八十年代，都有涉及。劇中的劉慧芳與王滬生、宋大成的情感糾葛構成劇中愛情發展的主線，而劉小芳與劉慧芳、王亞茹等人的親情糾葛導致「抉擇」成為了劇中最為關鍵的情感主題，王朔正是意圖用這一主題，來營造一個「愛」的語境──縱然歷經千辛萬苦，愛作為一大主題將永遠高懸在人性的上空。

這部電視劇主要題材來源於王朔的作品，王朔也因此而聲名鵲起，成為當時中國文壇一位一夜成名的作家。但是值得注意的是，王朔的作品雖一時洛陽紙貴，但他卻不像之前的老作家們一樣，同時擁有「文藝工作者」們的社會地位與政治職務。名聲在外的王朔，仍然只是北京市作協的一名最普通的職業作家，一個月仍然去辦公室按點領取數百元生活費。王朔的成名，僅僅只是為他帶來了社會聲譽與金錢財富。正如當時評論界所稱的那樣，「王朔只是個文壇的倒爺」、「一個小說暴發戶，沒有任何文化底蘊」。甚至部分評論家將王朔早年曾做過「倒爺」拿出來說事兒[5]。對於這些非議，王

5　潘國彥、王朔：〈熱與通俗文學的勃興〉，《中國圖書評論》，1992 年 6 月。

朔自己也大大咧咧地承認，「我本身就不是一個知識份子，寫小說就是寫著玩兒。」

王朔顛覆了中國人傳統意識形態中「作家」的形象，作家不再是知識份子，亦不再承擔著傳道、授業、解惑的神聖職責，作家的意義，僅僅只是一種服務於大多數人的職業，進行一種與物質生產大相迥異的「精神生產」。

這是王朔的第一次出場，之後王朔也曾第二次出場，但是早已是時過境遷的中國文壇對於這位先行者報以的不是掌聲而是冷眼，他自己雖然也不得不通過一些手段、新聞來自我炒作，結果卻是適得其反地自取其辱，這當留待後敘。但是僅從上個世紀九十年代初來看，王朔後來的代表作品仍是影響巨大、世人皆知的，其作為開拓者所做出的貢獻仍是中國新時期文學史上重要的一抹亮色。

《過把癮》是王朔在《渴望》之後第二部令他聲名鵲起的作品。雖然當時海岩的《便衣警察》亦在全國範圍內播出，但是其風頭遠不可與王朔的這兩部作品相提並論。作品亦是以普通人的感情糾葛為主題，但未能超越《渴望》的美學意義，故影響遠不如前。

王朔其餘的作品有的被拍成電影，有的被拍成電視，有的成為了暢銷書，影響深遠。其中包括《我是你爸爸》、《一半是海水，一半是火焰》與《動物兇猛》，這些作品構成了當時中國圖書出版市場上一個又一個話題。「王朔現象」也成為了中國文學界、文化界最熱門的話題之一。

王朔並非是當時中國文學界唯一的幸運兒——在緊隨其後的1993 年，瀕臨倒閉的北京出版社因為一本長篇小說而奇蹟般絕境

生還，這部長篇小說的作者正是沉寂已久的陝西作家賈平凹，而這部傳奇的小說便是名噪一時的《廢都》。

不幸的是，當《廢都》悄然走紅後半年卻遭到了國家新聞出版總署的禁令，理由是內容涉黃。這迅速成為了 1993 年中國最熱門的文化話題──這一切並不妨礙賈平凹與這本書在一夜之間紅遍全國──這本書正式印刷 48 萬冊，加上各種「賣版權」的發行量在 100 萬冊以上，截止至今，這部書的盜版正版一共發行遠遠超過了 1000 萬冊。評論家易毅如是評論，《廢都》使賈平凹本人變成繼王朔以後唯一的傳奇式的「文人」[6]。

當然，《廢都》的被禁只是一種文化現象，就作品本身而言，確實是新時期文學史上一部意義非常的經典之作。作為當代文學史上最傑出的小說家之一，賈平凹無疑是一個善於結構故事的人，而《廢都》則為賈平凹的「敘事」鋪陳了一個巨大的「敘事場域」。

《廢都》在形式上採用了中國古典小說的「草灰蛇線」（金聖歎）手法──即反覆使用同一詞語，多次交待某一特定事物，可以形成一條若有若無的線索，貫穿於情節之中。這條線索猶如蛇行草中時隱時現，灰漏地上點點相續，故喻之為草蛇灰線法。但在內容上卻另闢蹊徑，融入了西方的意識流和精神氣質，整部書的風格中西合璧。從語言上

《廢都》封面。

---

[6]　易毅：〈《廢都》：皇帝的新衣〉，《文藝爭鳴》，1993 年第 5 期。

看，《廢都》也創造了一種新的語言，這在新時期文學中是不可多得的。作者以主人公莊之蝶為中心巧妙地組織人物關係。圍繞著莊之蝶的四位女性──牛月清、唐宛兒、柳月、阿燦，她們分別是不同經歷、不同層次的女性，每個人的際遇、心理都展示著社會文化的一個側面。而莊之蝶的生存狀態、意識形態則又構成了這部小說最大的看點──知識份子的價值與社會地位在這個時期的變化，這個被冷落但又非常重要的社會話題一度因《廢都》的被禁而重新獲得了關注。

賈平凹在《廢都》中呈現出了他與生俱來的批判意識，但更顯眼的當是這部小說在敘事技巧上的突破與引領性作用。整部小說的敘事形式是序曲、呈現、展開、間奏、重現與結束，頗似西方的交響樂與歌劇，而與東方的「起承轉合」詩學敘事或是「楔子、齣、收煞」的戲曲敘事有著極大的差別。賈平凹意圖在《廢都》中營造一個屬於自己的敘事王國，顛覆同時代，甚至之前中國作家的敘事技巧。賈平凹認為，「身體」與「慾望」構成了文學敘事與社會敘事的本質，而這種本質又是基於主人公的個體而獨立存在的。[7]

法國哲學家德勒茲認為，文學生產、知識形成當是源於人的慾望，並且這種慾望隨著商品、物品的解域化流動而四處漂移，構成了催生意識形態的一種原動力。賈平凹的《廢都》就表達了一種慾望，人的名利慾、性慾與虛榮心促使著「西京」這個古都愈發頹廢，愈發消沉，逐漸走向意識形態的毀滅。這便促使了賈平凹在《廢都》的敘事中實行逐層推進，步步挪移般的細節敘事──即前文所述

---

[7]　賈平凹、陳澤順：〈賈平凹答問錄〉，《文學自由談》，1996 年 1 月。

的、類似「交響樂」的鋪陳敘事，顯然有別於傳統戲曲小說中的情節推進[8]。值得一提的是，《廢都》實際上應是賈平凹改頭換面的第二次出場，在此之前，賈平凹給中國文壇所帶來的是名動一時的尋根文學「商州系列」與被譽為「美文」的散文隨筆。

莊之蝶構成了《廢都》中的一個悖論，而《廢都》卻構成賈平凹作品中的一個悖論。無論前行者「商州系列」，還是後來者《秦腔》，賈平凹都未以《廢都》中那種直白的性愛觀，對於人性近乎無情到深入骨髓的嘲弄為敘事形式，而是「匍匐」地貼近生活，進行最樸實、寫實的敘事。當然有評論家認為，莊之蝶實則當時的賈平凹自己，他本人在社會轉型期所出現的苦悶，以及人到中年的迷茫、壓抑，尤其是作為作家對如何超越自己的困惑，構成了賈平凹當時的寫作心態。賈平凹接受記者專訪時也承認，「人說四十不惑，而我卻大惑，這個『惑』就是寫了部《廢都》」。賈平凹之所以在「大惑」時獨闢蹊徑、發自己、常人未發之奇聲怪音，以《廢都》揚名立萬，拙以為，有如下幾個方面應值得後來者思考分析。

其一，還原《廢都》的文化社會學意義。從文學的本身來看，《廢都》只是一部長篇小說，其通篇的性事描寫，並不能讓這部小說擁有應有的文學地位。至於這部小說被禁毀，十五年後旋又再版，更不能與同為「禁毀小說」的《紅樓夢》、《金瓶梅》相提並論。可以這樣說，在《廢都》最熱的那幾年，這本小說一度被神話了，甚至包括作家賈平凹本人，也被當作是中國文壇的一個異類。但是時隔十五年──恰好是三十年的一半，再來看《廢都》的內容，我

---

[8] 作家瑪拉沁夫在與筆者討論小說創作時也多次談到，能否以細節代替情節，是考驗小說家敘事能力的重要尺規。

們完全可以相信這部書現在縱然再出版，很可能不會再因為「涉黃」而成為禁書。賈平凹的《廢都》雖然有情色的內容，但是比起當下堂而皇之流行暢銷的「下半身」寫作、「同志文學」來說，仍是要乾淨許多。至少《廢都》是一部文學作品，帶動人心的是小說的情節，性描寫只是為了輔助這種情節而存在的一種附庸。但是當下流行的一些小說卻是純粹為刺激感官而存在，若是拋開性描寫，這些小說便如同抽了骨架的死屍般臭軟腐爛，莫說文學性，連基本的語法修辭可能都不過關。

由此可知，《廢都》的本質仍是一部文學作品——這是對《廢都》文化社會學意義的一種「還原」，這是誰也改變不了的文學現實。對《廢都》的理解，就應該從文化的「現象評論」變為「文本分析」。即從小說的敘事技巧、文本特徵與文體風格入手，進行作品分析性研究。但是作為「文化現象」的《廢都》，卻早已經死去了。

其二，《廢都》的敘事雖中西合璧，堪稱當代中國文壇的一枝獨秀，若是條分縷析地來看，這種敘事決不是賈平凹天馬行空的獨創，更不是他一時有感而發地拼湊挪移，而是當時中國文壇的寫作風氣與社會風氣使之然也：

> 一千九百八十年間，西京城裏出了樁異事，兩個關係是死死的朋友，一日活得潑煩，去了唐貴妃楊玉環的墓地憑弔，見許多遊人都抓了一包墳丘的土攜在懷裏，甚感疑惑，詢問了，才知貴妃是絕代佳人，這土拿回去撒入花盆，花就十分鮮豔……此事雖異，畢竟為一盆花而已，知道之人還並不廣

> 大，過後也便罷了。沒想到了夏天，西京城卻又發生了一椿
> 更大的人人都經歷的異事……這謠兒後來流傳全城，其辭
> 是：一類人是公僕，高高在上享清福。二類人作「官倒」，
> 投機倒把有人保，三類人搞承包，吃喝嫖賭全報銷。四類人
> 來租賃，坐在家裏拿利潤。五類人大蓋帽，吃了原告吃被告。
> 六類人手術刀，腰裏揣滿紅紙包。七類人當演員，扭扭屁股
> 就賺錢。八類人搞宣傳，隔三岔五解個饞。九類人為教員，
> 山珍海味認不全。十類人主人翁，老老實實學雷鋒。[9]

這是這部小說的開篇，乍一看，確實帶有古白話小說的風格，至少
能找到民國初年「香豔小說」的影子。但是細細一看，卻非常矛盾，
至少前面故作的「雅」給人的感覺是帶有強烈的古白話意味，服務
內容的形式按道理應該與所敘事的內容一脈相承，但是到了後面，
卻出現了針砭時弊但內容庸俗的民謠──這個民謠在《廢都》出版
前就曾在全國廣為流傳。

賈平凹時不時地在作品中表露出自己的批判意識，這是當時中
國作家都普遍存在的一種群體性意識形態。包括當時名噪一時的葉
永烈、柯雲路等紀實文學作家，都對於正處於轉型期的中國社會報
以一定程度的批判與不滿。公平與競爭、清廉與腐敗、資金與資
本……諸多概念在社會的轉型期變成了一對對的矛盾。

《廢都》實際上暴露的就是矛盾問題。知識份子的社會地位與
待遇問題構成了當時中國知識界最大的話題。尤其是王朔對於作家

---

[9] 賈平凹：《廢都》，北京出版社，1993 年。

的顛覆性，從「傳道、授業、解惑」或「宣傳幹部」到文化商人、文學倒爺的身份轉變讓當時中國很多作家都無法適應。經歷了第一階段出版產業化之後，加上 1989 年的思想地震，作家們一時間從靈魂到肉體都呈現出了茫然——當時還未能有「文化創意產業」這個名詞出現。貧窮、自尊與一無所成成為困擾知識份子最多的精神枷鎖。

「廢都」之廢所彰顯的是傳統知識份子面對道德旁落、社會變革時所表現出的消沉與頹廢。文中的莊之蝶是一個性慾主義者，主導他行動的是人類最本能的慾望。這種心態在中國知識份子中並不鮮見。根深蒂固的男權意識、高度自我化甚至本我化的精神心態加上長期受壓抑、抑鬱不得志近乎到迷茫的生活環境，導致了其內心的自卑抬頭。郁達夫在《沉淪》中所塑造的留學生形象，實際上與莊之蝶有著異曲同工之處。

在這樣一重寫作語境下，賈平凹自己的內心或許也存在著莊之蝶那樣的心態，這便是賈平凹創作的內因。在《廢都》完稿前後那幾年，大陸的「新時期文學」並未實現自己的獨特風格（即使現在仍然未能實現一種自己的風格），但是那時的情況更糟，是直接從西方的後現代、象徵主義以及表現主義取經，除了講述的內容是中國人的之外，話語形式全是西方的——筆者曾對先鋒派如是總結，四個源於「他者」的話語結構——「霧中的突圍」、「馬爾克斯句式」的病態移植、「元小說」形式之模仿、「電影妃子」與「先鋒意識」的侏儒症分別構成了當時中國文壇最「熱鬧」的景象，在這樣一種外在的影響下，原本地處西北、行文樸實傳統的賈平凹也難免運用西方的敘事方式一嚐其鮮，也算其小說形成自己風格時的一種嘗試。

　　「中西合璧」實際上是對賈平凹作品的一種片面的認識，若是從更本質的角度來分析，實際上是賈平凹對於自我的一種「失語」，即他意圖用一種現代的方式來表達一種現代的焦慮。但是這種方式並非是他信手即可拈來的，他需要從其他的文學樣式中尋求一種可供使用的表達方式，藉以表達自己的作品內涵。

　　其三，《廢都》當時一枝獨秀，之後也不會再有。這既是中國當代文學的大幸，也是中國當代文學之大不幸。《廢都》所彰顯的，是當時中國文化人的一種心態，也是建構在文化本體上的自我反省。這是賈平凹的先知先覺之處。與其說賈平凹是在寫莊之蝶，不如說賈平凹是在進行自己人格的敘述。莊之蝶之心理隱疾即當代中國作家、中國文壇之心理隱疾，賈平凹發時人所未發之先聲，這是中國文學之大幸。

　　但是賈平凹這種勇於解剖、勇於面對的心態在此後的中國文壇卻沒了蹤影，取而代之的是「文化學者式」的公然作秀、偽裝高深以及「小資式」的無病呻吟、偽裝憂傷。這兩種偽裝，在中國文壇上一直都有，並不算是什麼新聞。但是在一個資本迅速流動、文化呈「碎片化」的當下，他們的虛偽則更能反映出文學本身的「失語」與表述危機。坦率地說，與後兩者相比，賈平凹的真實屬於直接剝離了偽裝，踏進人的本能本質當中，哪怕是性描寫，哪怕赤裸裸地暴露出人的慾望，也遠比四處尋覓遮羞布要強得多。

　　而王安憶和莫言則是在那個時代厚積薄發的作家。雖然兩者亦與王朔、賈平凹一道多次邁入暢銷書排行榜單，但是這兩位作家與王朔、賈平凹的「暢銷」確實又歸屬截然不同的兩個路子。

　　王安憶1990年創作的長篇小說《米尼》（1990年，江蘇文藝出版社出版）當是被看作其文學轉型的轉捩點。在此之前的王安憶以尋根文學、性題材與少女文學為主，其代表作《崗上的世紀》與《小鮑莊》乃是中國當代文學史上兩部極其重要的作品。但是在1986年之後，王安憶一度封筆，究其原因，應是如賈平凹在《廢都》中所敘述的那樣──作家們的創作低潮。在思想解放後憑藉一股子熱情創作的原動力已然消耗殆盡，在社會轉型期，王安憶亦不可避免地呈現出一種焦灼、茫然的創作心態。

　　《米尼》是王安憶重新出山后的一部作品，這部作品奠定了王安憶後來的創作基調與文體風格。其作品開始走向了形式上的技巧探索與內容上的心理探尋，逐漸與都市中當代人的情感關係、人際關係與社會心態相掛鈎，將這些大眾化的、寫實化的內容作為文學創作的思想源泉，這是王安憶為自己作品迅速做出的定位。在這樣一重話語的前提下，王安憶終於走出了一條自己的「尋根」之路，構成了其日後獨特、個性的文學作品系列。

　　文學評論界一般認為，王安憶的作品是「一個中心、兩個語境」──即以上海為中心，以農村、城市兩重不同的語境。無論是農村還是城市，王安憶總試圖用「上海」這個

電影《米尼》海報。

更大的文化語境來包容它，那麼在《米尼》中，「上海」的完型人格構成了王安憶對於小說情節的巨大敘事。

上海著名作家孫甘露曾如是定義「上海」這座城市的完型人格：

> 城市氣質的養成依賴其複雜的城市背景。上海首先是一個國際化的城市，但草根是她的基礎。世界上有兩個城市堪稱「風華絕代」，一個是巴黎，另一個就是上海。上海的「風華絕代」不是巴黎式的，世界潮流發源地。而是一種壯麗的跟隨和配合。現在，我越來越認同這樣一個說法，上海是一個壯麗的舞臺，曾上演著什麼……雙面氣質不是上海的特例，它更像大都會城市的必然屬性。在上海，市民的、草根的要比幻象的，精緻的更占上風，它們彼此還有些相互臥底、影響的味道。所以陳丹燕說上海的氣質是混血的亦是成立的。我把上海氣質看作一種完整的氣味，混合形成，但不能分裂出其中一種，單一的就不是上海了。[10]

在隨筆《此地是他鄉》中，孫甘露對於上海的特定氣質，又做了詳盡、細緻的界定：

> 上海是一個城市，而不是什麼人的故鄉。或者按我引用過的話：「它只是一個存放信件的地方。」人們到來和離去，或者在上海的街頭茫然四顧，你不能想像人們在死後把自己安

---

[10] 〈與孫甘露再談上海氣質〉，《上海壹周》，2005 年 10 月。

置在一個信箱裏。這裏面當然有近一個世紀來的世事變遷所造成的影響，但這是上海這個城市的命運，如果我們無法聚攏在先人的墓畔，那麼我們只能四處飄零。[11]

可以這樣說，在新時期文學中，以陳丹燕、孫甘露、陳村、程乃珊與王安憶一批為代表的上海作家完成了上海文化的精神賡續。他們的作品精神並非如賈平凹、余華、蘇童或莫言等人那樣來源於上個世紀五六十年代的大陸左翼文學——即賈平凹所說，「我們是吃狼奶長大的」，而是直接從張愛玲、陳衡哲、陶晶孫、施蟄存與穆時英等民國上海作家那裏獲得精神營養，進行一種斷代的文化傳承。

孫甘露敏銳地指出了上海文化最大的兩個特徵——消費文化下的「精神浮躁」與多元文化下的「無歸屬感」。這也是王安憶用文學手段通力表達的兩個巨大悖論，即城市文化——包括品牌、資本、慾望對個體人格的輻射與異化。在上海生活的人忍受著財富攀比的虛榮、高強度工作的競爭壓力以及瞬息萬變的世界觀。在這樣一個「城市化」的世界中，任何人都是「他者」。但若是把視線放大，整個中國在社會轉型期都處於「城市化」的過渡，原來屬於上海人特有的心態問題，逐漸被放大為中國人普遍的心理隱憂。

值得一提的是，在《米尼》中，王安憶也頗為直接地談及性愛。書中的兩個主人公米尼和阿康是一對生活在社會轉型期的上海青年。在追求時尚、崇尚體驗的都市文化中，每個人的慾望、原罪與

---

[11] 孫甘露：《此地是他鄉》，城鄉建設，2006年4月。

自我都被最大可能地放大，構成了個體人格畸形、變異的心態。阿康擁有穩定的工作與父母贈與的財產，本不愁吃穿，但是因為心態的異化，他染上了盜竊婦女錢包的癖好。

> 男人的錢包通常不會吸引他，而去偷竊一個女人的錢包就好像要去佔有一個女人那樣，使他心潮澎湃，慾念熊熊。這種強烈的慾望是以生理週期形式循環出現，在那高潮的時候，他簡直不敢上街，不敢乘車，避免去一切人多的地方，然而他很難敵對誘惑。[12]

「盜竊」與「做愛」一樣，成為了阿康尋求精神刺激與生活消遣的一種方式。盜竊「女性錢包」用人類學家弗雷澤的觀點看，就是一種「接近巫術」（close witchcraft），屬於人類早在原始社會就有的一種變態心理。譬如國王寵倖某位大臣，就將自己的衣服或是貼身配飾送給他，要想詛咒誰，就去盜竊這個人的貼身對象，然後加以詛咒就會靈驗。及至後來，某些性變態者以盜竊婦女的內衣、絲襪為癖好，構成了一種難以自拔的「戀物癖」。

後來阿康最終鋃鐺入獄，他的妻子米尼在家等候，不久後便與阿康父母出現了分歧與爭執。在苦悶、焦灼的生活中，米尼為了排遣愁悶，索性也鋌而走險，以盜竊取樂。當然，她不缺錢，而是為了「找樂子」，說白了就是為了尋求一種精神刺激，來打發自己壓抑、愁鬱的時光。

---

[12] 王安憶：《米尼》，江蘇文藝出版社，1990 年。

> 她做這種「活」的時候，會有一種奇異的感動的心情，就好
> 像是和阿康在一起。因此，也會有那麼一些時候，她是為了
> 捕捉這種感覺而去做活的，那往往是她因想念阿康極端苦悶
> 的日子裏。[13]

當然，也有性心理學家分析，米尼走向盜竊的另一層原因，是因為阿康身在監獄，米尼的性慾無法得到滿足，於是便用盜竊這種手段，來填補自己心中的性需求。無疑，這也是米尼走向墮落的基本動因。

王安憶的《米尼》實際上是她文學風格的分界線，在《米尼》之前，王安憶的作品充滿著理想主義的特質。但是在 1990 年以後，王安憶的作品開始滲透出兩種文明的衝突與人性的異變，當時的王安憶主張，小說的創作當遵循四個基本原則——第一，不要特殊環境特殊人物；第二，不要材料太多；第三，不要語言的風格化；第四，不要獨特性。[14]

評論家張新穎曾用「驚世駭俗」來評價王安憶的作品影響，這並不為過。當時王安憶所提出的文學觀，確實影響巨大，甚至影響到同時代以及其後作家們的創作。王安憶開始用深入人心的心理探索，來營造自己的文學世界，這在當時的作家中是非常個性鮮明，也是難能可貴的。

如果說王安憶的文學之路是一種文明衝突語境下「自我內心」尋求的話，那麼同時代的另一位作家莫言（原名管謨業）則代表了另外一種文學視角。

---

[13]　同上。

[14]　王安憶：〈近日創作談〉，《文藝爭鳴》，1992 年 5 月。

　　與王安憶一樣，莫言的成名作並非是在 1990 年之後，而是在 1986 年在《人民文學》上發表的中篇小說《紅高粱》，這部小說以其獨特的文化視角與人性的光彩在當時中國文壇引發前所未有的震動。第二年，導演張藝謀將其拍成了電影，由青年演員鞏俐、姜文主演，次年全國上映，反響強烈，並一舉在 1988 年的柏林電影節上為中國人捧回了第一個金熊獎，並在日後的辛巴威國際電影節、悉尼國際電影節、馬拉什國際電影電視節、布魯塞爾國際電影節、蒙彼利埃國際電影節與香港電影金像獎（1989 年）上榮獲各類國際榮譽數十次。這部影片也標誌著「第五代」導演在風格上的成熟與完善。

　　「我奶奶」是這部電影中的主人公，她在去往李大頭家的出嫁路上與轎夫余占鰲產生了感情，並在高粱地裏「野合」，於是有了「我爹」，不久後，李大頭去世，「我奶奶」一個人撐起釀酒坊。「我爹」九歲那年，日軍進犯，「我奶奶」打開酒窖，號召村民們在痛飲酒之後與日軍決一死戰，結果日軍的流彈將「我奶奶」射中身亡，「我爺爺」為了給「我奶奶」報仇，抱著土雷與火罐撲向了日軍的軍車。

　　這部電影奠定了中國導演在世界電影界上的地位，同時也確立了莫言在中國文學史上不可撼動的影響力。莫言自己也承認，這部小說剛發表時，「只是在文學圈內有影響」，但是拍成電影之後莫言的影響開始大了起來，自己的文學風格也日益呈現，尤其是在這部電影的熱潮逐漸消退的 1990 年之後的莫言，小說風格日益明顯，自成一家。

　　與賈平凹、王朔與王安憶都不同，莫言的路子是傳統的。他的作品樸實無華，並沒有過多的形式與技巧，也不存在多麼細緻的描寫。可以說莫言是中國文壇上少有的粗線條作家，在1990年之前，他的作品打動人之處並不是在於其敘事的形式與技巧，而是在於其敘事的內容。

　　若是從文學本身的影響力來看，開始於1989年冬、完稿於1991年、出版於1993年的長篇小說《酒國》當是莫言文學風格成熟的標誌。之前樸拙明快的莫言已然不再，在中國作家協會魯迅文學院作家班進修並獲得了文藝學碩士學位的莫言以一個活脫脫現代主義作家的形象展現在大眾面前。雖然《酒國》被緊隨其後《豐乳肥臀》的光芒所掩蓋，但是該書作為莫言轉型期的代表作品，仍然顯得意義非常。

　　可以這樣說，《酒國》是迄今為止莫言作品中最具文學技巧與個人風格的作品。雖然其後的莫言在作品中不斷轉換自己的敘事身份（《檀香刑》），強調作品的本我性（《四十一炮》），以及意圖建

莫言。

立一種「神曲式」現代禪意文本（《生死疲勞》），甚至嘗試著多角度分層次進行「自我」的敘事（《豐乳肥臀》），但是這些都是在《酒國》之後進行的。

　　《酒國》看似是一個複調的敘事過程，在故事中，兩個文本並行不悖地進行敘事。一個文本是丁鉤兒奉命查案──酒國市有嗜食嬰兒的習慣，結果丁鉤兒自己卻不斷被「自我」打敗，在酒國市的「糖衣炮彈」下自己也成了吃嬰兒的食客之一。另一個文本則是文學青年李一鬥與莫言書信來往，李一鬥拿著自己的九部小說請求莫言推薦發表。兩個文本看似風馬牛不相及，莫言之所以將其擱置在同一個文本當中，目的在於構造一個巨大的隱喻──即「文學文本」（literature text）的敘事不等於文學（literature）的敘事。

　　在小說中，莫言試圖去講述一個完整的故事──雖然是兩個看似殘缺的文本。作家余華曾認為，「人類自身的膚淺來自經驗的局限和對於精神的疏遠，只有脫離常識、背棄現狀世界提供的秩序和邏輯，才能自由地接近真實。」[15]這句話用來讀解《酒國》實際上是非常巧妙的，因為《酒國》內在的敘事邏輯本身就是一種脫離常識、背棄秩序與邏輯的荒誕。有些評論家認為，一向善於講故事的莫言，忽然在《酒國》裏一度失語，因為這部小說沒有真正意義上的「故事」，取而代之的是「敘事」。

　　一個作家從「故事」到「敘事」的過渡恰恰是這個作家成熟的標誌，若是一個文本在歷史的演進過程中從「一個故事」逐漸演變成了「一次敘事」，那麼這個文本也走向了成熟與完善。莫言之所以成為莫言，在很大程度上是因為其在寫作方式上的獨特性。就莫言而言，他本人尤其重視《酒國》這部作品的寫作意義，因為十年之後的 2000 年，莫言又將修改過的《酒國》重新出版，一度反響巨大。

---

[15]　侯文宜、楊麗：〈潛滋暗長・趨向活躍〉，《黃河》，2004 年 06 期。

第三節 余華的「斷裂」與蘇童的「重生」

余華是當代中國文壇上少有的另類，他的作品從 1984 年首度問世以來，一直爭議不斷。在 1991 年之前，余華一直被人當作先鋒作家對待。同時代的先鋒作家還有馬原、格非、葉兆言、蘇童、孫甘露等，其早期代表作《現實一種》、《十八歲出門遠行》等等中短篇小說都被當作先鋒文學的代表作進行評論、研究。

與其他作家一樣，進入到九〇年代之後，余華文風突變，其轉捩點就是首部長篇小說在 1991 年的出版。這部始撰於 1990 年的長篇小說名叫《在細雨中呼喊》，該小說奠定了余華在中國文學界的地位。因為按照中國文壇的習慣，沒有一部長篇小說的小說家是無法獲得更多人認可的——畢竟文學雜誌的傳播遠遠不如一本書在圖書市場的影響，這也是 1988 年之後，中國圖書市場逐漸走向產業化所形成的一種必然。當然，這部小說的影響也是世界性的，余華因這部小說於 2004 年 3 月榮獲法蘭西文學和藝術騎士勳章。

《在細雨中呼喊》最早發表於 1991 年《收穫》雜誌，後由花城出版社出版發行。這部小說以「我」孫光林的視角進行家族史式的精神觀照。孫光林及其父孫廣才、祖父孫有元構成了一個家族的三代敘事。在這個敘事中，孫光林一直在用自己的眼光探尋、追溯發生在一個中國農村家族的典型故事。

這部小說沒有一個鮮明的主題，也沒有一個獨立的敘事單元（narrative unit），而是以一種看似零散、錯亂的家族紀實，來描摹人性中最本我、最脆弱甚至最黑暗的一面。「性」與「利益」構成

了這部書的永恆主題。在慾望、利益之下，親情、友情與愛情都變得生疏甚至可有可無。

弟弟孫光明因與孩童嬉鬧而落水，在水中撲騰時還不忘去救另外一個小孩──雖然這只是孩子們的意氣，與精神素質無關。但是在孫光明遇難之後，孫家對於這件事情的處理卻顯得頗有黑色幽默的調侃意味：

余華。

弟弟葬後的第三天，家中的有線廣播播送了孫光明捨己救人的英雄事蹟。這是我父親最為得意的時刻，三天來只要是廣播出聲的時刻，孫廣才總是搬著一把小凳子坐在下面。我父親的期待在那一刻得到實現後，激動使他像一隻歡樂的鴨子似的到處走動……我的父親和哥哥開始了他們短暫的紅光滿面的生涯。他們一廂情願地感到政府馬上就會派人來找他們了。他們的幻想從縣裏開始，直達北京。最為輝煌的時刻是在這年國慶日，作為英雄的親屬，他們將收到上天安門城樓的邀請。我的哥哥那時表現得遠比父親精明，他的腦袋裏除了塞滿這些空洞的幻想，還有一個較為切合實際的想法。他提醒父親，弟弟的死去有可能使他們在縣裏混上一官半職……孫家父子以無法抑止的興奮，將他們極不可靠的設想向村裏人分階段灌輸。於是有關孫家即將搬走的消息，在村

裏紛紛揚揚，最為嚇人的說法是他們有可能搬到北京去居
住。[16]

孩子遇難，家人並不哀傷，反而有些得意。誠然，這既是當時「革
命英雄主義」影響的結果，也是當時中國農村社會最底層的寫實——
—用親人的生命來換取生活狀態的好轉、以及一份穩定的工作。親
人之死，這個看似非常殘酷、悲壯的命題，在當時的中國農村卻被
消解掉了。當然，孫家父子在一廂情願地等候之後，最終的結果必
是一無所獲。惱羞成怒的孫廣才居然在大年初一跑到事主家中，開
口索要 500 元「救命費」，遭到拒絕後，孫廣才砸爛對方家中的傢
俱，最終的結果便是被公安局處以治安拘留。

　　這只是小說中的一個片段，但是通過這個片段，我們能夠捕捉
到余華究竟想通過這部小說表達什麼。《在細雨中呼喊》表達的兩
重關係仍是「農村／城市」的對立。當然，除了想用弟弟的死換一
個「進城」的指標外，其他地方對於「城市」的敘事也顯得非常有
代表性：「我」小時候曾和小夥伴討論「城裏人」在鹹菜裏放香油，
考到北京去讀大學的夢想，以及寡婦對於城裏醫生的勾引，也包括
蘇宇對於「城裏同學」的諂媚，甚至孫廣才主動與商業局鄭局長粗
俗地討論夫妻性愛時，鄭局長鄙夷地以「農民嘛」三字概括之……
如此種種，在《在細雨中呼喊》中不勝枚舉。在這裏，余華實際上
在講述一個寓言，在兩重對立的文化語境下，「農村／城市」之間
對於彼此的感知尤其顯得簡單而又粗糙。

---

[16]　余華，〈在細雨中呼喊〉，《收穫》，1991 年。

　　轉型期的余華很容易讓人想到王安憶，只不過王安憶對於農村的認識是基於「上海」這個語境下的一種文化比較，而余華則是將「農村」作為一個「自我」的現實語境，來關注「城市」這個看似處於彼岸的「他者」命題。余華告別了《現實一種》時的先鋒姿態，而是主動放下自己的身份去探求中國社會最脆弱、最底層的問題。

　　也有評論家認為，余華是中國真正意義上進行「底層敘事」的作家，當然，余華筆下的農村與趙樹理、周立波甚至浩然他們筆下的農村不同。後者作為一種政治體制的代言，他們對於農村的敘事實際上是「他者」的，即自己是主流意識形態的代言，對於農村這個語境而言，他們更多的是去捕捉農村中的「亮點」──即哪些是與主流意識形態較為接近的，然後予以敘述、拔擢。但是余華則不同，可以這樣說，在《在細雨中呼喊》裏，余華放下所有的、一切的所謂作家的責任、道義，將自己全部融入到回憶、敘述的過程當中，看似平淡無奇的作品之下隱藏著一股巨大的暗流。

　　以《在細雨中呼喊》為分界線，余華的創作呈現出一種「斷裂」傾向。之前的余華，本身為的是彰顯一種寫作姿態，即對於文學技巧的探討與思考。而在對於文學本質──即文學為何的思考，則是在該書完稿之後。

　　之所以在這裏將余華作為一個單獨的個體進行研究，並主動關注其「斷裂」的文學史價值，並非僅僅是因為余華是當代中國文學史上一位格外重要的作家。更重要之處在於余華的「斷裂」，並非是一己之斷裂，而是象徵著當時那一代作家們的集體蘇醒。出生於上世紀六〇年代初的余華顯然在年代上與其他作家彷彿，亦以自己的童年、少年與青年時代為代價，經歷了中國社會最為激進、最為

荒誕的近二十年。作家賈平凹稱，他們是吃「狼奶」長大的一批人。即主要精神營養來自於左傾思潮與那個荒誕的年代，在青春期他們亦曾彷徨、鬱悶過，甚至也為左傾思潮推波助瀾。但是人性最終戰勝了口號與感性，在繼盧新華、劉心武之後，他們成為新時期文學繼往開來的一批年輕力量。

余華的個人意義遂在文學史上變成了群體性質的意義，某個作家的個性在余華這裏成為了中國作家必須要集體面對的共性。只是說，余華用文本的形式表示出了這種對於「人」的重新追求，當然也有其他作家採取其他的形式，但是余華的手段更加文學化，亦更能以作家的敏銳深入到文學真實。

余華之後，中國作家（主要是同齡作家）開始了類似於余華的「語境式敘事」（context narrative），即為文本塑造一個語境，然後具體的內涵再由文本烘托出來。這避免了之前的作家們在「時代精神」中去找「人」的尷尬與趨時，可以說，這是中國新時期文學史上的重要轉折，即從歷史、本我兩者之間所超脫，進入到另外一層相對獨立的語境當中。其中代表的作家有餘華的同齡人陳應松、畢飛宇、北村，以及後來的紅柯等等。

如果說余華的斷裂從「紮根鄉土」為分野的話，那麼蘇童則以其清爽俊逸的新歷史主義的唯美風格奠定了自己在當代中國文壇上一枝獨秀的鮮明個性。與余華一樣，之前的蘇童是一

蘇童。

131

名風格新銳、探索學藝的先鋒作家。但是在 1989 年底至 1990 年初這個獨特的寫作轉捩點上，蘇童也拋出了自己終身的代表作之──《妻妾成群》。

這部作品與莫言的《紅高粱》一樣，最先在 1989 年底的《收穫》雜誌上發表第一稿，影響平平，1990 年，蘇童將其修改為完整的小說，與其他小說一起，交由臺灣遠流出版公司與香港天地出版公司出版，當時在港臺出版專著影響並不可能深入到內地，於是到了 1991 年，蘇童將其交由花城出版社再版。

1991 年，風頭正勁的大陸導演張藝謀聯合臺灣首屈一指的電影製作人侯孝賢敏銳地相中了蘇童這部作品，由大陸聯合港臺三地一起聯手製作將其改編成了電影腳本，電影的名字叫做《大紅燈籠高高掛》。

這部電影讓中國作家蘇童走向了世界，與《紅高粱》一樣，這部帶有中國紅的電影在世界上榮獲了前所未有的榮譽，從 1991 年起至二十世紀九十年代中期，威尼斯電影節的金獅獎、第 18 屆洛杉磯影評人協會獎、義大利大衛獎最佳外語片獎、第 16 屆大眾電影百花獎最佳故事片、最佳女演員（鞏俐）、1993 年美國紐約影評人協會最佳外語片獎、1993 年比利時影評人協會大獎、1993 年第 46 屆英國電影學院獎最佳外語片獎幾乎都被這部電影所包攬，甚至連世界導演所青睞的奧斯卡最佳外語片獎，《大紅燈籠高高掛》也榮獲提名。

女性是這部作品中永恆的主題，頌蓮的命運貫穿小說情節始終。一個洋學生因為家道中落，不得不被徵到陳家大院做陳佐千老爺的四姨太，生性叛逆的她在大院中一開始一直試圖反抗、抵觸這個體制，但是看到三姨太、大姨太都甘心沉淪時，自己也不知不覺

地陷入其中，當她指著丫鬟雁兒大喊：「府上規矩知不知道」時，她自己已然走向了自己反面。

頌蓮的瘋構成了《妻妾成群》最後的大結局，女人與女人之間爭風吃醋，她們沒有將矛頭對準這個變態的社會與體制，而是相互傾軋，可以說這是一種人性的悲哀。頌蓮的瘋所昭示的是整個體制的瀕臨崩塌，「人」的意義在蘇童這裏重新獲得了另一種認定。《妻妾成群》既是蘇童重新審認文學的新起點，也是他自己在文學內涵上的一次「重生」。

「休想，女人永遠爬不到男人的頭上來。」是陳佐千在小說中不經意說出的一句話，針對者是他傲慢冷豔的三姨太梅珊。但是這句話卻作為一個龐大的敘事主題，籠罩在這部小說的各個角落。女人在小說中是哀其不幸、怒其不爭的，一方面，她們甘於自己的生活現狀，並且在這種畸形、簡單的格局下生活的理所當然；另一方面，她們又不滿意自己被統治，被掌控。這種兩重的情緒矛盾，遂構成了這部小說的情節衝突。

而大少爺飛浦與頌蓮的感情糾葛則是蘇童在文中著力描摹的一個敘事重點。俄狄浦斯情結與女性主義並非是中國作家們的專利，但是最具代表性的譬如曹禺的《雷雨》，就在中國現當代文學史上開一代文風。一個封建大家族中的女人形象，構成了曹禺之後中國當代文學作品中最具代表性的典型人物形象。

但是飛浦並未與頌蓮「亂倫」，理由是深居畸形家族大院已久的飛浦有的不是俄狄浦斯情結，而是一種「厭惡女性」的心理。這是一種比前者更為變態、極端的心理範式。當頌蓮主動引誘飛浦時，飛浦懦弱、畸形的人格一覽無遺：

頌蓮的眼神迷離起來，她的嘴唇無力地啟開，蠕動著。她聽
見空氣中有一種物質碎裂的聲音，或者這聲音僅僅來自她的
身體深處。飛浦抬起了頭，他凝視頌蓮的眼睛裏有一種激情
洶湧澎湃著，身體尤其是雙腳卻僵硬地維持原狀。飛浦一動
不動。頌蓮閉上眼睛，她聽見一粗一細兩種呼吸紊亂不堪，
她把雙腿完全靠緊了飛浦，等待著什麼發生。好像是許多年
一下子過去了，飛浦縮回了膝蓋，他像被擊垮似地歪在椅背
上，沙啞地說，這樣不好。頌蓮如夢初醒，她囁嚅著，什麼
不好？飛浦把雙手慢慢地舉起來，作了一個揖，不行，我還
是怕。他說話時臉痛苦地扭曲了。我還是怕女人。女人太可
怕。頌蓮說，我聽不懂你的話。飛浦就用手搓著臉說，頌蓮
我喜歡你，我不騙你。頌蓮說，你喜歡我卻這樣待我。飛浦
幾乎是硬咽了，他搖著頭，眼睛始終躲避著頌蓮，我沒法改
變了，老天懲罰我，陳家世代男人都好女色，輪到我不行了，
我從小就覺得女人可怕，我怕女人。特別是家裏的女人都讓
我害怕。只有你我不怕，可是我還是不行，你懂嗎？頌蓮早
已潸然淚下，她背過臉去，低低地說，我懂了，你也別解釋
了，現在我一點也不怪你，真的，一點也不怪你。[17]

在這個語境中，頌蓮是正常的，有著自己的情慾與表達，而「從小
覺得女人可怕」的飛浦則是畸形、病態的。封建禮教下的深宅大院，
被異化的不僅僅是女人也包括男人。自己的慾望長期因為過於禁錮

---

[17]　蘇童：〈妻妾成群〉，《收穫》，1989 年 12 月。

的環境，畸形的人際關係與扭曲本性的話語形式而走向變態。「女人太可怕」構成的實際上是雙向的隱喻，當男人扭曲了女人之後，女人也會改變男人。

　　當然，我們不能因此而斷言蘇童就是一個女權主義者。蘇珊‧格巴在《「空白之頁」與女性創造力問題》中亦指出，作為「他者」的女性，在男性作家的筆下實際上是一種帶有作家意識形態的「雕塑品」，而未能成為踐行意識形態的「雕塑師」。她稱，「在男人書寫的歷史中，女人始終是絕對的『他者』（the other）」[18]。從社會學的角度來看，女性主義者亦認同現代社會是「邏各斯中心」的社會，也是「陽具中心」（phallocentric）社會，因而，西方「邏各斯中心主義」傳統與男權主宰的文化──父權制與「陽性中心主義」（phallocentrism）都是同一所指，由此引申出「陽性邏各斯中心主義」（phallogo-centrism）一詞，以示這個世界是一個男性中心思維模式所統治的世界。在這樣的世界中，女性的角色都是有可能被「異化」的。而在《妻妾成群》中，蘇童所刻意去樹立的一種形象，實際上所反映的仍是「男人視角」，而非做到為女人辯護的高度。

　　蘇童憑藉《妻妾成群》而涅槃重生，其意義是巨大的。至少在「後新時期文學」中為後來的中國作家們指出了一條路子：即對於女性這樣一個命題的關注。在蘇童之後，女性作家開始積極地參與到女性主義寫作的構建當中。作家們開始注意自己的身份，即女性的存在必須依靠女性作家來書寫，視角也從之前的女性作為「附庸」的命運轉換為作為社會的主宰，其中最大的特點就是性的解放，即

[18]　蘇珊‧格巴：《「空白之頁」與女性創造力問題》，轉引自張京媛《當代女性主義文學批評》，北京大學出版社，1992年。

在「性」的選擇上，女人有了自己的選擇權，而不再如頌蓮一樣，處於被動接受者的地位（因為陳佐千本身是一個性無能者）。

在《妻妾成群》之後，衛慧的《上海寶貝》、虹影的《K》以及九丹的《烏鴉》迅速在國內走紅，女作家的慾望敘事成為了世紀之交中國文壇最大的一股熱潮，伴隨著 1997 的臨近，「女性主義」與「後殖民主義」共同構建了當時中國文學批評界最為熱門的理論語彙。

第四節　1997：一個文學以及政治的符號

1997 年是中國當代史上一個重要的年份，香港回歸作為一個既帶有政治性，又帶有文學意味的符號，一直高懸在中國當代文化思潮的上空。如何明確香港自身的文化定位？如何從香港的都市化情結進行一種自我的反省與檢省？「都市文化／殖民文化」的二元對立關係是否能夠為探索「他者」眼中的中國形象而起到促進性的作用？這些問題自 1983 年〈中英聯合聲明〉簽署以來，一直困擾著中國的文學批評界，當然也包括海外的文學理論界，以及香港、臺灣等地區的學者。

但是，1997 年的文學史意義卻很少被大陸學者所提及，以研究後現代、審美理論與大眾文化著稱的張頤武曾率先論及 1997 年與香港電影之間的文化關係──這是目前關於作為文學與政治符號的「1997 年」的最早論述。大陸作家對於 1997 年這個符號的精

神審理一直是被動性、接受性的——即將其看作是一個歷史符號而為能上升到文化符號的層面，對於作家來說，歷史符號是不能參與（或敘事）的文本，而文學符號是可以參與（或敘事）的。正因為此，對於 1997 年的態度問題，構成了當代中國文學評論家們一直努力去關注但是又無法恰到好處去關注的一個問題。

作為長期處於被殖民統治的香港，其文學狀況一直是大陸作家所觀照的問題。長期以來，香港文學始終是作為中國現當代文學的重要組成，以「臺港文學」或「香港文學」的形式被寫進教科書的。但值得注意的是，教科書中並未有「上海文學」、「湖北文學」的專章敘述。按道理來說，同為中華人民共和國的組成，那為何香港（以及臺灣、澳門）與其他地區在文學史上有著這樣的區別對待？

香港作為一個特殊的文化土壤，其文學價值顯然有別於其他地區，這是一個不爭的事實。它與臺灣不同，臺灣文學實則與大陸的傳統文學一脈相承，因為臺灣一直是中國人在管理治理，其文化土壤是中國化的；香港與澳門也不同，澳門本身不是一個文化發達的地區，而是一個以博彩、旅遊業為主的自由港口。香港的特點在於，其一，它長期受英國殖民統治，擁有較為濃厚的、獨特的文化氛圍，容易形成鮮明特色的文化個體；其二，它文化底蘊深厚，資本主義、重

中英香港主權交接儀式。

商主義與基督教文化構成了香港獨特的文化底蘊，但是香港人卻有一種難以名狀的「無歸屬感」，他們的文化實際上是一種「華洋雜交」的文化，既不屬於英國傳統的貴族文化，亦不是中國傳統的儒家文化。在這樣兩重悖論下，倍覺尷尬的香港人開始在 1983 年之後，進行屬於自我的「文化尋根」。

上個世紀八十年代，香港對大陸的主要文化影響形式是香港電影──包括功夫片、警匪片與生活片（當然也包括一些戲劇、圖書與雜誌的影響），這些「文化商品」無形中將香港人的「九七前」的群體心態傳遞給了大陸的觀眾。自然，這類心態也影響到了中國大陸作家、文藝工作者對於自身文藝實踐的參與與構建。

那麼，在 1997 年左右，香港電影（以及香港雜誌、圖書、戲劇等）傳遞給中國大陸文藝界的精神心態有哪些呢？

其一，香港電影傳遞給大陸的精神心態最主要莫過於對於「後殖民」的發現與探討。在 1985 年後現代在中國生根發芽以來，及至 1997 年，早已長成了一株參天大樹，無論是學術梯隊，還是學科建設，都顯示出了一種強勢的發展勁頭。但是西方關於「後現代」的研究名家卻在這一時間內相繼病逝或改弦更張，將目光移到了後殖民主義理論、傳媒政治經濟學理論以及社會人類學理論等其他更為時效、更具現實意義理論的研究領域當中。中國大陸出現關於「後殖民」的探討較晚，及至 1993 年才有學者提及這個問題，但直到了香港回歸，中國學界才終於找到了可資實證研究的範本。無形之中，「後殖民」遂成為了香港電影傳遞給大陸文藝界最有影響的精神心態。

　　所謂「後殖民」，實際上源於西方文論界老生常談的「解殖」理論。最早提出該概念的是已故巴勒斯坦裔美籍學者愛德華・薩依德（Edward Saïd），其代表學術著作《文化帝國主義》與《東方學》中就提到這一觀點，及至其後的詹明信在《晚期資本主義的文化邏輯》一書中，也將此問題予以了擴充說明。到了當代，阿明、法儂、霍米巴巴、斯皮瓦克等知名學者，一起對這個學科加以完善、注解，形成了西方文化研究、社會批評領域中一門重要的學術體系。

後殖民學者薩依德。

　　誠然，所謂薩依德的後殖民主義，他所分析的是北非、中亞部分國家在政治上解除殖民統治後，在解殖後的文化上仍然對宗主國的強勢文化產生一種慣性的依賴——即「後殖民」文化現象。但是香港不同，香港在迅速解除英國殖民統治之後，並未走獨立建國的道路，而是即時地成為了中華人民共和國的領土，香港人如何糾正自己的文化心態，成為了當時香港人尤其是香港文化界最為頭疼的問題。

　　西方後殖民主義研究學者斯皮瓦克曾如是定義殖民地的文化，這類文化所代表的聲音實際上只是他們宗主國的聲音，而不能代表他們自我的想法。這是後殖民主義所遭遇到的最大問題。而另一位大陸的批評家趙稀方則在其代表作《歷史的放逐——香港文學

的後殖民建構》中認同香港文化尚且不是斯皮瓦克所稱的後殖民，而是存在一種「不敏感」的麻木性，不但對於被殖民統治毫無焦慮、敏感可言，反而樂在其中，建立自己的文化圈子，形成獨特的文化視域。待到香港準備回歸時，倒不是成為了從一種文化進入到另一種文化的「撕裂」，而是自身是否能夠以一種獨立的文化形式融入到其他文化中的「尷尬」。

　　這便是香港在「1997」之前給大陸文化界所帶來的震動，即「文化的歸屬感」問題，當大陸文化界習慣以俯視的角度去看香港時（譬如寫文學史時將香港作為大陸文學史的一部分），香港並非在以仰視的視角觀照大陸。而且在 1997 年即將來到的那幾年，香港文化（尤其是大眾文化）所爆發出的語言張力，無論是許冠傑、王家衛還是關錦鵬，他們所製造出的文化形態足以讓大陸文藝界汗顏。面對一種全然獨特且有著自己個性的文化形態，大陸的文藝界頭一次在「後殖民」的語境下呈現出了茫然無序的態度。

　　前文所述，「後殖民」一詞在國內起源較晚，最早論及「後殖民」的是北京大學教授張頤武，他在 1993 年 6 月的《當代電影》中發表〈全球性後殖民語境中的張藝謀〉一文，在國內影響頗大。作為九十年代新左派代表人物之一的張頤武，由於時代的原因，當時對於後殖民主義的理解並不能深入到其理論內部，而是從社會批判的角度進行分析敘事。但是，張頤武在文中定義了「後新時期」這一概念。他在同一時期不同的論著中亦強調，進入到九十年代以來，中國的「後學」研究逐漸與西方並軌，遂構成興旺一時的「後新時期」。

　　值得一提的是，趙稀方從「香港小說」入手詮釋「後殖民」的意義並非在於對於「歸屬／話語／政治」的共時性文化研究，而是在於對於之前「殖民／新殖民」的歷時性歷史研究，這類研究的意義在於，通過文學與社會的二元關係，來探討政治、經濟與文化在不同歷史時期與文學的關係、規律問題。學術界逐漸認為，這才是「後殖民」研究的最大任務之一。

　　第二，即「文學／政治」的表述轉換問題。同屬中國當代文學史結構中的香港文學對於政治的態度與大陸自 1949 年以來對於政治的態度，截然兩說。這也是趙稀方等學者對於後殖民問題研究的一個切入點[19]。所謂 1997 對大陸文學的影響，恐怕在方法論上便是做一個「文學／政治」表述的轉換問題。在 1949 年之後，我們因為政治意識形態而形成了一個強大的傳統，以至於習慣——即對於文學標準的判定是依附於政治判定的基礎之上的。政治過關了，文學作品也就應運而過關，政治上彰顯出獨特的功利性，那麼在文學價值上也成了一呼百應的好作品。及至「人」的文學發覺之後，中國大陸用了十年多的時間一直在尋求、探索甚至於重構一種文學標準——但是香港文學對於大陸文學的影響卻正是基於對於「文學標準」的影響來判定的。

　　自 1989 年以來，「大眾文化、後現代與商業傳媒時代」構成了中國文學在「載道」意識上進行的一次思想賡續，即除了政治標準之外，迎合受眾、換取票房亦成為當時中國文學的一個重要選擇。

---

[19] 筆者曾在 2008 年與趙稀方先生探討這一問題時，他明確地表示，從大陸文學這個出發點來研讀 1997 這個符號的影響「應該是一件很有意思也很有價值的事情」。

當王朔破天荒地出現時，大家還對其嗤之以鼻，但是當成千上萬的香港文化人集體以大眾文化載體的形式呈現在中國大陸人的面前時，這種衝擊可以說是前所未有的。

雖然在 1983 年中英簽署聯合聲明後，大陸官方曾一度採取各種措施來滌清香港文化對於大陸文化的影響──譬如說對於「資本主義」的定義，對「自由化」與「精神污染」的清掃，其主要目的之一就是為 1997 年做準備──不要讓回歸祖國的香港反過來倒把大陸的意識形態領域侵佔了。

但是到了 1997 年，即將加入 WTO 的中國早已不是 1983 年剛剛從閉關鎖國中走出的中國，也不是安東尼奧尼鏡頭下一片深藍一片紅的「毛時代」（Mao Zedong time），而是一個即將崛起的強國，正在致力於與當代世界接軌──即走向「現代化」與「全球化」（官方語彙則稱之為「改革開放」），香港的意識形態早已不能對中國大陸有太大的影響。或許在上海浦東、北京中關村與深圳某些地區，在意識形態上早已比香港開放。個人貸款、衛星電視、民間刊物與婚前同居等社會現象或許在個案百分比上早已遠超香港。香港文化對於大陸的影響逐漸從所謂的意識形態影響轉換到了體制、規範的干預，其中，「大眾傳媒時代的後現代文化生產」構成了香港文化對於大陸所干預的最大範疇[20]。

---

[20] 大約在 2001 年時，筆者曾採訪談音樂人高曉松，他認為，大陸的流行文化是從香港傳來的二手貨，即其觀念是在歐美生產，傳到日本韓國再進行技術改革，最後到了香港臺灣只剩下設備上的更新，及至大陸，恐怕只剩下東施效顰的模仿，但是這種模仿到了大陸卻是「遍地開花，一處結果」式的跟風。果然，四年後湖南衛視「超級女聲」現象即被高曉松不幸言中。

從香港吸收（或借鑒）大眾文化的生產方式是大陸在 1997 年之前一直在致力於去做的事情。音樂界的「四大天王」、電影界的「四大家」——「王（家衛）、杜（琪峰）、關（錦鵬）、陳（可辛）」與古惑仔、黃飛鴻系列，甚至文學界的金庸、評論界的林行止，都成為了大陸文化人效仿的對象。大眾文化是如何生產出來的？與之前的文化樣式相比，「雅文化」與「俗文化」在大眾傳媒時代究竟應該產生何種價值形式？這些都構成了當時大陸對於大眾文化生產機制的困惑與不解。與政治無關的文學樣式同樣受到大眾們的歡迎，並且能產生相當客觀的物質財富——文化實行產業化機制，創意也能變成財富。香港文化的生產方式為大陸日後的文化改革提供了可資借鑒的模式。

其三，即導致民族主義與大國意識的抬頭。長期一段時間，中國人並不具備應有的大國意識。尤其是改革開放初期，放眼望去西方資本主義國家早已領先我們數十年，甚至近百年，強大的民族自卑心理籠罩著中國人的內心。「外賓、外匯與外貿商品」構成了當時中國人趨之若鶩的「三樣對象」。「遇見外賓不准圍觀尾隨」成了當時中小學生行為準則中的關鍵一條，小商小販們一遇到花花綠綠的外匯就眉開眼笑，如果誰家再有海外關係那就不再會被蒙上裏通外國的罪名，而是被僑辦、街道所尊崇，並被賦予「僑屬」這樣一個光榮而又可以享受一定特權的稱謂。

這種「崇洋」心理固然源自於民族自卑，但是亦有著深刻的文化反省意識。落實到當時的文化上，就是一味崇洋，忘本丟根，韓少功疾呼的「尋根文學」與曹順慶所呼籲的「失語症」，便是當時中國文化人最真實的文化寫照。但是到了 1989 年之後，中國人的

大國心態遂呈現出抬頭的趨勢。因為在 1989 年政治風波時，因為
意識形態的分歧，以及中共面對突發事件幾乎毫無危機公關的準
備，使中國遭受到了前所未有的國際非議。在一致對外的情緒下，
國人們的民族主義空前高漲。

　　1997 年的香港回歸實際上催生了這樣一種在日後持續多年的
民族主義。在 1997 年之後的 1998 年，在南聯盟作戰的北約軍隊悍
然轟炸了貝爾格萊德的中國大使館，並直接導致許杏虎、朱穎與邵
雲環三位中國籍新聞工作者的遇難。這是嚴重踐踏國際法的行為，
因為國際法認定，一國的駐外使館在理論上是該國的領土。美軍的
這一轟炸直接導致了國內民族主義情緒的高漲，遊行、示威甚至群
體性事件的發生，雖然是表達愛國情結，但是群眾們在處理方式與
思考問題的形式上卻存在幼稚、盲動的傾向。同年，充滿著極端民
族主義情緒的《中國人可以說不》成為了當年的暢銷書。到了第二
年的 1999 年，中美撞機事件無疑成了中國民族主義大火之上的又
一瓢油，「民族主義」呈現出片面化、極端化的傾向。直至現在，
中國的民族主義（尤其是網際網路上的極端民族主義）一直未能有
效的好轉（譬如「3.14 藏獨暴亂事件」時大陸線民以偏蓋全地將矛
頭對準所有法國企業等等），「大國意識」與「極端民族主義」幾乎
在 1997 年之後深入到了中國人（尤其是青年人）的內心。

　　這種情緒落實到文學上就是「新歷史主義」的風潮。在 1997
年前後，關於歷史的重構成為了作家、編劇們在當時最為關心的問
題。中國歷史上曾出現的大時代、盛世以及大場面都成為了他們筆
下最為熱衷的體裁。二月河的「皇帝系列」、唐浩明的「晚清名臣
系列」、電視劇《三國演義》、《東周列國志》、《水滸傳》、《武則天》

（格非原著）、《宰相劉羅鍋》（原著崔子恩）、《胡雪巖》（高陽原著）等以及電影《鴉片戰爭》（謝晉導演）在全國的暢銷、熱播。當然，最值得一提的還有戲劇理論家余秋雨的大文化散文《文化苦旅》在1996 年的暢銷。

　　文學是可以敘述的文本，而歷史卻是不能敘事的文本。基於此，筆者曾認為新歷史主義文學出現的原因與代際所產生的歷史歸宿感有關，即曾經處於迷茫、朦朧時以閱讀新詩、朦朧詩與先鋒小說為樂的少年們現在已經成熟，需要從歷史的語境中回歸本我、尋找自我。[21]

二月河。

　　當然，這是筆者從接受美學與藝術傳播學這兩個領域進行的一種斷代性文學分析，這種分析是建立在受眾群體、體例與社會思潮的客觀基礎之上的。但是從主觀上看，1997 年卻是一個避不開的時間點。無論是日後興起的後殖民研究，還是後現代的「群選經典」，實際上都在圍繞一個話題在探討「新歷史主義文學」，即這類文學背後可敘事的「文學文本」是什麼，把目光從筆者之前所探討的「歷史文本」中挪開。

　　「新歷史主義」的文本實際上反映了「新權威主義」、「新國家主義」對於文學的影響。這兩類社會思潮都認為，現代化需要穩定的政治秩序；穩定的政治秩序離不開有效的政治權威；政治權威的

---

[21]　韓晗：〈代際歷史、文化認同與暢銷圖書——文化類暢銷書的歷史文化分析〉，《中國圖書評論》，2006 年 8 月。

建立則有賴於統治集團或某個領袖人物圓熟的政治謀略和政治技巧。而「封建君主」與「封建帝國盛世」遂構成了當時人們對於理想中國社會的感性渴求。

說到底，這是一種反全球化、反現代性的文學思潮，雖然「新歷史主義」的文學作品在當時成為了寬慰中國民眾的一劑心理良方，對於穩定社會秩序、發洩心中不滿起到了一定的疏導作用，但是這並不妨礙「新歷史主義」作為一種文學形式的拓展，豐富、完善了當時的中國文學創作，從這一點看，其功自不可沒。

從 1990 到 1997，七年時間裏中國的文學現狀發生了前所未有的變化。與張頤武所定義「後新時期」概念如出一轍，「人」作為一種文學隱喻主題在新時期被發掘、重現甚至被放大了，這是之前從未有過的。

作家向商業、大眾傳媒靠攏，從《渴望》開始，到後來的《紅高粱》、《妻妾成群》與《活著》都無一例外，這是之前沒有過的。正是因此，文化創意產業、大眾傳媒與文學逐漸向流行、時尚與娛樂靠攏。日常生活審美化成為了文學界、文學批評界所關注的話題之一。

「日常生活審美化」與「後殖民主義」是當代中國影響至今的兩大思潮，但是卻是從上個世紀中期開始被提上日程的。當然還有 1990 年左右發軔的「重寫文學史」，也是當代中國文學史界一直頗為熱鬧的話題。當然，關於這些問題的深度而言，當時的討論還是遠遠不夠的。

第四章

1998～2003 年：新世紀的焦慮與不安

網際網路正在改變著我們的一切，尤其是文化的傳播──這
是繼口頭傳播、紙質傳播之後第三次傳播介質上的飛躍。

──安東尼・紀登斯（Anthony Giddens，1999 年）

「新世紀文學」也正是應對文學形勢在新時代的巨大變化，
試圖整合各種資源，超越純文學的概念局限，從而重構 21
世紀的「大文學觀」。

──雷達（2006 年）

「世紀末」最早的提出者是美國學者亨廷頓，他目睹了二十世紀人類的急速發展與殺戮屠殺之後，對於下一個千年的到來於是就充滿了憂患。因為在二十世紀初的第一次世界大戰始，直至二十世紀末美國對於南聯盟的轟炸襲擊，世界大戰、局部戰爭似乎一刻都沒有停過。人類最原始的向善──無論是中國傳統思想中的「兼愛」、「非攻」還是西方基督教文明中的「原罪說」，都無法解答二十世紀人類所犯下的罪行。新世紀科技還會發展，自然對於人類本性的毀滅性侵害還會進一步繼續。

　　亨廷頓的預言果然在新千年第一年的九月就得到了驗證——多名塔利班分子分別同時劫持四架美國航空客機徑直撞向了美國的世貿大廈與五角大樓，造成三千多無辜平民喪生的人間慘劇，消息發生後，輿論震驚，世界譁然，剛到世紀初便逢此等惡事，這個世紀註定無法安定。

　　國內文學界在新世紀也表現出了前所未有的紛亂，甚至一度出現了「無序」的狀態。身體寫作、下半身寫作、低齡化寫作、網路文學、後現代意識流等都以各種各樣的文本形式展現在大眾面前，令人眼花繚亂。商業化出版運作配合大眾傳媒，文學終於被推到了臺前。

　　讀圖時代、日常生活審美化、現實主義與人民性問題、現代文學悼亡論等一系列文學批評的爭論貫穿著世紀之交的中國文學評論界。謝有順、程光煒、葛紅兵、張頤武、陳曉明、朱大可、白燁、丁帆等一系列文學批評家的名字正是因為文學與大眾傳媒的複雜關係，而從學術雜誌一躍登上電視、網路，成為了大眾媒介上頻頻露臉的「學術明星」。

　　吉爾・德勒茲曾論斷，當一種大眾文化在某個民族、國家流行的時候，這只是一個民族本質文化的一層「糖衣」，當各類糖衣將文化緊緊包裹最後近乎要剝奪文化自身「人格」時，文化本身會做出一種應激反應，即回歸到「族裔」或是「歷史」這兩個語境當中。阿蘭・布魯姆也認為，「族裔」與「歷史」是抵制全球化、現代性最好的「武器」。

　　在世紀之交，中國文學界對於歷史的反思當以余秋雨的系列隨筆為重要依據，當然期間也包含著部分學者對余秋雨本人的「咬

嚼」，這構成了新世紀中國文學批評獨特但又滑稽的特有景觀；「族裔」文學當以阿來的《塵埃落定》為巍巍豐碑，阿來之後的民族文學與民族敘事也成為了中國當代文學與大眾文化一道亮麗的風景線。

由是觀之，世紀之交中國的民族文化、文學在本質上進行著一種權衡，一方面，對於大眾媒介、流行文化並不拒絕，甚至還以「中國元素」進行整體性的向外推廣；一方面，又主動去尋文化、文學之根，意圖獲得一種更加自我的敘事。

第一節　三個魯迅

關於魯迅的認識構成了當時中國文學界的主要思潮之一。因為在「人」的文學這一文學思潮的引領下，對於魯迅的理解也成了「拉下神壇」的一個重要標誌，即從兩重角度來考慮，對於魯迅也有著同樣的兩重考慮。

第一層是解構主義的影響，即對於「人」存在形式的解構，一個人的存在狀態不是單獨的個體，而是與社會、朋友、職業、歷史等客觀因素息息相關，構成一個整體的「結構」，這個人所帶來的影響只是「言語」，而不能代表整個「結構」乃至時代的大趨勢——即「語言」。而對於魯迅整體性研究則是從解構主義的開始。

這種研究與「文化研究」對於文學批評的滲透又是息息相關的。在此之前，文學批評研究也好，文學史研究也罷，甚至文藝理

論的建樹，都與「文化研究」有著密不可分的關係。「文化研究」雖源於英國的威廉斯，但是卻在中國的文學理論界開花發芽，可以說，這是中國文藝理論新世紀轉向的一個重要符號。

而第二重影響則是基於「圓型人格」影響，這是之於之前對於魯迅「扁平人格」認知的反思與質疑。在此之前，魯迅的形象是「扁平」的，即「文學家、思想家與革命家」三位一體的神性人格。對於一個曾經在歷史上客觀存在的「人」來說，這樣的主體人格無疑是虛構的。

《上海魯迅研究》封面。

這兩種影響都是來源於之前的「兩個魯迅」的人為分裂，在八十年代之前，魯迅在中國人的心目中是一面紅色的旗幟，代表的是最徹底、最激進、最革命的無產階級文藝典型。一時間，被魯迅讚美過的人，一步登天，成為文壇紅人，而被魯迅批駁過的人──除了郭沫若、周揚、梅蘭芳與李四光四人外，幾乎所有的人都因此而在新時期獲罪──魯迅成為了當時中國文藝的一桿尺規，無怪乎毛澤東曾幽默地說：「我們有兩支軍隊，一支是朱總司令的，一支是魯總司令的。」

但是到了八十年代中期，自由主義、人文主義逐漸成為了中國學術界熱衷的思潮，唯物主義辯證法亦重新被提到歷史研究、文學研究的領域當中，如何解讀歷史人物成為了當時學術界的一個熱門話題。自然，對於魯迅的認識也逐漸由意識形態認識轉向到了文學

研究領域，和茅盾、沈從文、梁實秋一樣，作為一個文學符號的魯迅，也是由「作家」與「作品」兩方面組成的。

對於魯迅生平的考證與再認識，是八十年代中期以來中國文學研究界的一個熱門話題。對於魯迅的理解，也開始由「紅色」的經典作家路線逐步向人道主義、辨證唯物史觀轉移。其中，海外的「魯學」研究可謂是推動魯迅走向「人的還原」的催化劑。姜振昌先生也認為，八十年代以來，在談及魯迅的思想時，更多的注意到了魯迅在「現代化」過程中以「立人」為核心的「人學」思想的流變發展和前後連貫性，而不再只是機械地抱定進化論、階級論等一些僵硬的思想原則。

1985 年，敘利亞漢學家馬吉德・阿拉丁在敘利亞阿拉伯作家協會主辦的《世界文學》春夏季合刊上發表了一篇名為〈人道主義作家魯迅〉的論文，這篇論文旋即被次年的《魯迅研究月刊》全文轉載。該文被譯介到國內以後，在魯迅研究界引起軒然大波。「人道主義」作為一個剛剛解禁的「文學禁區」，將魯迅與人道主義聯繫到一起，成為了「第二個魯迅」的肇始。

之前的魯迅研究主要是許廣平、唐弢、周揚與馮雪峰等左翼作家對於魯迅的回憶，以及對於魯迅軼文的整理。譬如上海魯迅紀念館的《紀念與研究》系列、以及余秋雨等人撰寫的《讀一篇新發現的魯迅軼文──〈慶祝滬寧克復的那一邊〉》，這些研究的側重點，只是借魯迅的聲望與作品來為當時的主流意識形態和官方文藝思想做輔助性的闡釋與說明。用姜振昌先生的話說就是「建立一套以『反帝反封建的方向』和『文學與普通人』的關係為考察中心」的「魯學」體系。

在 1985 年之後，魯迅明顯被「割裂」，或者說被「還原」了。諸如魯迅的私生活問題、魯迅的人際關係問題、魯迅對日本的態度問題──這些原本都屬於學術禁區，在那時之後都可以成為被討論的對象，並且日漸熱門化。在這篇文章之後，諸如王嘉良、錢理群、王富仁等當時的中青年學者都開始將目光聚集到「新魯迅」的身上。在上個世紀的八十年代與九十年代，「新魯迅」成為了當時文學史界最熱門的話題之一。

造成「第二個魯迅」的本質原因在於多元化思想的氾濫，自由主義、保守主義、尋根主義、後現代、新左派……等等社會思潮在八十年代至九十年代影響深遠，經濟、社會體制的雙向轉型導致「八九」左右的中國文學界也是一片多元化的景象。

這段時間的魯迅研究代表作亦是異彩紛呈內容各異，譬如王富仁的《中國反封建思想革命的一面鏡子》（1986 年）、林非的《魯迅與中國文化》（1990 年）、錢理群的《走進當代的魯迅》（1999 年）、汪暉的《反抗的絕望》（1991 年）、王曉明的《無法直面的人生》（1993 年）等作品對於日後的魯迅研究亦是影響深遠舉足輕重。

1999 年，青年評論家、南京大學博士葛紅兵在《芙蓉》雜誌第六期發表了他的評論長文〈為二十世紀中國文學寫一份悼詞〉，這是他主張「二十世紀文學悼亡論」的一次大膽實踐，文風犀利但措辭卻頗顯尖刻。文章發表後，褒者有之，貶者有之。當然，全盤否定二十世紀中國文學是有失公允的，也是不客觀的。但是葛紅兵的否定並不是如某些批評家潑婦罵街一般的指責，而是分析一些作家、作品個體，從其寫作態度、處事原則與文學樣式等角度切入進行學理性的評價。

毫不奇怪，葛紅兵在《悼詞》中第一支箭就射向了「文化旗手」
魯迅先生：

> 對於魯迅的為人，恐怕也不是空穴來風，終其一生，他沒
> 有一個地位比他高的朋友，我們不必忌諱他的嫉恨陰毒，
> 他的睚眥必報。仔細想一想難道魯迅的人格真的就那麼完
> 美嗎？他為什麼在文革期間成了唯一的文學神靈？他的人
> 格和作品中有多少東西是和專制制度殊途同歸的呢？他的
> 鬥爭哲學、「痛打落水狗」哲學有多少和現代民主觀念、自
> 由精神相統一呢？魯迅終其一生都沒有相信過民主，在他
> 的眼裏中國人根本不配享有民主，他對胡適等的相對自由
> 主義信念嗤之以鼻，因為他是一個徹底的個人自由主義者
> （文革中紅衛兵那種造反有理的觀念正是這種思想的邏輯
> 延伸）。[1]

如果單看這段話，魯迅在葛紅兵的心目中也只是片面的形象，畢竟
作家的人格與作家的作品是兩回事，葛紅兵所推倒的只是魯迅的一
尊巨像——誠然魯迅人格有缺陷、心理有隱疾，哪怕思想覺悟不
高，但是其文章可嘉，這也是值得肯定的。但是到了後面，葛紅兵
隨即話鋒一轉，進入到魯迅的作品研究當中，開始動搖魯迅第二尊
巨像的根基：

---

[1]　葛紅兵：〈為二十世紀中國文學寫一份悼詞〉，《芙蓉》，1999 年 6 月。

> 魯迅是那種將思想看得比文學本身更重要的作家,在他的意
> 識之中,文學只有在表達了某種進步的對社會有直接意義的
> 思想之後才有價值,否則就沒有價值。這種觀點實際上也是
> 啟蒙主義文學在文學觀念上的一個共同欠缺:思想的價值大
> 於審美的價值。魯迅在這種思想的主導下,在盛年就基本上
> 停止了小說寫作,不因為別的,而是因為他覺得表達思想,
> 雜文更直接,更有力,更解氣。既然他發現了雜文這種更有
> 效的武器,那他就不用寫小說了。當然魯迅對這種文學觀晚
> 年是有反思的,他逝世前多次重申「不加入任何集團」,這
> 就是一個明證……他的散文詩比他的小說好,他的小說又比
> 他的雜文好,但是他卻選擇了雜文。[2]

在撰寫這段文字時,我曾參閱了兩千二百餘篇自 1979 年至 1999
年二十年來的「魯學」重要論文與資料彙編性文獻,可以這樣說,
這些論著為建構一個新的「魯學」搭建了一座摩天大廈──但通觀
這些論著,始終覺得對於魯迅的研究未能突破一個瓶頸,即將魯
迅作為一種「意識形態的符號」上升到更高的思維空間當中去考
量──魯迅本人的文學觀是否服從文學發展客觀規律?魯迅的文
學觀念在更深層次的邏輯上是否存在著其個人的政治意圖與文
化主張?

　　而葛紅兵的這篇看似偏激甚至在學術界毀多於譽的論文,卻為
魯迅研究不經意地打開了一扇視窗──早已是學術界老話題的魯

---

[2]　同上。

迅研究如何能從「文本研究」（text-study）過渡到「文化研究」（culture-study）？──或許同時代確實有比《悼詞》更能說明問題、更有思想深度或更有學術價值的研究論文，但是究該文的影響來看，卻在當時很難找到在影響力與尖銳性與之相匹敵的論著，正因為此，葛紅兵也因此而在文學批評界揚名立萬，在葛文之後的第二年，「第三個魯迅」遂橫空出世。

　　《悼詞》發表一年多之後，在 2001 年第 4 期的《北京大學學報》（哲學社會科學版）上北京大學中文系主任溫儒敏教授發表〈魯迅對文化轉型的探求與焦慮〉一文。該文堪稱是以文化研究的姿態進行魯迅研究的領軍之作──該文一經發表便引發國內魯迅研究界的爭論。該文對當時「否定魯迅」的觀點提出了自己的質疑，認為魯迅研究的出發點不應是對於魯迅的否定，而是應該積極地從文化研究尤其是「警惕過分崇奉物質帶來的現代文明病」，就文學研究而言，這個方法不算新鮮，但是從魯迅研究這個領域來說，這是一個全新的角度與高度。溫儒敏先生的論著，比葛紅兵的評論要更具備學理性與深思熟慮，「三個魯迅」於是便成了當代中國文學史上一道引人注目的風景線。

　　由是觀之，「第三個魯迅」來得坎坷，但卻來的及時，而且更重要在於，無論是第一個魯迅還是第二個魯迅，都與歷史上真實的魯迅有著距離──前者像一個教主而後者更接近於一個憤青，若是單純用典型人格來解剖作家，則是不明智的。拙以為，第三個魯迅卻更接近現實中的魯迅，因為無論是從視角來看，還是從歷史文化的背景來分析，這裏所塑造的魯迅，都是一個即綜合全面，又蘊含當代多元化價值的魯迅。

更值得注意的是，所謂文化研究，其本質在於無可替代的批判性。無論是文化研究的濫觴伯明罕學派的湯普森、威廉斯還是日後執文化研究之牛耳的法蘭克福學派中堅阿多諾、本雅明，他們的研究立場都是從現象直接進入本質，其研究姿態就是無可替代的「批判」態──無論是工業社會、消費主義、重商主義，還是日後的網際網路、全球化，主張文化研究的學者們都無一例外地熱衷於顛覆性的批判，但是他們的批判又不是為了重建一種新的規制系統，而是為了探討被批判之物的存在形式與歷史關聯。對於魯迅這樣一個個體作家的研究，亦深入到文化研究這一功能性而非符號性的策略當中，應是魯迅研究的一個重要轉折。

山東大學博士史汝波在與高旭東教授談話時，亦強調，「從 20世紀 70 年代末的改革開放開始，到 2000 年具有解構主義傾向的作家與青年學者對魯迅的全面顛覆為止，我認為，這是 20 世紀的魯迅研究最有成就的時期」。高旭東也認同，「世紀末非議魯迅的喧囂也已經過去」[3]。就此本著以為，「三個魯迅」尤其是新世紀「第三個魯迅」的發展賡續與探索研究，在某種程度上有著不可替代的文學價值，原因有三。

首先，「三個魯迅」實際上是把魯迅作為一面鏡子進行「反觀」式的審視，而非單純意義上的分析。魯迅在這裏所充當的角色絕非是一個個體作家那麼簡單，而是不自覺地變成了當代中國文學思想發展史的一面鏡子。胡適也說，歷史是一個任人打扮的小姑娘，一千個讀者眼裏就有一千個哈姆雷特，一萬個解經者筆下就有一萬個

---

[3]　高旭東、賈蕾、楊江平、史汝波：〈21 世紀的魯迅研究三人談〉，《魯迅研究月刊》，2003 年 10 月。

耶穌。在不同意識形態影響甚至決定下的文學史家們看來，已經去世半個世紀的魯迅，同樣有著可打扮性。但是總體來看，「無數個魯迅」可分為三類——即「三個魯迅」。那麼透過對「三個魯迅」的反向研究詮釋我們就能釐清中國當代文學思想的更迭脈絡。

那麼「第三個魯迅」既折射了魯迅作為一個文學符號的歷時性變化，亦展現了新世紀中國文學史學、文學理論研究的新動向，即從之前的意識形態研究、文學

魯迅紀念館。

本體研究過渡到文化研究的新層次。誠然，與此同時被進行「文化研究」的作家遠不止魯迅一人。譬如北京大學樂黛雲教授曾在世紀之初主編「跨文化研究」叢書，將聞一多、梁實秋、吳宓、傅雷等魯迅同時代學者、作家進行文化研究。這是一次前所未有的關於文學個案的文化研究工程，當然，這雖不能說是「第三個魯迅」所帶動，但卻也反映了新時期文學史學研究的一個新趨勢。

魯迅既是一個文學座標，也是一座文化的豐碑，儘管魯迅再被百般質疑、否定，但這恰恰也證明了魯迅存在的不可忽視性。「第三個魯迅」恰恰印證了魯迅的文化意義而非單純性的文學價值。對於魯迅存在的時代性、歷史性進行一種雙向度的考量，第三個魯迅之後，第三個傅雷、第三個梁實秋、第三個「南社」知識份子群、

第三個新月社作家……種種「第三個」研究個體，一時間紛紛蜂擁
而上，受到啟發的學者們開始勇於探索，於是對於中國現代文學史
的「現代性」也就有了更深刻的認知與理解。

其次，「第三個魯迅」在本質上是無限接近真實魯迅的，這亦
是魯迅研究的一個新臺階。新世紀以來，文學史研究的去政治化趨
勢日趨明顯，越來越多的學者開始實踐「重寫文學史」的理論策略，
那麼魯迅作為被「重寫」的現代文學史核心人物，那麼被重寫後的
魯迅，顯然有著更高的縱深意義與研究價值──其中最關鍵之處在
於對於魯迅的「還原」。那麼，還原魯迅的本質意義又在何處呢？

我們知道，作為文學家的魯迅，一生精力旺盛但英年早逝，他
所留下的作品卻是充滿矛盾與疑惑的。誠若前文葛紅兵所述，觀其
一生，魯迅的小說不可謂寫的不好，他的《傷逝》、《阿 Q 正傳》
可謂是現代中國文學史、小說史上一座座不可撼動的豐碑。但是魯
迅本人卻並不熱衷於寫小說，甚至諷刺同時代的小說家，對於施蟄
存、陳西瀅、章克標等人的攻擊，魯迅可謂是不遺餘力；同樣，魯
迅亦擅長翻譯與文史資料整理，並且做出了同時代翻譯家、學者們
數一數二的成績，之前魯迅曾拜章太炎為師，但是魯迅對於乾嘉學
派、考據學與樸學等「整理國故」的研究極其鄙夷，早年魯迅曾幫
著《甲寅》雜誌惡語攻擊「昌明國粹」的《學衡》雜誌同仁，「我
佩服諸君的是，連這樣的東西也有拿出來發表的勇氣」[4]；當然，
魯迅亦是一流的散文家，《朝花夕拾》、《彷徨》中語句洗練、修辭
明快的散文，無疑是當時中國散文界的一個亮點，但魯迅並不喜歡

---

[4] 韓晗：〈上清舊文學之弊，下開新儒家之源頭──關於學衡雜誌的再思考與
再認識〉，《船山學刊》，2006 年 2 月。

寫散文，相反他對同時代的散文家也攻擊有加——梁實秋、聞一多甚至英年早逝的梁遇春，都挨過魯迅的「投槍與匕首」——這一切似乎正如郭沫若所說，「魯迅除了自己之外，他誰都罵。」

　　魯迅在創作思想上的矛盾，可以說是他人格的矛盾，這就是為何魯迅過世半個多世紀以來，無論什麼時代，「魯學」一直能夠成為現代文學史熱門話題的原因。在上個世紀五六十年代，魯迅是國內文學思潮中的「座標」，魯迅所熱愛的雜文被當作紅色階級獨一無二的文體，最後竟蛻變為紅衛兵們的大字報、姚文元「咬住一點，不顧其餘」的「瘋狗雜文」；除了極少數之外——幾乎所有被魯迅攻擊過的作家，一律不准寫入當代文學史，若是非要寫，也要以反面人物的形式出現。當時在中學就讀時，就曾在中學語文讀本中魯迅文章的注釋裏看到過這樣的一句話——「魯迅先生所攻擊的，是陳西瀅、施蟄存之流」，這句話我至今仍猶言在耳！

　　魯迅被盲目無限擴大，其他作家被刻意無限縮小，這是不公正的。還原魯迅就是還原一部現代中國文學史，這就是「還原魯迅」的意義所在。還原魯迅的目的不是為了打倒魯迅，而是為了從文化的角度、歷史的層面，拋卻意識形態的桎梏，我們所受教育，看到的是一個畸形的魯迅，我們再不能把這樣一個形象傳遞給我們的後人——還原魯迅的真實形象，這也是對歷史負責的考慮。

　　最後，「三個魯迅」所表露出的是文學自省意識的昇華。所謂文學自省意識實際上就是文學史的寫作風格（writing style）。文學作為一個抽象的概念，本身需要特定的載體與之相適應——文學作品、作家、文學史或文學評論，這些具象的因素結合到了一起就構成了文學這樣一個抽象的定義。雅克布森所提倡的文學性

（literariness）原則，無非也是為了釐清文學與政治學、歷史學、哲學、法學、倫理學等其他人文社科學科門類之間的關係。

那麼面對當下中國文化研究的蕪雜化，對於魯迅的進一步深入性研讀遂具有了特殊的重要意義。當評論家都在關注文學現象、文化現象這些表徵的危機時，對於文本、作家深層次內部邏輯問題的思考也就變得更加重要起來。「第三個魯迅」的意義既是在於文學本身、作家本身的存在性價值的研究，也是「辯章學術、考鏡源流」的根本性探討。

從文化研究的角度去解讀魯迅，實際上是有利於將文化研究拉回「文本／作家」為研究客體的軌道之上，而不是停留在對於香豔緋聞、奇聞軼事等稗官野史的考證好奇當中。這也是為何「第三個魯迅」更接近魯迅本身的原因之所在。

文學自省意識的昇華究其本質而言，實則是「文學性」在獲得認同之後的一次質的飛躍。「第三個魯迅」實際上是把魯迅當作一個「可以研究」的課題──之前的魯迅是文學真理的化身，是文學標準的具象，只可尊敬、信奉，萬萬不可探討，更不可否定。新世紀魯迅研究，是把魯迅當作一種文學符號來進行解剖、分析。

這種解剖、分析一般來說是兩條研究路線，一個是立體、宏觀的比較，即在國際文化語境與世界意識這樣的大背景下來全面審視魯迅的世界性存在意義，尤其魯迅作為一個東方作家，西方世界對於其的認識態度，他對於西方世界的觀照形式，將魯迅與同時代或同風格的西方作家對比，都構成了魯迅研究的新思路。

有學者從姚斯的接受美學出發，開創了另外一條路線──對魯迅研究予以線狀、微觀的比較，即在文學文本的「四相結構」當中進

行梳理與探討：客觀存在（世界Ⅰ）→作家自身的世界（世界Ⅱ）→作品／文本（作家創造的第二自然，世界Ⅲ）→接受者／讀者世界（世界Ⅳ）[5]。

　　四層世界圍繞著魯迅作為一個核心的文學傳播學、文學心理學研究，構成了二十一世紀魯迅研究的另一層新境界。接受者、作家與文本是魯迅作品作為一個資訊進行傳播的「施者、受者與媒介」，以傳播學的角度來解讀魯迅及其文本的作用與價值，同樣也是新世紀魯迅研究的一個亮點與一個熱點。

　　值得注意的是，若是從《魯迅研究月刊》與《中國現代文學研究叢刊》這兩個大的資料源來定量分析，2000 年至 2008 年，共發表關於魯迅（即主題、篇名或關鍵字與魯迅有密切關係）的研究論文三千零八十四篇，其中，帶有文化研究傾向的有兩千六百四十一篇，佔總篇目的百分之八十五點六。從這點看，文化研究已經構成了魯迅研究的一個主要方法論，「第三個魯迅」的理論大樹已經呈現出枝繁葉茂、欣欣向榮的景象了。

第二節　文化散文：歷史與文化的文本敘事

　　新世紀伊始，國內圖書市場上忽然出現了兩部暢銷書。自 2000 年 5 月起，這兩本書在國內各大書城的排行榜上輪流坐莊，頗顯其

---

[5]　彭定安：〈二十一世紀的魯迅研究預想〉，《魯迅研究月刊》，1999 年第 12 期。

不可撼動的霸主地位。有趣的是，這兩本書都是同一個作者撰寫的兩部散文集，一部叫《行者無疆》，一部叫《千年一歎》，作者是原上海戲劇學院院長、散文家余秋雨。

可以這樣說，談到新時期文學史，若是不談余秋雨，是欠缺的，也是不公正的──儘管余秋雨從「出道」至今飽受各類非議，但是誰也不能否認其散文開創一代文風，在余秋雨之前，「楊朔派」、「陶鑄派」的「歌德散文」是中國散文創作的主題，「謳歌民族英雄、頌揚祖國大好河山」成為了余秋雨之前中國散文創作的主流，在余秋雨之後，國內散文界風氣一變，「大文化散文」遂應運而生。

余秋雨 1946 年出生於浙江餘姚，1964 年考入上海戲劇學院戲劇文學系本科，畢業後適逢文化大革命，曾下放到太湖農村「改造勞動」，「文革」結束後留校任教。1984 年擔任上海戲劇學院副院長、院長。曾出版《戲劇理論史稿》、《藝術審美工程》等學術專著，在國內外戲劇界影響巨大。1990 年辭去院長職務，專職撰寫散文，上個世紀九十年代曾出版《文化苦旅》、《山居筆記》、《霜冷長河》、《文明的碎片》等散文集，本本暢銷，被稱作「余秋雨式的散文奇蹟」。

但是，新世紀的余秋雨幾乎一直是「孤軍作戰」──因為余秋雨僅僅只是作為一個散文作家的身份單獨地存在，他的作品雖然暢銷，但是既沒有引發爭議，也沒有引起太大的討論。待到 2000 年，余秋雨應鳳凰衛視中文臺之邀隨隊進行環球性文化考察時，國內文學評論界、出版界終於掀起了「余秋雨熱」，堪稱新世紀文學評論界前所未有的蔚為壯觀局面。余杰、古遠清、金文明等中青年學者

紛紛參與到「鬥余」的陣營當中。對於余秋雨的批駁大概主要有如下三個方面：

　　首先，對余秋雨「個人歷史」的批駁，進行批駁的學者是湖北經濟學院教授古遠清，這是余秋雨自始至終都在辯解的一方面。古遠清稱，余秋雨曾在文革「石一歌」寫作組擔任過專職寫作員一職，並拿出余秋雨等人當年出版的《讀一篇新發現的魯迅軼文──〈慶祝滬寧克復的那一邊〉》進行佐證。實際上這樣一本書並不能說明問題。作為一個剛剛從大學畢業而又無事可做的待業青年，為求謀生寫一點應景的小文章，這也無可厚非。但是余秋雨卻多次與古遠清「法庭辯論」，古遠清也因此聲名鵲起，成為了新世紀文學批評中一個既熱門，但又並無太大專業影響的人物。

　　其次，是對余秋雨「文史差錯」的「咬嚼」，其代表人物是上海《咬文嚼字》編審金文明。可以這樣說，任何一部小說、散文都普遍存在著各種各樣的硬傷，縱然是魯迅、沈從文的作品，若是緇銖必究也會找出一大堆不合情理的地方。以作家一人之能力難免精力、閱歷有限，加上時代局限性與意識形態的束縛，差錯是無法避免的。一部好的文學作品關鍵是其傳達的美學感受與文化精神，而不是歷史年代謬誤、人名拼寫錯誤或標點句讀的誤

余秋雨。

差。金文明所撰寫的《石破天驚逗秋雨》一書，系統地清理了余秋雨所出版著作中的各類細小差錯。就所有的負面批評而言，余秋雨對於金文明是最為寬容的，因為金文明出言有據，縱然是細小的差錯，學者出身的余秋雨也無法抹去不提。

最後是北京大學研究生余傑對於余秋雨「懺悔」的質詢。余傑曾在世紀初撰文〈余秋雨，你為什麼不懺悔？〉，矛頭直指余秋雨作為一名學者但卻公然作秀、隱瞞歷史的「行徑」。當然，余傑一向以言辭偏激甚至排斥理性而聞名，其人其著我向來不敢恭維，無論是之前充滿自我話語與詭辯的《鐵磨鐵》，還是後來一派狂言甚至胡言的《天安門之子》──這些作品始終缺乏一種人文的終極關懷，而是過於地沉積在意識形態的對抗之上，有趣的是，恰恰余傑自己常常在公共場合卻以基督徒自居。綜合余傑這些舉動，拙以為，余傑當年「批余」一舉亦是為自己提升知名度而炒作，因為他的攻擊始終未能抓住要害，也沒有對余秋雨本人的學術觀點、文學評論進行學理性的批評與質詢──因為余傑既不懂戲劇，散文也寫得不好。

山東大學博士楊江平評價魯迅為什麼會走紅似乎在這裏有著一定的隱喻價值，「魯迅在五四時期的知名度並不很高，但是在『正人君子』與創造社、太陽社對他的否定中，他的知名度陡然提高了；90 年代以來，研究魯迅的書印數都比較少，可是在世紀末否定魯迅的聲浪中，研究魯迅的書印數一下子上來了。」[6]可見，文壇的「罵殺」與「捧殺」自古就不鮮見，新世紀的余秋雨也不例外，在

6　高旭東、賈蕾、楊江平、史汝波：〈21 世紀的魯迅研究三人談〉，《魯迅研究月刊》，2003 年 10 月。

一片叫罵聲中，余秋雨的兩部散文集《行者無疆》與《千年一歎》印量配合銷量直線上升。據統計，這兩本書的總印量（含盜版、電子版）總共達到近兩千萬冊，成為中國圖書出版史上前所未有的一個奇蹟。

《行者無疆》與《千年一歎》是余秋雨在新世紀與鳳凰衛視合作的一個專案。由鳳凰衛視出資，組成一個吉普車隊，從中國的北京出發，沿途經過陝西、新疆、中東、希臘最後直達冰島、挪威，目的是系統考察千年中人類文明的走向趨勢與發展軌跡。沿途的行走由鳳凰衛視現場直播，余秋雨作為點評嘉賓自然也要隨車前行。

之前的余秋雨其散文都是圍繞著「中國文化」這樣一個主題來寫，始終未能超脫「自我」的角度上升到「他者」的文化觀念當中，建構一種全新的文學意識形態。可以這樣說，之前曾獨立撰寫《戲劇理論史稿》的余秋雨對於世界哲學史、文化史並不陌生，但是只是停留在紙質資訊的高度而未能親身體驗。經過多年的積累，余秋雨完全有體驗的能力與必要。正因為此，余秋雨才一路走一路寫，結合自己平常的積累一口氣完成了兩部大文化散文集，——都是對於世界文化這個「世間話語」的「一己筆觸」。

若是單從文學性這個層面來分析，《千年一歎》與《行者無疆》開闢了中國散文寫作的另一個境界——即對於「他者」文化的文學表達。之前我們對於「世界」這樣一個命題並不知道該如何去表述、理解。對於我們國家之外的世界常常是充滿了好奇甚至臆想——看似艱深晦澀的古希臘文化、古羅馬文化、文藝復興文化與中世紀文明，在余秋雨的筆下成為了一篇篇靈動的散文隨筆，在閱讀審美的

過程中又能獲得知識，這對於「速食文化」下的中國人來說無異於是一道精神上的營養大餐。

　　本章以余秋雨新世紀的兩部暢銷散文集為切入點，系統探討「散文」這一文體在「新世紀」這個獨特的文化歷史語境下所發揮的作用與意義。

　　首先是文學對於「歷史」與「文化」遇到文學之後所產生的變化。之前當歷史與文化遇到文學之後所呈現的是兩個不同的趨勢：一個趨勢是文本化（textual），即原本存在的歷史變成了文學文本中的內涵————因為歷史本身是不可敘述的文本，譬如作家眼裏，歷史上很多大事在稍加潤色之後都可以成為情節精彩的歷史小說；另一個趨勢則是歷史與文化的「本我化」（subjective），文學在整個過程中所

余秋雨創作的第一部文化散文集《文化苦旅》，1992 年版。

充當的是一個濾光鏡的角色，任何歷史事件、歷史人物一經過文學，就會呈現出一種變形————這是文學的特點之一。所謂一千個讀者有一千個哈姆雷特，這是接受審美心理學中的「變形」，那麼自然而然，一千個作家，筆下定就有一千個拿破崙，導致如此的原因，既與作家的寫作立場息息相關，也和創作心理學有著必然聯繫。

　　余秋雨的散文卻很好地消解了這兩重問題。一方面，他的散文具備其他文學作品不具備的歷史、文化的洞察力。另一方面對受眾心理與接受美學頗有心得的余秋雨，對於自己散文的創作，也頗下功夫。

在散文中，余秋雨並不夾雜太多自己的觀點、判斷與議論，而是將自己的觀點與判斷擱置到具體描寫對象的選取、歷史材料的遴選上，以顯示出歷史散文的公正性與資料的嚴謹性——好似戲劇中消解了第四堵牆一樣，這樣的散文讀者更容易接受。這在《文化苦旅》中，余秋雨只是嘗試，待到了《千年一歎》、《行者無疆》時，其散文風格已然非常成熟，世界性的經典信手拈來，化成其特有的抒情描寫形式，鋪陳恣肆，讀來暢快淋漓。

從文體學的角度來看，余秋雨的散文並非是「純散文」（nature prose），而是帶有學術理性的探究。他每一篇大文化散文並非是為了抒情達意，而是為了探討一個學術問題——哪怕這個問題無法探討，但是至少也構成一次思考的前提。鑒於此，余秋雨自己也承認，「我把我已經想明白的問題交給課堂，因為我是個教授；我把我有可能想明白的問題交給我的學術，因為我還寫很多學術著作；我把我永遠想不明白的問題交給我的散文。」[7]

這就是為何余秋雨的散文在諸多散文中能夠脫穎而出、揚名立萬的原因。「言之有物」是余秋雨散文的第一個大特點，這樣就避免了之前其他散文的空洞乏味。當然，余秋雨的散文還有一個最主要的特點——大文化散文的時效性。

這是本文立足要探討的第二個因素，大文化散文緣何會在世紀之交發軔？當然，除了前文所述的「國家主義」、「民族復興」意識萌芽之外，還有最重要的一層因素，即文化的認同性與文學的認同性呈現出「同質化」的趨勢。在余秋雨的散文當中總是不經意地滲

---

[7] 余秋雨：《借我一生》，作家出版社，2005 年。

透出一種文化的「認同性」，即探討一種文化張力，而不是為了文學而文學。

世紀之交實際上是一個時間的悖論──年代本身無立場可言，人為劃分世紀與千年就像歷史造就的國境線分野一樣，實際上這與自然地域、民族聚居沒有太大的必然關係。但是好求整數是世界所有人的一個愛好，每到年底就喜歡進行總結，每恰到若干個「十年」、「年代」（decade）就要進行紀念，而千年的跨年更是一次盛大的活動──畢竟在上一個千年的跨年時人們尚未有這樣的意識。從某種意義上說，這也是第一次系統地從意識形態角度所進行的文化反思。

余秋雨的散文在這個時候應運而生也是適應了這樣一個名副其實「千載難逢」的好機會。之前余秋雨的散文所探求的實際上是本土文化本質的變化趨勢──譬如中國文化遇到西方的文化「侵略」時的狀態（《道士塔》）、「自我」文化的規律性發展（《一個王朝的背影》）、中國知識份子的存在價值（《千年庭院》）、中國人對於故鄉的文化認同（《鄉關何處》）以及文化遇到內在壓力時的走向（《蘇東坡突圍》）等等。雖然之後余秋雨也曾效顰過梁實秋的「雅舍」，開始他的「山居」生活，談人生、談理想、談感情……但是這些「談」雖然造成了一定的反響，但遠不如立足地域或某個文化客體來得快──畢竟歷史是不可敘述的文本而生活是可以敘述的文本。鑒於此，之後的余秋雨遂迅速收手，不得不重撿「文化苦旅」的路數。但困擾余秋雨最大的問題就是：中國文化已經被寫的差不多了，一部文化苦旅，幾乎構成了整個中國版圖。為尋素材，余秋

雨於是只有將目光投到了國外——這是《千年一歎》與《行者無疆》為何會在世紀之交出爐並走紅的第三個原因。

就余秋雨本人而言，對於中國文化無疑是相當熱愛的，但是他對於中國文化百年來所遇到的種種問題甚至困境卻有著自己理智的思考與獨特的文學表達。之前的華語散文雖有林清玄、陳之藩、董橋、趙毅衡等人的海外隨筆，但是這些隨筆卻是沐浴歐風美雨，對傳統文化進行一種隔海觀潮般的「審理」，而余秋雨則是立足中國本土文化進行一種求經問道式的「體認」，這是余秋雨散文在寫作思想上的最大特點。

在散文〈道士塔〉中九十年代初的余秋雨曾如是感歎：

> 偌大的中國，竟存不下幾卷經文？比之於被官員大量糟踐的情景，我有時甚至想狠心說一句：寧肯放在倫敦博物館裏！這句話終究說得不太舒心。被我攔住的車隊，究竟應該駛向哪裏？這裏也難，那裏也難，我只能讓它停駐在沙漠裏，然後大哭一場。[8]

但是在新世紀的散文中余秋雨不再悲天憫人，也不再以「文化憤青」的姿態呈現在讀者面前，而是以一種巨大、宏觀的世界觀進行全面性觀照。除了寫作風格走向成熟之外，從行文的思想內涵來看，余秋雨也更加宏大，也更有濃厚的人文情懷。譬如在《行者無疆》的散文篇目《我的窗下》中，余秋雨則以一種更大的包容心來審視他在歐洲大陸所看到的一切：

---

[8]　余秋雨：《文化苦旅》，東方出版中心，1992 年。

> 中國人哪裏曉得眼前的「葡夷」身後發生了那麼多災難，我
> 們在為澳門的主權與他們磨擦，而他們自己卻一次次差點成
> 了亡國奴，欲哭無淚。可能少數接近他們的中國官員會稍稍
> 感到有點奇怪，為什麼他們一會兒態度強蠻，一會兒又脆弱
> 可憐，一會兒忙亂不堪，一會兒又在那裏長籲短歎……在資
> 訊遠未暢通的年代，遙遠的距離是一層厚厚的遮蓋。現在遮
> 蓋揭開了，才發現遠年的帳本竟如此怪誕。怪誕中也包含著
> 常理：給別人帶來麻煩的人，很可能正在承受著遠比別人嚴
> 重的災難，但人們總習慣把麻煩的製造者看得過於強悍[9]。

矛盾是相互的也是相對的，國與國之間亦是如此。「資訊的暢通」
與否成為了決定歷史事件的關鍵。過去百年之事孰是孰非早已不重
要，重要的是如何站在一個新的高度來發現蘊藏在人與人關係中的
內在規律。此刻的余秋雨已經有了更高的精神境界，文化散文到了
《行者無疆》這裏也發展到了極致。拙以為，從文學史的高度來分
析，余秋雨與新世紀的「文化散文」大致有如下幾點值得去探討的
深層次含義。

「文化散文」最關鍵的價值應該是從文學自身出發的一種歷史
回歸，這是新世紀以來文學創作的一個主要趨勢。這既是對之前文
學創作中「大國家主義」意識形態化的擺脫，亦是對於文學規律性
的一種自省。與余秋雨幾乎同時。大文化在全國各地生根發芽。自
1999 年起至 2005 年，《散文選刊》、《美文》、《散文》、《散文百家》、

---

[9]　余秋雨：《千年一歎》，文匯出版社，2000 年。

《中華散文》這五家散文刊物累計發稿量近萬篇，其中有接近兩成是「大文化散文」。這對於一個具有數千年散文傳統的國家來說，是非常突出的文化表現。當然我們不得不承認余秋雨在其中功不可沒，但是這也是一個時代使之然也。不但夏堅勇、韓晗、素素等新生代散文家嘗試著進行文化散文的敘事，就連已然成名多年的賈平凹、張承志、趙毅衡都提起大文化散文之筆，開始了大文化散文的創作。

因早年寫散文而聲名鵲起的賈平凹，對於文化散文這個「新事物」可謂是駕輕就熟。在散文《走三邊》中，賈平凹運用其特有的陝西人的豪爽與大氣，與上海的「余秋雨式散文」形成了鮮明對比：

> 交易會，其場面可謂熱鬧，有北京王府井的擁擠，卻比王府井更氣勢，有上海南京路的嘈雜，卻比南京路更瘋野……還有那騾馬市上，千頭萬頭高腳牲口，黃呼呼、黑壓壓偌大一片，蒙民在這裏最為榮耀，騾馬全戴紅纓，脖繫鈴鐺，背披紅氈，人聲喧囂，騾馬鳴叫，氣浪浮得幾里外便可聽見……更有買賣活羊的，賣主用兩隻腿夾住羊頭，大聲與買主議價。漢、回、蒙民卻似乎極富有，買肉就買整條，買果就買整筐，末了就直都湧進那菜館酒館，大塊吃肉，大碗喝酒，要鬧到月上中天方散[10]。

---

[10]　賈平凹：《醜石》（中國當代作家・賈平凹系列），人民文學出版社，2008 年。

「擁擠」與「氣勢」、「嘈雜」與「瘋野」構成了兩對奠定主基調的形容詞，「黃呼呼」、「黑壓壓」、「紅縷」、「紅氈」這些色彩鮮明的片語所映射的不止是整篇散文的色彩基調，而是賈平凹為了敘事而刻意去營造的一片片潑墨般的渲染與速寫。

賈平凹的大文化散文粗中有細，精於描寫，尤其是以渲染加速寫的手段來營造被敘事的語境與場景，余秋雨的散文從這點看要略微遜色。這些知名作家與新生代作家共同為新世紀的散文打造了一道亮麗的風景線。

但是值得一提的是，評論家王堯曾針對世紀之交的「大文化散文」提出了自己的疑惑，並認為這類文體將「走向終結」。從文體學的角度看「長篇大論的體式，往後轉的歷史視點，傳統文人的內心衝突，自然山水的人文意義，文化分析的手法，知性與感性合一的敘述語言」，這樣一成不變的體制，必然促使這類文體的「消亡」；從內涵上看，「大文化散文」未能完成其從「歷史」向「公共領域」敘述語境的轉換，且作家的「所想」與「所寫」是否能夠形成一致，亦是一個值得商榷、探討的問題──作家在敘述歷史時，很容易「指點江山、評說古人」而喪失了對於自我的認識與反省[11]。鑒於此，王堯先生對於新世紀的大文化散文，並不感覺樂觀。

我對於王堯先生的觀點表示贊同，確實在 2005 年之後大文化散文逐漸淡出國內散文舞臺，取而代之的是生活散文（董橋《董橋文集》）、回憶散文（章詒和《往事並不如煙》）、情感散文（張小嫻《永不、永不說再見》）等等一度亦曾佔領暢銷書市場，且在寫作

---

[11]　王堯：〈走向終結的「大文化散文」〉，《出版參考》，2004 年第 29 期。

手法、思想內涵上早已不見了「楊朔風格」——但這些散文在某種程度上卻能隱約地看到大文化散文的氣息——譬如滲透強烈的歷史文化觀、對於「景語」與「情語」的統一以及在抒情上對於文化衝突的認知態度進行「文本化」歸納等等——誠然，一種文體如物質一樣，它是守恆的，永遠不會消亡。縱然它隱出文學舞臺，也會以另外一種形式存在在其他存在或後來的文體當中，梳理這樣一種隱藏著的文學規律。也是文學史書寫的關鍵性所在。

第三節　網路文學

如果非要給新世紀文學做一個明確定義的話，那麼從傳播手段來看，網路傳播已然構成了新世紀文學的一個標杆。值得一提的是，《文學報》在 2000 年 2 月 17 日發表了一篇名為〈網路文學的升級與希望——網路文學新人新春寄語〉的文章，這篇文章在形式上宣告了網路文學的合法性存在與其重要性價值，網際網路是繼口頭傳播、紙質媒介之後文學傳播學的第三次革命。在新千年到來之際，網路文學終於鯤鵬展翅、一飛沖天。

臺灣作家蔡智恒。

網路文學在國內的濫觴，當是中國留美網路作家少君的作品。他於 1991

年 4 月在網路上發表《奮鬥與平等》是目前所知最早的一篇中文網路小說。但是隨著 1998 年蔡智恒的長篇小說《第一次親密接觸》在「成大 BBS」（臺灣成功大學電子公告板）上點擊率上千萬，頃刻間風靡臺島。次年，大陸的知識出版社買下了簡體中文版權，這本書以迅雷不及掩耳之勢佔領了當時年輕人心中的地位，尤其是書中的一段表白更是被當作網路文學的經典句式被其後的網路文學作者不斷借用：

> 如果我有一千萬，我就能買一棟房子。
>
> 我有一千萬嗎？沒有。
>
> 所以我仍然沒有房子。
>
> 如果我有翅膀，我就能飛。
>
> 我有翅膀嗎？沒有。
>
> 所以我也沒辦法飛。
>
> 如果把整個太平洋的水倒出，也澆不熄我對你愛情的火。
>
> 整個太平洋的水全部倒得出嗎？不行。
>
> 所以我並不愛你[12]。

三段式的表白貫穿著兩個簡單的邏輯──概念代換與否定之否定，結果就成就了華語網路文學史上最經典的一段表白與最常用的句式。

德國現代文藝理論家胡果·巴爾（Hugo Ball）認為，在現代文學的語境中，影響文學最大的不是文學觀念本身，而是附著在文

---

[12] 蔡智恒：《第一次親密接觸》，知識出版社，1998 年。

學文本之上的三重表徵性的符號——句式（sentence　style）、姿態（attitude）與文本結構（text structure）[13]。若是從敘事內容自身的含義來說，《第一次親密接觸》並沒有太大的懸念設置，在內涵上也沿襲老的愛情故事——女友因病亡故，男友撰文悼念，《第一次親密接觸》的成功在很大程度上依賴於對於小說結構、語言上獨到的創新性。譬如說詩歌一般的分層段落性敘事，智性率真的語言，讓這部長篇小說具備前者所不具備的文學風格。

1999 年，「榕樹下」網站正式開始運營，這標誌著中國網路文學的寫作進入了正規的體制化當中。2000 年 2 月《文學報》上的那組文章，更是被文學史界當作是「網路文學的第一篇檄文」來進行研究評論。

當時的廣東省作協評論部主任謝有順在這篇文章中如是定義網路文學：「網路文學在藝術上還顯得粗糙、隨意，模式也還顯得單一，它遠遠不能滿足人們對美的更高要求。」

網路文學真正地發軔並創造巨大的影響是在二十一世紀初。2000 年，一度在網路上引起較大轟動的青年作家安妮寶貝（原名勵婕）創作的小說集《告別薇安》一時間在中國圖書市場引起轟動。當然，安妮寶貝的作品除了明快細膩的行文風格令人難忘之外，其獨到的內容也是諸多青年男女熱衷去關注的對象。

「小資」成為了安妮寶貝小說中的一個主題——「小資」即小資產階級，亦即小布爾喬亞（petite bourgeoisie），這是在現代性、全球化命題下隨之產生的一批特有的人群——他們擁有穩定的收

---

[13] Hugo Ball, *Literature version and ideological form*, Desires Press, Marseiles, 1980.

入，服從工業社會的精神秩序，嚮往西方思想生活，追求內心體驗、物質和精神享受。恩格斯在〈德國維護憲法的運動〉一文中如是定義並批駁「小布爾喬亞」這一特有的階級：

> 這個階級（指小資產階級）在它還沒有覺察出任何危險的時候，總是吹牛，愛講漂亮話，有時甚至在口頭上堅持最極端的立場；可是一旦面臨小小的危險，它便膽小如鼠、謹小慎微、躲躲閃閃；一旦其他階級鄭重其事地響應和參加由它所發起的運動，它就顯得驚恐萬狀、顧慮重重、搖擺不定；一旦事情發展到手執武器進行鬥爭的地步，它為了保存自己的小資產階級的生存條件，就預備出賣整個運動，最後，由於它的不堅決，一旦反動派取得勝利，它總是特別地受欺騙和受凌辱[14]。

恩格斯在這裏對於「小資」的定義是貶義的，但是卻一針見血地指出了「小資」的一個基本特徵：看重生活，本質軟弱。這是小資產階級最大的一個特點，反映到文學當中就是文本中常常充斥著風花雪月、無病呻吟的句式。過於細膩的描寫，過多的內心表達，結果就導致作品喪失了最關鍵的可讀性（readability）。華麗唯美的語言無法搭建一個敘事的小說王國，畸形放大的個人感覺並不能替代大眾閱讀的心靈感受──須知寫作心理與閱讀心理本身就是兩個互補的概念。

14　馬克思、恩格斯：《馬克思恩格斯選集》，人民出版社，1955 年。

在《告別薇安》中安妮寶貝這樣描寫：

> 他擠在下班的人潮中，湧進地鐵車廂。微微的晃動中，車廂裏蒼白的燈光照亮黑暗的隧道。他四處觀望了一下。突然感覺她也許就在他的身邊。是陌生人群中的任意一個。車廂裏的年輕女孩，很多是 Office 小姐。一律的套裝和精緻的妝容。但是他感覺她不會是這一類。她在網上似乎是無業遊民。無所事事的散淡樣子，而且常常深夜出現。
>
> 他想如果她在這裏，她會辨認出他。一個固守自己生活方式的男人。穿棉布襯衣和繫帶翻絨皮鞋。平頭。用草香味的古龍水。也許她正在暗處發笑。但是她不會上來對他說你好。她只是暗暗發笑。
>
> 因為開始留心，他才注意到那個女孩的存在。
>
> 每天早上，她都和他在同一個站臺上，等不同方向的一班地鐵。短短的一段時間裏，她在那裏和他一樣的神情冷淡，帶一點點慵懶。她穿寬大的洗舊的牛仔褲和黑色 T 恤。瘦瘦的手腕上套一大串暗色的銀鐲。頭髮漆黑濃郁。光腳穿繞著細細帶子的麻編涼鞋。她喜歡斜挎一個大大的背包。有時從那裏扯出一副耳機，塞著耳朵。聽音樂的時候，她的臉色顯得更加的疏離和冷漠。他一直想知道，她聽的是否是帕格尼尼[15]。

---

[15] 安妮寶貝：《告別薇安》，南海出版公司，2000 年。

過於細膩的描寫，充滿時尚與
個性的語彙，甚至帶有自我「向
內轉」式的自說自話構成了安
妮寶貝的行文特徵。當然，女
性特有的敏感是安妮寶貝能夠
有超然細膩感悟的前提，但是
在她的文字中我們仍然能隱約
地看到「日本新感覺派」代表
人物橫光利一與川端康成、「法
國新小說派」的杜拉斯以及上
個世紀二三十年代中國「頹加

安妮寶貝。

蕩」的唯美主義風格的影子──值得一提的在於這些寫作風格都是
在現代主義與象徵主義的雙重影響下，對於資本經濟、工業社會的
「異化」影響所進行文學反思時而形成的。就安妮寶貝的寫作風格
來說亦是如此。

　　2001 年，中國的線民超過了 2,650 萬人，這是一個極其龐大的
數字，幾乎相當於一個歐洲中等國家的總人數，線民的激增同時也
促成了網路文學火爆。在《告別薇安》暢銷的第二年，網路寫手今
何在的長篇小說《悟空傳》引發了前所未有的網路文學風潮。頃刻
間一時洛陽紙貴，該書竟成了一部在當時叫座但不叫好的奇書。

　　《悟空傳》並不是一部嚴格意義上的純文學作品，苛刻地說，
它只能算是一個文本，而這個文本是否攜帶著文學意義則又是另一
個話題。在很大程度上，《悟空傳》構成了當時中國青年人的一種
世界觀與認識態度。文本中語句游離，結構混亂，但是打動人心的

並非是這些看似無厘頭的語言秩序，而是利用看似「碎片化」的語言來解構當代人的生存困惑與存在語境。作者力圖以「孫悟空」這樣一個既順從也叛逆、亦莊亦諧的小說角色的視野來詮釋當代社會的「心理危機」。

蘇州大學副教授楊新敏曾撰文指出，「《悟空傳》的主題成為人們爭論最為激烈的一個方面。有的人認為，其主題是寫愛情的，唐僧、八戒和悟空的愛情它都寫到了；有的人認為其主題是寫理想與現實的矛盾的；有的人認為其主題是對秩序的顛覆，它對現存的秩序做出勇敢的質疑；還有的人則認為，它寫的是關於本我與存在的命題，是關於『我是誰，我從哪裏來，到哪裏去』的對於存在的追問。」而他認為這部小說最大的主題在於「對自我的體認」，即對「本性」的弘揚。其理由在於整部小說的結構是「進入秩序、去蔽清障、價值重估與追求卓越」這四個章節組成的，類似於中國傳統詩學中的「起承轉合」四個環節[16]。

對「本性」的弘揚並非是《悟空傳》所獨有的特色，可以這樣說，剛一開始的中國網路文學都存在著對於自我「本性」的張揚，當因為體制、規模與結構導致國內的出版機構不足以應付寫作者們的寫作熱情時，網路為大家提供了一個很好的平臺。在這個較為自由、開放、寬鬆的平臺上，作家與讀者們的距離一下子就拉近了。

如果說《第一次親密接觸》是「感性」閱讀、《告別薇安》是「知性」閱讀、《悟空傳》是「智性」閱讀的話，那麼 2003 年網路

---

[16]　楊新敏：〈本性比所有的神明都高貴──今何在《悟空傳》的一種解讀〉，《南京郵電學院學報》（社會科學版），2005 年 2 月。

寫手慕容雪村出版的長篇小說《成都，今夜請將我遺忘》則是一部
「本性」閱讀的著作。

小說的主人公「陳重」是一個混跡成都的社會青年，受過本科
教育，與其他青年人一樣在公司裏打工。但是他卻「在物欲橫流的
城市中一點點沉淪」，他「沉醉於放縱的生活，蠅營狗苟，斤斤計
較，與上司和同事勾心鬥角……與最好的朋友時遠時近，甚至勾引
對方的未婚妻；他愛自己的妻子，卻不知道珍惜」，到了最後「一
切美好的東西都被戳穿了，陳重在灰色的天空下開始質疑人生」──
──陳重就是這樣一個處於高度物質化、資本化社會中被「異化」的
小角色，他一人之不幸實則是對整個社會群體遭遇的審理與體認。

當然，這部小說與十年前曾經一度熱門的《廢都》一樣，因其
中「頗加蕩」的性描寫而引發巨大爭議。前者是在禁毀後仍被盜印數
百萬冊，而後者則在網際網路這樣一個較為開放的虛擬社會中贏得上
千萬次的點擊率。這部小說的主題是沉重的，其「遺忘」與《廢都》
中的「廢」有著共通之處──前者之「廢」在於人的精神荒漠，而後
者的「遺忘」則在於人的情感冷漠，後者遠比前者更為直接、可怕。

值得注意的是，之前的《悟空傳》是一種事關存在、生命與哲
理的宏大敘事，這層敘事的表徵則是「大話」，譬如電影《大話西
遊》，其具體的寫作手法就是戲擬、模仿與定向地細節誇張。在《成
都，今夜請將我遺忘》中，慕容雪村也將這種寫作思路滲透到文本
的結構當中：

> 大四最後一學期，校園裏充彌著末日狂歡的氣氛。情侶們面
> 對漸漸逼近的聚散離合，或笑如春花，或淚如雨下，但都不

肯放過這日落前的時光，像瘋了一樣在情人身上消耗最後一袋精力，招待所外飄蕩著宛轉嘹亮的呻吟聲，小樹林裏丟滿各種口徑的避孕套。大家去向已定，未來宛在眼前，卻又看不真切，歡樂的表情掩飾不住每個人焦灼的心理。王大頭整日泡在酒缸裏，老大每到下午，就騎自行車狂奔到一個小鎮上看黃色錄相，陳超學會了泡妞，天天到工學院瞎混，穿著花馬甲打檯球，滿嘴的污言穢語。那段時間我們都忽略了李良，他第三次失戀後，變得異常消沉，工作也不聯繫，每天蓬頭垢面地只顧打麻將，家裏寄來的那點生活費輸得淨光，還欠了一屁股債。我勸過他幾次都不聽，還罵罵咧咧地表達他對生活的疑問：「他×的，你說活著有什麼意思？」
……那時離畢業只有一個月。齊妍已死，我們眼睜睜看著那堆美麗的的血肉漸漸遠去，06 宿舍的張軍早變成了飛灰，月光冷冷地照著那張空蕩蕩的床。我走過長長陰暗的樓道，心裏有種異樣的敬畏。
我好長時間沒去他家了。想想人也真是虛偽，那層紙不捅破，大家就是好朋友親兄弟，一旦說出真相，就立刻咬得鮮血淋漓。恩愛夫妻也好，生死之交也好，誰能知道在山盟海誓背後，你懷中的那個人在想些什麼？[17]

慕容雪村用老辣的筆觸直逼「當代人」的存在危機──理想、信任與生命的終極價值。正如德勒茲所說，當代人的最大問題不是戰

---

[17]　慕容雪村：《成都，今夜請將我遺忘》，百花文藝出版社，2003 年。

爭，不是資本流動，而是人與人之間因為環境、格局的變化而發生的「去本質化」——當「人」的肉體與靈魂受到各種擠壓時，出於一種應激反應，人自然會向原始的「本我」墮落，陳重的墮落，便在於此。

沉淪、質疑、反思，繼續沉淪……慕容雪村彷彿打開了一個潘朵拉魔盒，「現代人」在「道德焦慮」（moral anxiety）與「生命體驗」（live experience）中艱難地尋找著自我的定位。「性」成為了減壓的手段，而高尚與道德在整個生命的存在意義面前轟然坍塌。陳重的妻子趙悅在小說中也是一個被「異化」的角色，一方面溫柔善良，一方面亦重利輕義，最後趙悅與陳重發展到互相出軌，互相挑戰道德的底線——這與王安憶在《米尼》中所敘述的一樣，「人」在異化之後已經不成為人了。

這部小說中實際上有兩個敘事者，且都是「不在場」的。一個是傳統意義上的道德尺規，一個是現代社會因資本流動而發生的慾望主義。前者認為精神是超然的，而後者則認同生命的存在意義大於一切。前者存在於小說的主人公的潛意識當中，陳重無法容忍趙悅的背叛，趙悅面對陳重的不負責任也是深惡痛絕——但是後者則以一種嬉皮士的狀態存在於他們每個人的精神當中，「雞巴

《成都，今夜請將我遺忘》封面。

指揮大腦」是陳重對自己的評價，衝動的性慾成為了自己行動的主導，無疑這又是與傳統意義的道德背道而馳的。

　　毋庸置疑，《成都，今夜請將我遺忘》當是中國網路文學的里程碑式的作品，它顛覆了之前網路文學風花雪月般的無病呻吟與大話狂歡式的無厘頭，取而代之的是新寫實主義的強烈反思與為底層社會而承擔的敘事責任。從寫作手法來看，這部小說從文字到內容上都相當成熟，並且具備同時代小說難以企及的文學張力，成為了新世紀中國文壇上不可多得的現實主義佳作之一。

　　網路文學之所以成為當代中國文壇上的一朵奇葩，在很大程度上，它與當代中國的知識生產狀況與大的文化背景，有著非常必然的聯繫。

　　首先從文學傳播學的角度上看，每一次傳播技術的革命，都能引發文學的革命──口頭敘事轉向紙質敘事則引發了從史詩神話向作家作品的過渡；而紙質文本的敘事過渡到印刷文本則意味著作家的作品開始走向了大眾傳播；網際網路的出現無疑為當代作家們提供了一個可以承擔敘事的新空間──在這個空間中，時間與空間幾乎都被消解，本身不在場的文學傳播變成了在場的文學生產與文學消費，這是網際網路催生網路文學的關鍵之處。

　　作為一部傳統的文學作品，它的資訊傳播與受眾反饋相對週期較長，成本較高。作為資訊發送者的作家本人很難通過自己的作品與讀者進行交流，於是就有許多作家將自己的電話、位址或電子郵箱寫在書的封底，以期獲得讀者們第一時間的反應，以便自己有所提高。但是在一個「命名」與「隱私」相對危機化的後現代時期，作家這樣做很容易招致詐騙、騷擾等違法犯罪行為。但是網際網路上的書寫卻能很好地規避這種風險。

　　這就是其次的一個問題————為何許多傳統意義上的作家都「觸網」，譬如陳村長期在天涯、小眾菜園等網站上激揚文字，引發大量粉絲跟隨；邱華棟、虹影、陳應松等作家則開設自己的部落格，與網友即時交流心得體會；趙毅衡、余秋雨等學者型作家更是建立屬於自己的網站，開設留言板、日常動態等消息，供讀者溝通使用。

　　網路作家出版小說，進行傳統化寫作；另一方面，傳統作家主動觸網，將自己置身於網路語境之下。這兩者實際上是一對悖論，但在這裏兩者並沒有發生衝突，而是意圖去尋求建構一個交叉點————目的都是為了在既獲得廣泛認可的前提下，又能獲得更多的資訊。用法國文論家皮埃爾·布迪厄的觀點看，就是寫作者們一起在「文學場」這個場域中意圖分享更多的文學資源，從而站在文學體系的金字塔頂端[18]。

　　在 2003 年新浪網開通部落格業務、榕樹下實行收費制度之後，網路文學進入了第三個階段，筆者將其列為「網路文學的終結」或是「後網路文學時代」。從表徵上看，以郭敬明等為代表的青春文學、以滄

余秋雨的部落格。

18　韓晗：〈電子傳媒下文本的分裂與再生〉，《中國社會科學文摘》，2008 年
　　7 月。

月等為代表的奇幻文學、以蔡駿、南派三叔等為代表的驚悚文學，逐漸將傳統意義上的網路文學取代，尤其是青年人從對網路文學的追崇重新回歸到對紙質文本的熱愛，網路文學作家不得已向青春、奇幻、驚悚等流行文學所轉移。

但是從本質上看，這卻是出版商、作家與讀者三者之間利益均衡的結果——這是將提到的第三個問題。隨著國內圖書市場「產業化」導致重商主義的氾濫，加上電視、手機等新媒體的進入，網際網路在 2003 年之後由文學文本的載體變成了意識形態傳播的媒介。我們既可以說這是網路文學的成熟，也可以認為這是拋棄網路文學本質之後的一種返祖——其反映出的現象就是已經有很高知名度的作家逐漸觸網，成為了網路文學寫作的中堅力量，但在網路上獲得很高點擊率的作品再也不會受到出版社的青睞——「部落格出版」在 2004 年遭遇到慘烈的滑鐵盧，用評論家王小峰的話說，「湊熱鬧是一回事，上網又是一回事，掏錢買書更是另一回事。」[19]

第四節　阿來與全球化意識下的民族文學

「民族文學」的濫觴，當是德國思想家、文學家歌德的定義，他為了釐清「民族文學」與「世界文學」兩重概念，他認為，「世界文學」是眾多「民族文學」的彙集，並不是一種獨立的文學形態。

[19] 韓晗：〈大眾傳播、商業出版與後現代性受眾分析——對「博客出版」諸問題再反思〉，《出版廣角》，2008 年 10 月。

換言之，「民族文學」構成了「世界文學」這個大集合中的某些
子集。

　　比較文學理論認為，「民族文學」又譯「國別文學」、「國家文
學」。梵第根（Paul Van Tieghem）在《比較文學論》（1931）中，
將文學研究按地域的不同分作民族文學、比較文學和總體文學三
種，其中民族文學，對照其他兩者而言，是不跨越國家界限的文學
研究，即研究一個國家的文學。在一般意義上，民族文學指文學實
體，不指研究方法或範疇。它是一個國家或民族長期形成的獨具特
色的文學[20]。

　　就我國而言，「民族文學」這個定義有著特殊的含義。在 1949
年之前，中國文學體系中並沒有少數民族文學這個組成，大多數文
學史家在編撰文學史時，都不自覺地以漢文學史作為書寫對象，尤
其是強調一種做文章的「傳統」──即從文本自身的文體學來考
慮，而不是從寫作者的外在語境（outside context）來考量，而對於
作家自身「民族身份」的理解與認同，卻不甚了然，結果卻導致文
學史的觀念被一種命名為「傳統」的統一慣性所控制──宇文所安
在〈過去的終結：民國初年對文學史的重寫〉一文中提到的，這種
統一性的傾向在認為自己是在保存「傳統」的人們身上尤其顯著，
好像這「傳統」是某種一旦達成便亙古不變的協定。

　　久而久之，作家、評論家與文學史學者對於作家的「民族」身
份也不深關注。直至 1955 年 3 月，蒙古族年輕作家瑪拉沁夫終於
覺察到歷來中國文學史存在少數民族文學「缺位」這一現象，於是

---

[20]　梵第根著，戴望舒譯：《比較文學論》，上海商務印書館，1937 年。

便向中國作家協會的主要領導茅盾、周揚與丁玲致信，提出中國是個多民族的國家，中國文學是多民族的文學，中國文學的繁榮發展必須是多民族文學的共同繁榮和共同發展。中國作協主席團給瑪拉沁夫復信說：主席團認為你的意見是正確的。並專門為此召開了座談會並落實了很多具體的措施，大大促進了少數民族文學創作，經過十多年的共同努力，在「文革」到來之前，少數民族文學已經初見規模。

　　1980 年 1 月，歷經文革的瑪拉沁夫受到國內良好的政治局面和文學形勢的感召，再一次就少數民族文學問題給中共中央宣傳部寫了一封信。信裏表示，文革結束後，內

筆者與瑪拉沁夫先生的合影，2005 年。

地的文學形勢非常好，但反觀少數民族文學還是一片沉寂，希望中央更多地關注少數民族文學創作，沒有少數民族文學的繁榮和發展就不會有整個中國文學的繁榮和發展。在此之後，少數民族文學終於被完全、徹底地提到中國當代文學的視野當中來，並形成了帶有中國風格的少數民族文學體系。為了敘述方便，無論是官方還是民間，都將少數民族文學簡述為「民族文學」。[21]

---

[21]　明江，〈為了少數民族文學的第二次「上書」——訪蒙古族作家瑪拉沁夫〉《文藝報》，，2008 年 3 月。

　　值得一提的是，在許多「主流」（或核心）的評論家、文學史家們看來，中國的少數民族作家作品幾乎從未進入過他們視域的核心，而是一直在邊緣流動──這仍是一個無可迴避的老問題，即使是上個世紀八十年代的「重寫文學史」，亦未能將這個問題提及到日程之上。就對少數民族作家作品的認同而言，諸如沈從文、張承志、老舍等作家，無疑影響巨大，但是囿於評論家們的眼光與批評角度，作家的少數民族身份並不為大多數普通讀者所知曉，甚至在最近幾年評論界還對沈從文的少數民族身份有過爭議。究其原因，拙以為還是在於敘述語言的「漢語書寫」（Chinese language）問題。

　　所謂漢語書寫，實質上所表露的是少數民族作家面對主流文化尤其是圖書產業化的一種妥協──就像要在國際上獲得文學大獎就必須將作品翻譯為英語或是法語一樣。喬姆斯基認為，二十世紀中晚期以降，世界上最大的帝國主義不是資本流動，而是語言。雖然國內為了扶持少數民族文藝，也曾一度出版過各類民族語言的著作，但是遠遠不能和漢族的作品相比。少數民族作家的影響，遲遲未能進入主流核心。

　　少數民族作家張承志曾提出「文明內部的發言」、「文明代言人」這些概念，指出「文明內部的發言」原則是盡力把對文明的描寫和闡釋權交給本地、本民族、本國的著述者。作為一個漢語書寫者，當他從事少數民族題材的創作時，明確這一點非常重要。即如何用漢民族的語言（語言）來進行本民族的情節敘事（語言），使其兩者之間可以形成一個溝通的可能。

　　及至 2000 年 10 月 18 日，代表國內長篇小說最高成就與影響新世紀的茅盾文學獎揭曉，藏族作家阿來的長篇小說《塵埃落定》

一舉獲得該獎──這是繼回族作家霍達之後，第二個榮膺該獎的少數民族作家。《塵埃落定》隨之登上了當年的暢銷書排行榜，阿來當仁不讓地成為了該獎歷史上最年輕的獲獎者。《塵埃落定》英文版權以 15 萬美元（約 125 萬人民幣）的價格賣出，且該版的《塵埃落定》只限在加拿大、美國、印尼發行。在其他英文國家如發行該書，籌碼遠遠不止百萬。除此以外，《塵埃落定》的法語、荷語、德語、葡萄牙語等 15 個語種的經紀合同也在數年前早已簽訂。

　　如果說新時期少數民族文學的亮點是霍達、張承志的話，那麼在新世紀的文壇上，阿來絕對是一個值得大書特書的文化座標。《塵埃落定》一躍站上了各大書城的排行榜頭名，甚至連當時余秋雨的《行者無疆》都一時無法匹敵。有評論家稱，阿來不但為藏族作家增了光，也成為了五十年中國少數民族文學醞釀而發的一個驕傲。更有評論家不吝讚美：千禧年茅盾文學獎獲獎者何止數位，但唯一記住的就是阿來。

　　《塵埃落定》是一部神奇的文本，也是新時期中國文學史上的一朵奇葩。作者在書中以第一人稱敘事，小說中的「我」是一個阿壩地區土司的二少爺，雖家境富足但生性愚鈍。國民黨黃特派員進入土司山寨以後，慫恿老土司種罌粟，一年暴富。但二少爺卻在此強烈建議種麥子，結果意外的是第二年災荒，土司家因為擁有大量麥地而成為當地土司之冠。二少爺也收穫了自己的愛情。

藏族作家阿來。

在災荒中二少爺並未囤積居奇，而是主動開倉放糧，公平交易，故深的民心。黃特派員見風使舵，主動頭考到二少爺門下，為二少爺的領地建立了現代稅收體制、開辦錢莊，二少爺的領地成為了當地唯一的一個現代化小城鎮，但是卻招來了其他土司們尤其是家族大少爺的嫉妒。

正當大少爺準備對二少爺下手時，解放軍的炮聲擊碎了這些土司們的官寨。五十年後，二少爺已經成為了一位德高望重的長者。他面對自己曾經生活過的官寨──現在已經是重要的風景旅遊區，他雙手合十，祈禱美麗的家鄉吉祥如意。

這樣的故事出現在中國文學史裏，尚是第一次。可以這樣說，正因為這部小說的全新題材與令人耳目一新的文化背景，加上作家本身純熟的敘事技巧，為這部小說增色不少。

該書出版後，有評論家認為，六十年代出生的阿來明顯受到八十年代拉美魔幻現實主義的影響，因為這部小說處處都彌漫著馬爾克斯以及聶魯達式的神秘魔幻主義色彩。其實這也是為何在《塵埃落定》之後以阿來為代表的「少數民族文學」會遭到熱捧的原因，甚至連事關少數民族文化的文本也被讀者們趨之若鶩──《穆斯林的葬禮》被反覆再版、《藏獒》榮登暢銷書排行榜，《狼圖騰》受到巨大爭議，《茶馬古道》成為了央視的重頭大戲，連通俗到以鬼故事取勝的《藏地密碼》都成為了眾多電子書青睞的對象。若是細細看，我們會發現一個問題──作家究竟是什麼民族已然變得不重要，關鍵在於小說中的敘事內容是事關為何。這就是近年來少數民族文學發展的一個重要趨勢，也是評論界、文藝理論界所重點關注的問題。受眾在內容為王的前提下，很少去顧慮到文本作為另一層

隱喻下所包容的一種意識形態或作家身份，因為在暢銷時代，小說的力量並不是被文字、敘事或結構所帶動，而是被情節與語境這兩種帶有巨大張力的內在原動力所生成。即讀者不再去關注小說在「怎麼寫」或是「誰來寫」，而是「寫什麼」。

　　廈門大學教授賀霆曾有一段論述新世紀青年們對少數民族地區（尤其是西藏）的認識，實際上從社會人類學的角度上剖析了在內容為王的暢銷時代，《塵埃落定》受到追捧的根源何在：

> 西方對西藏的烏托邦想像當然不能規訓我們，（漢人──尤其是「小資們」──也開始憧憬西藏，但其中有多少來自內心，有多少來自西方的品味？）但對這一烏托邦的解構，同樣也不能解脫我們。（捫心自問，西藏是否仍然代表蠻荒、落後？藏人是否仍然愚昧、危險？喇嘛教是否仍屬迷信、欺騙？而我們漢人是否仍然以拯救者、統治者自居？）瞭解西方人眼中的西藏，也許能更豐富我們對西藏進步的想像，畢竟，意識形態的勝利與工業化並不是人類社會福祉的全部。[22]

賀霆所說的「烏托邦」想像當是一種存在於大多數讀者腦海中的「幻象」──對於一種異文化語境，大多數讀者自然是陌生好奇的。尤其是在工業文明發展到了當下，更多的年輕人雖然擁有很高學歷，但是作為小說文本的受眾，他們並沒有足夠的社會學知識，在大多

---

[22] 賀霆：〈換個角度看火炬事件〉，《環球時報》，2008 年 7 月 30 日。

數青年人的眼裏，《塵埃落定》實際上是一冊風景簡介，是一本關於阿壩地區的旅遊指南。誠然，在這部書出版以後，一向蔽塞的阿壩竟成為了中國諸多旅遊熱門景區之──在阿壩地區馬爾康縣的卓克基鎮甚至還人造了一個「塵埃落定主題公園」，「景區以《塵埃落定》內外場景為基礎，再現藏區土司工作、生活的旅遊服務專案，占地 6,800 平方米，計畫投資 120 萬元。」

　　本文對於少數民族文學的論述，有別於其他作品對於「民族文學」的論述，筆者擬從後殖民主義與東方主義的角度，來分析全球化、現代性語境下「少數民族文學熱」的原因，以及這種「熱」對於新世紀以後文學史的影響將體現在何處？

　　首先，這種「熱」的原因並不是一朝一夕的突然爆發，亦不是某書商、某出版社的刻意造勢，其大背景在於廣大中國人對於多民族觀的新的認同。在新世紀之前的 1997 年及 1999 年，香港與澳門相繼回歸，中華人民共和國又適逢五十周年大慶，國內的國家主義、權威主義思潮湧現，反映到文學上就是對於「盛世」的幻想。但是按照《中華人民共和國憲法》的規定，以及海內外中國人的認同，少數民族地區無疑也是中國的一個重要組成。那麼意圖在精神上建構一個「宏大盛世」的前提則是將這些少數民族自然也一併包括在內。但是由於文化、語言的不通，兼之地理偏遠，即使對少數民族感興趣或是想將其進行一番研讀，那麼也沒有很好的資料可以查找。再加上諸多民族有自己的禁忌與習俗，縱然一些漢族人士想對少數民族有所瞭解，也出於種種原因也只能「遠觀」。

　　阿來的《塵埃落定》為大多數漢族人（或是華語文本的閱讀者）提供了一個前所未有的優質文本──大家可以毫不費力地就將藏

族土司家族的一切已知的或未知的故事瞭若指掌地予以瞭解，一部小說可以毫不費力地將一個民族原本神秘艱深的文化、傳奇故事變成了一個相對簡單的敘事文本，這就是《塵埃落定》的力量所在。

其次，近年來「民族文學」的發展趨勢實際上是朝著「全球化」的走向，即是按照「族裔文化→漢語文本→世界文學」的發展軌跡前行的。而從族裔文化向漢語文本的過渡，則必須倚靠通曉漢語的本民族作家來進行完成。那麼，新世紀的「民族文學」實際上是一個世界性視域下的民族文學。

後殖民主義代表學者法儂認為，當一個民族拒絕被「全球化」同化時，那麼它自身就會陷入到一種近乎原始的「封閉」姿態，類似於亞馬遜叢林裏的野人。「全球化」於是便成為世界各民族意圖求生存發展的必經之路。在這樣一個宏大的語境下，阿來用漢語寫成的族裔文化文本之所以在海內外暢銷不斷，也就不難理解了[23]。

當《塵埃落定》作為一個特定語境下的漢語文本被獲得應有的關注時，我們還應該關注的是後殖民語境下大眾傳媒作為另一種力量的干預。這也是在上個世紀七八十年代之後，後殖民主義繼殖民主義與新殖民主義興起之後的原因之一。族裔文化（當然也包含其他異質的文化）作為影像化、文本化或資訊化的一種充斥在大眾傳媒的內部，使其偽裝成為一種可供大眾消遣、娛樂的對象，從而喪失了自身應有的文化張力。從這點來說，阿來的《塵埃落定》實際上繼弘揚了族裔文化，同時亦將族裔文化「異化」了。

---

[23]　法儂：《黑皮膚，白面具》，譯林出版社，2005 年。

　　之所以這樣提出批評，完全是出於客觀公正的考慮。可以這樣說，阿來的《塵埃落定》不止是新時期、新世紀漢語文學的一座豐碑，更是中國現當代文學史上一部理應寫入史冊的作品。但是任何事物都是兩面性的──這部小說同時也將阿壩地區的土司文化「文本化」了。歷史、文化實際上都是不可敘述的文本，若是被作家擱置到文本內部進行一種梳理、敘述，那麼勢必會導致文化自身的「異化」。作為流傳千年之久的藏傳佛教、土司文化與神秘而又獨特的藏區風俗，絕非阿來數十萬字的小說可以概全。但是在大眾傳媒的刺激下，以及後殖民時代對於族裔文化的獵奇心理，很容易導致大眾簡單地認為藏區的土司文化就是如此──文化被文本化的結果就是削弱了文化的內部張力，原本厚重博大的文化結果成為了幾張薄薄的紙頁，若是力圖還原真實的「文化」，那麼少數民族作家仍需努力地去開創新的領域與新的局面。

　　最後，值得注意還在於新世紀少數民族文學寫作的「瓶頸」。中國總共有五十五個少數民族，關於少數民族文學國家一直是大力扶持的，僅僅只有以阿來、霍達、葉梅、張承志、烏熱爾圖、紮西達娃與丹增等少數作家脫穎而出，這是不合理的。但

圖為阿來筆下阿壩藏族地區的民風民俗，令人神往。

是他們始終未能如阿來一樣進入暢銷書排行榜或是在影響力與漢族作家相抗衡——雖然他們的寫作水平與文字張力早已遠超許多同時代的漢族作家。拙以為，這所反映的原因有兩個——這也是制約新世紀少數民族文學發展的「瓶頸」。

其一，「少數民族作家」仍然受著寫作身份的制約，對於「漢語文學」的規律性並沒有獲得很好的把握，或者說，對於漢語受眾的審美接受心理並未能很好地掌握。作品過於「身份的自我化」是少數民族作家在當下創作的瓶頸之一。創作一個文本時，其接受對象實際上是廣大漢語受眾，甚至英語、法語受眾，而不只是自己的少數「族裔受眾」。文本中語言盡可能地通俗化，在描寫各類神秘符號、宗教儀式與意識形態時儘量通俗化、簡單化是少數民族作家們應該去實踐的文學工作，而對於受眾們普遍青睞的情節則應該予以精心結構，這當是少數民族文學在新世紀應該突破的第一個瓶頸。

突破這個「瓶頸」的方式有很多，拙以為，近年來西方盛行的「後殖民」的寫作模式對於我們當下少數民族文學創作，是有著啟迪性意義的。即作家們勇於做一個「對話者」，試圖以自己的筆觸與自身所處的大語境進行對話，所產生的文本，並非是自己內心中的自我流露，而是作為一個文學文本，放置在所處文化衝突之下的精神產物——即少數民族作家的視域不應再單純地從「自我」出發，而是將「自我」與「他者」進行文化比較，完成一次文化衝突、思想激變下的文學書寫。

摩洛哥作家塔哈爾‧本‧傑倫（Tahar Ben Jelloun）曾有如是論斷——他於 1987 年出版的《神聖的夜晚》，該書用法語而非本國

語言進行文學創作。就此，他解釋說：「我無法用阿拉伯語寫書。我雖然掌握這門語言，但不能借助它搭建起一座形象傳遞的橋樑。我對法語的使用方式也和通常的法國作家不同。我筆下的法語是一種『阿拉伯』化的法語，富有東方風情。」[24]

「言說」在這裏變成了一個有趣的工具。可以這樣說，作家自身的文化背景構成了結構主義文本中的「言語」，而「漢語書寫」則成為了整個語境中的「語言」。當以「語言」為現象去探求「言語」與「語境」的本質時，所產生的文學意義，遠遠超過了單純以「言語」向「語言」過渡時文本所帶來的審美效能。

其二則是對於「文學」自身的認同性。可以這樣說，相當多的少數民族作家作品仍然是在依靠政府贊助、基金會補貼出版的，實際上這並不利於「族裔文化」的傳播與保留。作為一種原本就不為大多數人所知的「族裔文化」，若是再被更為不為人所知的外在體系、結構所包裹，那麼這種文化的存在意義也就只限於自我的內部傳播。這樣反覆傳播，導致的結果就是「族裔文化」與作為載體的文本相互依存，最後仍然不得不「原地踏步」。

當然，這個「瓶頸」需要評論家──尤其是主流評論家與作家們共同努力，才能突破的。憑心而論，評論家中精通後殖民主義、族裔文化的並不在少數，但是他們卻未能很好、很認真地將目光聚焦在我國少數民族作家作品之上，而是盲目地將研究視域投向到拉美、印度、非洲等國的「族裔文學」。受到主流評論家青睞的少數民族作家也就僅只有阿來、張承志、葉梅、霍達等少數幾位。

---

[24] Tahar Ben Jelloun, *Narrative, Fiction and Language*, Yale University Press. 1988.

如果說六十年前，瑪拉沁夫先生向中國作協上書，要求政府扶持少數民族文學事業是從「文學史」的角度來聲明少數民族文學事業的話，那麼時隔六十年的今年，「少數民族文學」亟需突破的「瓶頸」則應從「文學評論」與「市場關注」的角度來強調少數民族文學參與的重要性。當然，事關少數民族文學研究、評論的學術期刊、專家學者與出版社在這六十年裏仍有著令人矚目的發展，但是與漢族作家的受重視程度相比，這個發展仍然緩慢了些。須知文學評論、文學理論研究的滯後，對於一種具體文學範式的發展是非常不利的。

阿來的《塵埃落定》之所以受到評論家們的關注，除了文本自身獨有的影響力之外，作為作品本身的「文學」認同性，對於市場的切合性，仍然是不可忽視的。少數民族作家一方面需要評論家們的「把脈」，自身仍需要「調理」，只有這樣內外因同時起作用，才能有力地突破這個屬於大家共同的「瓶頸」。

綜上所述，少數民族文學作為「文學」的一種，文學當作為其內容與邏輯內涵而存在，而「少數民族」則是其存在形式與結構而已。那麼少數民族文學的最大意義則反應為文學的少數民族的如何在「文學」這層語境中進行表達與敘事。對於文學的認同，實際上是對於文學性——即文學傳播關係在新語境下的一種全新認同與全面審視。

這是新世紀以來少數民族文學創作呈現高峰時，也暴露出的兩個制約其迅速發展的瓶頸——一枝獨秀的阿來更是暴露出了其他作家所存在的症候與問題，可以這樣說，新世紀的少數民族文學，遇到了之前從未遇到過的機遇與挑戰。

　　當然，無可否認的是阿來確實憑藉《塵埃落定》弘揚了不為人所知的藏族文化。少數民族文學在二十一世紀全球化、現代化的時代能夠如此大放異彩，這也是之前老一輩少數民族文學家、理論家們沒有想到的，無疑，這是少數民族文學在新時期文學中取得的巨大勝利。

　　從 2000 年至 2002 年這三年裏，中國大陸的文學實際上延續著兩條道路在持續發展，一條是世界性的廣度拓展──從全球化語境下的民族文學（內容）到網際網路上的文學傳播（形式），無疑透露出了新世紀文學所展示出來的新意。文學作為大眾媒介的重要內涵，開始在內容為王的時代，不斷地嘗試著與世界接軌。

　　而另一條道路則是現代性的深度變革。無論是文化散文的文體形式變革，還是對於魯迅及其同時代作家的重新定位與評價──這無疑都透露了一個重要的資訊，即文學作為一種體制開始呈現出前所未有的變革。

　　2002 年之後，中國文學的多元化進程加劇，這既標誌著中國文學在新世紀以來所呈現的多樣化維度，亦從宏觀上預示了新世紀中國文學走向──多元化、現代化與全球化。這是一個總的趨勢，關於這個趨勢的一些微觀徵兆──譬如低齡化寫作、底層敘事以及暢銷時代的來臨──這一切將在後文予以更加詳細地敘述。

第五章
2004～2008 年：
大眾媒介下文學的「現代性」危機

文學在大眾媒介的「擠壓」下產生了「變型」，這是當代文化生產所呈現的巨大問題。當代文學不是神話，大眾媒介下的當代文學更不是神話。

——保羅・弗蘭克（Paul Frank，2004 年）

文學不由自主地納入了大眾文化的發展軌道，這種時代的文學，必然通過媒介而發生作用，文學的創作行為和閱讀行為共同受制於大眾傳媒。

——李紅秀（2006 年）

對大眾文化的研究要突破以前的純文學視角，突破以前主流的、單一的視角去研究它，將之當作文化現象，從文化視角去研究它。而且大眾文化形式多樣，要言說它，首先只有你自己先熟悉它，才能研究，熟悉它才能對話。

——饒芃子（2006 年）

　　進入到 2003 年以後，中國大陸的文學創作呈現出了前所未有的熱潮，這種熱潮主要體現在小說的出版數量上。2004 年 5 月下旬，國家新聞出版署公佈了《2003 年全國新聞出版業基本情況》，稱全年全國共出版圖書 190,391 種，文學作品約為 10 萬餘種，創歷史新高。

　　從這些作品的質量上看並沒有令人驚訝的成就。相反，曾經一度搶佔暢銷書風頭的戲劇學者余秋雨在 2003 年卻一反常態地保持了安靜，取而代之的是上海大學學生郭敬明與上海青年韓寒。這兩個二十世紀八十年代出生的年輕人憑藉自己的作品在全國的圖書市場上掀起一陣陣狂瀾巨浪。

　　寫作低齡化趨勢是 2003 年之後中國文學的一個重要走向，與此同時，事關農民工、農村、失業工人、貧困勞動者等底層人民的文學作品也在 2003 年之後不斷湧現。一個是年輕人憑藉青春激情所書寫的風花雪月與城市生活，一個則是中年作家憑藉社會責任感與寫作功力而描述的底層圖景，兩者在 2003 年後的中國文學界並行不悖地前行著。

　　兩者看似存在矛盾──的確，一個是理想的都市敘事，一個是現實的底層經驗，這應當是兩條平行線，或者說兩者同時存在於一個文學體系裏本身就是一個悖論。而且兩者在 2003 年以後都呈現出暢銷的局面，並且這個局面一直持續了相當長的一段時間，這不得不說是一個頗為奇異的現象。

　　之所以本章的前兩章是談及低齡化寫作的「青春文學」與底層敘事的「現實一種」，是因為意圖通過兩種看似不同的文本來解讀兩者實質相同的文學文本存在著相同的載體──大眾媒介。

在大眾媒介這層面紗下任何文學文本都是「被遮蓋」的，唯有將這層面紗取掉文學文本才能被「去蔽」，因為在大眾媒介的語境下，一切的文學都是「故事」（fabula）。按照巴赫金的觀點，「故事」的前提是「情節」（syuzhet），然後故事再具體為文本，最後成為書籍——這是大眾傳媒之下的「文學」形成。

但是真實的文學並非是如此，雅各森認為，文學的文學性恰恰不在於「故事」而是「敘事」（narrative）——即不在於「講什麼」而是在於「怎麼講」，「敘事」的前提不是「情節」，而是一種被稱作「敘事單元」的個體存在[1]。其目的在於交代文學文本中每一點描寫、敘述、抒情的推進——即一種文本內部結構中的細胞個體。但是在敘事之後，仍然被具體為文本，最後變成書籍，一道放到市場上銷售。

這就是緣何兩種看似內涵相悖的作品卻能同時暢銷的根本原因——「紙質出版物」作為大眾媒介的一種遮蓋了文學文本（雅文學）與媒介文本（俗文學或非文學）的區別。

德國當代哲學家阿爾弗萊德‧韋伯（Alfred Weber）認為，現代化危機最大的一層徵兆就是文明（civilization）壓倒文化（culture），人類被現代工業與自我的經濟秩序（譬如重商主義、晚期資本主義）所桎梏，最後自我不自覺地被異化了——這裏所謂的文明是人類製造出來的，而文化則是天然的[2]。

在當代，文學作品中同樣存在「為了敘事而敘事」與「為了故事而敘事」的兩種結構形式。前者以一種純文學的姿態去結構敘事，並試圖將自己的敘事交付給讀者們來解讀，從而構成以文本為

---

[1] 哈蘭德：《從柏拉圖到巴特的文學理論》，外語教學與研究出版社，2005年。
[2] 曹衛東：《文化與文明》，廣西師範大學出版社，2006年。

媒介的對話；而後者則是以一種大眾媒介的形態去「碼字兒」，文本中充滿著意識形態、重商主義的痕跡（譬如說死去的是壞人而活著的總是英雄，再比如說為了吸引眼球而刻意出現性描寫甚至部分作品中公然變相出現某產品的廣告等等），但是令人不可思議的是，後者往往比前者更暢銷。

這就是文學中「現代性」的危機。哈貝馬斯曾在《現代性的哲學話語》中如是解構出版商業化的「文學公共領域」──其中三分之二的重要組成包括「文化市場」與「具備狹隘內心」的「小資產階級知識份子」，他們構成了「文本／受眾」的對立二元關係。誠然，文學呈現出了商品的交換價值時，自然也就有了可以出於利益的探討性──這是文學呈現出「現代性」危機的另一層徵兆。在 2003 年之後，中國的文學界同樣也呈現出了這樣的景觀──文學市場化直接催生的批評功利化。

當然，從上個世紀末勃興的「讀圖時代」到本世紀頭幾年的「暢銷時代」，所反映遠遠不只是文學的「現代性」危機，當然也包括當代文學自身在發展過程中所存在的種種桎梏及其核心問題──當大眾傳媒既成事實的時候，我們如何能夠找回文學在當代應屬於的價值與尊嚴？

第一節　閻連科、劉慶邦、陳應松與「底層敘事」

從 2003 年之後的中國當代文學創作來看小說仍是創作的主潮。

　　對於某些中國作家來說 2003 年註定是一個不平凡的年份，尤其是曾經未成體系或一直未被注視的「底層敘事」的作家作品，在 2003 年這一年裏取得了豐碩的成果，其中代表作家閻連科、劉慶邦與陳應松就是其中的佼佼者。

　　2003 年 2 月 15 日，大陸紀錄片導演李楊的電影處女作《盲井》一舉在柏林電影節上獲得「藝術貢獻金熊獎」，這是中國電影人首次在柏林電影節上獲此殊榮。這部電影讓中國的娛樂界認識了一個叫王寶強的青年演員，之後他在電影《天下無賊》與電視劇《士兵突擊》中所展現的出色演技讓他在影視表演界頗有知名度，但是評論界所關注的則是這部電影所關注的內涵——影片首次將在地下工作的「礦工」作為敘事對象。

　　電影《盲井》的腳本源自於作家劉慶邦的中篇小說《神木》，這篇小說發表於北京作協的官方刊物《十月》2000 年第 3 期，但是一直未能引起應有的文壇震動，直至 2002 年這部小說才榮獲了北京作協授予的「老舍文學獎」，當然，這也是引起導演李楊關注的原因之一。

　　《神木》可以說是當代文壇少有的「底層文本」，這部小說憑藉其無與倫比的現實主義精神與慘烈真實的底層生活敘事，為當代中國文壇勾勒出了一副以「人道」與「人性」

電影《盲景》劇照。

為主題的速寫。小說中有兩個不斷變換姓名的主人公，他們表面

的工作是四處招聘閒散人員——但本質的職業是將招來的陌生農民工騙入煤窯——他們稱被騙者為「點子」，然後在礦井中將被騙者用鐵鋤掄死並製造出一場「事故」的假像，繼而再冒充死者親屬向煤窯主索要撫恤金。當他們將一個元姓農民工如法處死之後，之後尋找到的下一個目標竟偶然地碰到了元某的兒子。其中一個殺手在此次行兇時良心發現，為阻止命案發生被迫將另一個殺手殺死，但隨後自己也陷入罪孽的懺悔之中，在深不見底的礦井裏自殺。

小說充滿衝突，亦在細節與情節上層層推進。從敘事的層面看，兩個殺手自身的矛盾構成了這部小說的主要衝突——即人性與獸性的「肉搏」。劉慶邦在敘事的過程中用超然冷靜甚至有幾分冷峻的語氣，這更是尤為難得的。小說家不參與小說敘事這實際上已經是非常可貴的一種敘事姿態。

在小說中劉慶邦揭露了「私了」這樣一個帶有中國傳統文化意識形態的「非法」行為，這也是兩個殺手賴以為生的一個法寶。「煤礦安全」是 2003 年公眾視野中的一個重要名詞，因為在 2003 年 8 月 11 日至 8 月 18 日的 8 天時間裏，山西省境內連續發生了三起特大瓦斯爆炸事故，造成了 97 人死亡、1 人失蹤的嚴重後果。通觀 2003 年 1 月至 11 月份，全國煤礦事故死亡人數已經達到 5,000 人，其中一次死亡 10 人以上的特大事故就有 45 起。從此開始，「煤礦安全」構成了我國工業生產安全體系的一個重要的核心問題。至於此後山西省長頻繁更替更是與煤礦安全息息相關[3]。

---

[3]　如上資料來源於人民網、網易等媒體，系官方統計資料。

　　身為中國煤礦作家協會主席的劉慶邦本身就有長時間的礦工工作經歷，對於這種題材自然也不會陌生。尤其是在新時期以來，隨著美國對於中東地區的戰爭頻繁導致世界原油價格的上漲，國內煤炭又重新作為主要能源而獲得了廣泛地開採與應用。作為利潤較高的勞動粗放型重工業，其安全係數亦成為了一個社會普遍較關心的大問題。

　　在《神木》中，劉慶邦一針見血地以各種描寫指出了兩個殺手之所以能夠從事這個行當的根本原因。

> 窯主說：「死兩個人算什麼！吃飯就要拉屎，開礦就要死人，怕死就別到窯上來！」
>
> 唐朝陽連連點頭稱是。他確實很贊成窯主的觀點，心裏說：「你狗日的說得真對，老子就是來給你送死人的，你等著吧！」
>
> 宋金明補充說：「按說死兩個人是不算什麼，可是，死人的事不知怎麼走漏了消息，上面的人坐著小包車到那個礦上一看，馬上宣佈停產整頓。」
>
> 窯主不愛聽這個，他的手揮了一下，說：「整頓個蛋，再整頓也擋不住死人！」[4]

「死兩個人算什麼」、「開礦就要死人」、「再整頓也擋不住死人」這些毫無人性的話從「窯主」嘴裏說出確實令人不寒而慄。「老子就

4　劉慶邦：〈神木〉，《十月》，2000 年第 3 期。

是來給你送死人的」則抓住了「窯主」的心理——從生命到利潤既是「窯主」的利益觀,也是兩個殺手賺錢的不二法則。

「煤礦」是劉慶邦創作的主要素材。作為「底層」代表的煤炭工人,劉慶邦用他獨特的敘述視角與語言張力進行描述。當然,此時的煤炭工人與計劃經濟時代的煤炭工人還有著本質區別——現在的礦工是一種自由且無法保證安全的廉價勞動力,而煤礦也變成了一種幾乎私有的利潤工具——勞資關係微妙而又危險。

當然,煤炭工人多半是外來農民工,因為其本身並不需要太高的技術與知識,任何身體健康、智力正常的人,稍微「試工」幾天就可以上手。《神木》中的殺手與被害者均來自於農村,屬於進城自由出賣勞動力的農民工。從這點看,劉慶邦所敘述的,實際上是一種來自於「底層」但不存在於「底層」的「生活體驗」,即當底層生活進入到「他者」的生活環境時所產生的一種文化矛盾與意識形態的衝突。正如劉慶邦自己所說,「我深入生活主要是兩個領域,一是農村,二是煤礦。」從「農村」到「煤礦」於是就成為了劉慶邦的一種敘事姿態。

2003 年 6 月,上海作協的官方刊物《收穫》發表了河南作家閻連科的長篇小說《受活》,這部被譽為「中國的百年孤獨」的長篇小說,剛一發表就引起了中國文壇的極大反響。這部小說一改之前鄉村敘事的經驗與策略,將故事的發生確定在一個作家杜撰的鄉村中——這個名叫受活莊的村莊全是殘疾人,且將正常人當作異類進行排斥——這個村莊鮮為人知、遺世獨立地存在。該莊的上級領導柳縣長卻鬼迷心竅、異想天開地想從俄羅斯購買列寧的遺體並將其安置在本縣,形成當地的旅遊景點——在將這個荒誕無聊的鬧劇

所實施的過程中，受活莊意外地被柳縣長發現了，柳縣長政績心一下子又膨脹起來，索性帶領殘疾村民組成所謂的「絕術團」（即殘疾人馬戲團），進行全國巡演。小說的結局則是令人唏噓的，柳縣長的「赴俄代表團」在北京被扣留，他本人良心發現，衝到馬路上自殘雙腿，決定與受活莊的村民們一起了此餘生。

　　這是一部荒誕、殘酷的小說。拙以為，這部小說所指代的，遠非「政績」這樣一個簡單的問題，而是有著其更為深刻的思想根源。這個根源乃是源於這部小說的另一個文本內的敘事者「茅枝」。她是受活莊最資深的村民之一，除了她的年齡之外，她還是一個掉隊的紅軍女戰士——無論是年齡還是資歷都是令人敬佩的。她曾經在建國後領著村民「入社」，但是當發現合作社無益於村民生活質量提高時她又主動要求「退社」，重新帶領村民過上「世外桃源」的生活。

　　如果說茅枝之前的「折騰」是一種「現代化」的過程，那麼柳縣長在後來的一系列折騰——購買列寧遺體、組建演出團等等，則是一種「後現代」。前者的宏大語境是全國大辦農村合作社，快步走向社會主義，而後者的存在並不以任何的宏大語境依託，這一切宏大語境的敘事都是柳縣長自己營造出來的，而且這種營造只是鏡花水月的一廂情願。柳縣長的目標只有一個：他的照片將可以和馬恩列斯毛並列貼在牆上而成為「全世界最偉大的農民領袖，第三世界最傑出的無產階級革命家」，死後與列寧葬到一起，棺材上還得刻上四個字：「永垂不朽」[5]。

---

[5]　閻連科：〈受活〉，《收穫》，2003 年 6 月。

　　這兩重矛盾在這裏被展現出來之後就很容易發現閻連科的小說所使用的敘事法則：荒誕。針對之前所存在的底層敘事所使用的策略來說，閻連科可以說是獨闢蹊徑的嘗試。因為就大多數評論家看來，事關底層的敘事其策略應該是趨向於現實主義的批判，或是一種超然的寫實態度──所謂荒誕應該是「底層敘事」的技巧與策略應是以冷峻為主。

　　閻連科很好地從「底層」這一桎梏中跳出，回歸到文學本身的精神當中。「荒誕」構成了《受活》這部小說的主要基調。如果說劉慶邦對於「底層」的審視是一種「參與者」進行冷靜觀察的話，那麼閻連科則是以一種「旁觀者」的身份進行哈哈鏡般地放大或是變形。

　　當代著名評論家劉再復認為，《受活》中極致的荒誕，實質是「充滿奇詭地把席捲中國的非理性的、撕心裂肺的激情推到喜劇高峰」，所反映的客觀真實則是「千百萬中國現代文明人都生活在幻覺之中，生活在新舊烏托邦幻象的交織糾纏之中」。

　　與劉慶邦、閻連科不同，另一位湖北作家陳應松的角度則是將「底層敘事」投向了「人性」與「自然」這兩個永恆的主題。陳應松自己有過在神農架林區的掛職經歷，所以「神農架題材」成為了陳應松所創作的素材來源。

　　但這並不意味著陳應松的文本單純地指向神農架的深山老林或是綺麗

作家閻連科。

景色，甚至陳應松並不是一個單純以「環保」來築建文本體系的作家——從這一點上看，陳應松是明顯有別於劉慶邦的。當然，神農架亦不是陳應松筆下的「受活莊」，陳應松自己也坦誠他無法對神農架進行戲謔、諷刺或荒誕，他對於自己筆下的神農架充滿了「敬畏」。

2003 年 6 月，《上海文學》雜誌發表了陳應松的中篇小說《望糧山》，我始終認為這當是「最具陳應松創作特色」的中篇小說。這部小說所賦予的文學內涵遠遠超過了其敘事文本所提供的表層上的東西，其主題就是為了表達「鄉村」作為一個客觀存在的社會主體與「城市化」發生衝突時所呈現出的「異化」變化，這種變化既是一種妥協，也是一種對於既成結構的悖反。

在《望糧山》之後，陳應松進入了他創作的高峰期（雖然在 2002 年陳應松也有他第一篇的神農架小說《狂犬事件》），但在 2003 年之後，其代表作不斷湧現——《豹子最後的舞蹈》、《馬嘶嶺血案》、《歸來‧人瑞》、《太平狗》、《到天邊收割》、《八里荒軼事》與《火燒雲》等系列作品為日後的陳應松搭建了一個恢宏神聖的神農架文學帝國。

陳應松的作品帶有一種奇特、迥異的審美風格，這是他與劉慶邦、閻連科等作家最大的區別。其作品雖從「底層」出發，但是卻能直達人性的最深處。陳應松筆下的「鄉村經驗」並不是將自己從這層體驗中剝離出來，他自己作為一種「對話者」來嘗試與他筆下的神農架進行心靈的對話——實際上陳應松是在嘗試著與自己創造出來的語境進行寫實的對話，而自己的敘事身份（或曰敘事立場）則是「底層」這一語境的「代言者」。

　　在其後創作的小說《太平狗》中,陳應松塑造了「太平」這樣一個狗的角色,太平不離不棄,一路跟隨主人農民工程大種進城謀生,但在城市的「異化」中,動物的求生本能促使程大種與太平都出現了心理上的變化,狗喪失了淳樸的狗性,人喪失了單純的人性,人與狗的關係也變得微妙起來。最後程大種客死異鄉,太平一路流浪回家報喪,故事畫上了一個所謂的句號。

　　陳應松的小說特質在於作家(敘事者)與小說(文本)、情節(敘事對象)的三重矛盾關係的梳理。他沒有單純地將小說作為一種「敘事載體」進行簡單地對待,而是主動深入到敘事對象的內部,去探索自然、人性與客觀語境的內在邏輯,並試圖將其釐清。作為陳應松長期以來掛職並關注過的「神農架」,他自己有著非常深刻的精神體會與領悟,可以說,這是一個作家與生俱來的敏銳洞察力所導致的。

　　陳應松、劉慶邦與閻連科既代表著當下中國作家對於「底層敘事」的最高成就,亦代表著不同風格的敘事策略、敘事身份與敘事對象──礦工、農民與農民工等等。當然,「底層」的組成遠遠不止是這些組成──曾和于建嶸先生探討此問題時,他亦明確地表示,所謂「底層」這個概念,遠遠不止「農村」或我們所說的「鄉村體驗」,它還包括

作家陳應松。

失業工人、待業學生、暗娼、乞丐與城市低收入者等等處於「話語邊緣」與「經濟底層」的社會人士。

那麼，「底層敘事」之於2003年之後的中國文學界又是一個什麼樣的意義與概念呢？

「底層」這一概念被東西方文論界廣泛使用，實際上是後殖民主義發生以後，西方文論家斯皮瓦克（Spivak）在其代表論文《屬下能說話嗎？》（Can Subaltern Speak?）所提出的一個概念，這個概念最早的英文單詞是subaltern，在這篇著名的文章中她強調了屬下「不能說話」的特徵。也就是說，屬下一詞用來指所有不能言說自己、失去自身主體性的人群。汪暉、陳永國等理論家將其譯為「屬下」實際上與這裏所說的「底層」是一個意思。

但是若是追根溯源，「subaltern」一詞卻源自於本書第一章所提到的義大利哲學家葛蘭西，他在《獄中雜記》中論述階級鬥爭時，迫於政治壓力用「屬下」這個辭彙來代替馬克思的「無產階級」這個概念。它可以與「屬下的（subordinate）」或者「工具的（instrumental）」進行互換，以用來指那些從屬的、缺少自主性的、「沒有權力的人群和階級」。這一概念主要針對義大利南部的農民，他們缺乏組織，沒有作為一個群體的社會、政治意識，因此在文化上依附、順從於統治階級的觀念、文化和領導權。日後的西方理論家於是就沿用了葛蘭西的觀點，所以說，這裏的「底層」一說實際上是馬克思「無產階級」概念在各種新形勢下的變體[6]。

---

[6]　陳永國：《理論的逃逸》，北京大學出版社，2007年。

　　與「無產階級」不同的是，這裏的「底層」實際上是一個後殖民主義的概念，而無產階級則是一個殖民主義之前的概念。「底層」更強調的是文化、話語的邊緣化而非只是經濟、政治權利的旁落。他們很容易呈現出一種趨同──對城市文化的嚮往，自願形成城市文化的擁躉，譬如說農民工進城（《太平狗》）、鄉村城市化（《受活》），甚至不惜用危險、生命來促使自己完成這樣的意識形態的變化（《神木》）。

　　文學作為意識形態之上的另一層意識形態，本身富有其他上層建築所不具備的人文情懷與「人性」（或本雅明所說的「靈光」）。而「底層敘事」實際上所暴露的是一層「現代性」危機，當底層被迫走向中層或是更高的上層時，自身的「文化結構」會因為衝突而發生破壞，於是便造就出各種各樣的意識形態衝突，最後才落實為利益、身體的衝突。「現代性」的危機對於底層來說，本質就是一種對於既存秩序的顛覆。

　　2003 年以後，「底層敘事」成為了國內文學研究、文化研究的主要領域之一，更成為了眾多作家所青睞的敘事對象，包括青年作家鄭小瓊、塞壬等等。但是「底層敘事」自身所存在的問題仍然與其對於文學界的影響是共生的。

　　首先是「敘事對象」的問題──可以說之前的「底層敘事」為當代中國的文學打開了一扇窗，這也是日漸寬容的文學環境與多元化的社會環境有關的。但是作家對於底層多半是在陳述自己的「底層經驗」，或是抱著一塊自己擅長的領域緊緊不放。文學的意義除了經驗之外，更在於其普適性的人道主義。正如前文所述，底層的結構包括其他更多的領域，譬如暗娼、失業工人、待業學生甚至所

謂的「北漂」、「藝術民工」等等，這些都可以構成「底層敘事」的對象。但是由於作家的視域與既成意識形態，有的是不敢寫，有的是沒有接觸過而無法動筆，這就明顯約束了「底層敘事」中「底層」這個詞的概念內涵。

其次是「敘事技巧」的問題——可以這樣說，2003 年的「底層敘事」，實質上建立起來的是「底層敘事」的一個原理，而非其真正意義上的範疇。因為這裏所說的「底層」，實質上是一個寬泛寫作維度的概念。既包括小說，也包括散文、詩歌甚至報告文學——2004 年 1 月，陳桂棣、春桃合著的紀實報告文學《中國農民調查》與 2006 年朱淩的《灰村紀事：草根民主與潛規則的博弈》與《我反對——一個人大代表的參政傳奇》在全國引起較大的反響，其後鄭小瓊的詩歌、塞壬的散文都不斷在「底層敘事」這個敘事體系中湧現。

但是從整個較大的格局上來看，「底層敘事」仍然存在著一個較大的悖論，即「文學性」的問題。「底層敘事」所強調的究竟是「底層」還是「敘事」？是為「底層」而敘事承擔文學的「載道」作用還是「敘事」為先，目的則是將「底層」作為服務於「敘事」的內涵？這些矛盾的提出，其所針對的本質就是對於底層敘事中「敘事技巧」的體認與審理。

任何一種文學題材都不應該是「內容」為先的。恰恰應在於是「內容」服務於「形式」。「底層敘事」的目的則是為了製造出更好、更有時代意義的文學作品，而不是在於「載道」——傳統中國文論強調「文以載道」的作用，但是這將會因為既成的意識形態與政治功利性導致「文本」逐漸遠離「文學性」的本質。

最後則是「敘事者」的問題——如何構建之後中國底層敘事的「作家梯隊」？這將是制約這個敘事體系的最大問題。在 2003 年之後，青春、奇幻、武俠成為了中國青年作家創作的主潮，如何傳承這樣一種「前無古人」的敘事從而防止它「後無來者」？

總的來說，要成為「底層敘事」的優秀作家，必須要有一個先決條件，就是「底層經驗」。無論是礦工出身的劉慶邦，還是在神農架掛職多年的陳應松，以及在南方做了多年打工妹的鄭小瓊、塞壬，他們都有著其他傳統意義作家不具備的人生體驗——在一個出版高度商業化的當下，對於已經成名或是有潛力「速成名」的作家來說，用大量的時間去完成「底層經驗」，並不是一件容易的事情。

那麼，今後優秀的中國作家、華語作家果真會從現在這批青春作家中脫穎而出嗎？

第二節　「青春文學」的出現與沉寂

2003 年對於中國文壇來說註定是不平靜的一年。這一年中國大陸暢銷書排行榜被一部名為《幻城》的奇幻長篇小說獨佔鰲頭。這部小說的作者既師出無名，也毫無資歷，只是上海大學一個名叫郭敬明的本科生。

郭敬明的出場並不是偶然現象，早在郭敬明之前三年，上海一位 18 歲的年輕作家韓寒就憑藉其長篇小說《三重門》衝擊中國文壇，可惜的是，韓寒的衝擊並未撼動中國文壇的厚重基石，反倒將

他自己重重地彈出了中國文學體制之外，成為了一名以賽車為主業，兼寫點專欄與流行小說的業餘作家。

如果再往前追溯，在韓寒之前，一位叫郁秀的深圳青年作家曾在 1995 年曾嘗試著以一己之力去衝擊中國文壇，並寫出了倍受好評的長篇小說《花季雨季》，這部小說所描寫的是 1992 年鄧小平「南巡講話」之後深圳經濟第二次飛速發展下，都市年輕學生的生活寫實。這部小說被改編成同名電影，曾在 1998 年在全國公映，反響極好。只是當時並沒有成體系的「文壇造星運動」，一本書成名的郁秀不得已離開中國，去美國攻讀學位，從此幾乎不再接觸文壇。

《幻城》的作者郭敬明也有著自己獨特的出身背景，他曾是第三屆、第四屆「新概念作文大賽」一等獎得主。這是韓寒也曾參加過並因此成名的「文壇造星運動」。主辦方是上海市作家協會與文學刊物《萌芽》，因為這個徵文大賽直接與「高校招生」掛鈎，每次都有一部分名額可以獲得高校「自主招生」權。正因為這樣的誘惑，每年能吸引大量學生前來報名。

郭敬明獲獎後，春風文藝出版社將其相中。2003 年 1 月，郭敬明的第一部長篇小說《幻城》高調亮相北京

郭敬明的時尚造型獲得了廣大青年讀者的喜愛。

書展。其後在國內出版界刮起陣陣旋風。這部內容過於華麗，情節蕪雜的小說，之所以能獲得如此多讀者的熱捧，究其本質原因而言，仍在於在市場導向下的「造星」所致。

在郭敬明之後，曾經一度原本只想憑藉「新概念大賽」獲得大學入學資格的青年寫手們因為利益、名譽等諸多原因，也紛紛進入了商業化出版。其中包括與郭敬明一起參賽的小飯、張佳瑋、霍豔、甘世佳、周嘉寧、張悅然、蔣峰等等，也包括一些非「新概念」出身的作家如春樹、韓晗、李傻傻、易術等等。他們的第一部作品或成名作多半是在 2003 年前後出版發表，而且都是 1980 年之後出生的，他們的作品遂被稱為青春文學，或曰「八〇後文學」。

從名詞的界定性上看，「八〇後」只是一個共時性而非歷時性的概念。筆者曾就青春文學做過一個定義。「所謂八〇後作家，就是出生於 80 年代，以網路為主要創作媒介，以商業利益為主要目的，作品意境與內涵以城市為背景、青春為主題的青年作者群。」

這個定義目前基本上被文學評論界以及文學史界所認可。確實，在 2003 年之後，青春文學構成了國內文壇的一個重要組成。2003 年初，春樹出版了自己的第一部小說《北京娃娃》，引起全國轟動；2003 年底，張悅然出版處女作《葵花走失於1890》，2004年，郭敬明又推出他的代表作《夢裏花落知多少》──這部書曾涉嫌抄襲被法院判罰。

2004 年構成了中國青春文學創作的一個高峰期。在郭敬明、張悅然之後，蔣峰、春樹、小飯等青年作家紛紛推出自己的作品，形成了國內非常壯觀的一道風景線，並引發評論界的一致關注。但是這樣壯觀的局面，卻仍存在著一些深層次的隱憂與問題。

　　最關鍵是文本的問題，圖書市場上所氾濫的青春文學作家作品儘管再豐富，涉及面再廣，其共同的致命缺陷仍舊十分明顯，那就是文本本身缺乏自審意識。多數文本所反映的題材近乎一致，甚至出現了抄襲、剽竊的現象。在青春文學作家的敘述文本裏面，文本語言的隱意內容（latent content）本身沒有任何的創新性與獨特性。

　　社會歷史批評鼻祖丹納說，文學是時代、社會和種族的產物。這批青春文學實際上是作為六〇年代生人的下一代而出場的。這一切皆源於目前國內程式化、體制化、模式化的教育，從而導致八〇年代生人在青春期（teen ages）與其父輩在八〇年代初所出現的心理狀況極為相似——焦灼、憂鬱、靦腆、但又睥睨天下。這種被稱為青春期綜合症的心理隱疾惟一可以宣洩的渠道就是對於文本的閱讀——從這點來看，青春文學寫作與底層敘事不同，後者是文學與人學高度結合後的產物，而前者只是市場需求與大眾文學接受的一次「對接」，或是說是與他們父輩一樣的一次精神「複製」。從這個角度看，「八〇後」實質上只是一次代際規律的「文化重疊」。[7]

　　「青春文學」作為一個熱門的文學辭彙，在中國文學評論界延續至今，熱度未衰。但是從文化現象這個角度來看，「青春文學」有著其自身的歷史分期。拙以為，青春文學的事實終點是郭敬明接手電影《無極》的小說改編權。因為這個事件實際上是一個隱喻——青春文學開始從市場倒向了大眾媒介，即徹底從文化轉向到了娛樂。並且這部電影一開始就將小說改編權放置到了眾多八〇後作家

---

[7]　韓晗：〈代際歷史、文化認同與暢銷圖書——文化類暢銷書的歷史文化分析〉，《中國圖書評論》，2006 年 8 月。

候選人當中，然後再進行遴選。當文學倒向娛樂時，它的事實大廈也就自然坍塌了。

但是青春文學真正意義上的邏輯淡出，則是 2007 年 10 月中國作家協會創聯部所舉行的一次「青年作家遴選」活動──雖然之前中國作協並未登出任何形式的「招募啟示」。但是「10 名八〇後作家加入中國作協」確實成為了當時的大新聞，包括郭敬明、張悅然、韓晗在內的等十名「八〇後作家」一次性被囊括到作協的體制內部，而且是代表中國大陸作家最高級別的中國作家協會。

這實際上是「青春文學」文學這個名詞的邏輯終點。因為就概念自身的認定而言，本身就存在著兩個層面的定義，一個是表徵，另一個則是隱喻。青春文學的表徵定義是青春寫作、城市敘事等等，代表一代青春期作者朦朧的情感述說；但是從定義的隱喻層面看，則預示著一種叛逆、反抗甚至是顛覆──這一點在韓寒的文章與態度中就表現的非常明顯。但是這種叛逆本身是青春期的產物，一種意圖進入到「成人社會」（adult society）的困惑與焦慮。

但是青春文學到了 2007 年，絕大多數作家都已經長大成人，其中最年輕的 1989 年出生的也有了 18 歲，那麼這個事關「叛逆」的隱喻層面自然也就被時間所消解掉了。尤其是郭敬明成名後，曾經一道與郭敬明一起從事文學創作的青年作家們都紛紛改弦更張，有的從事媒體，有的讀書深造或是出國留學，截至 2008 年，在八〇後作家中堅持從事文學創作並擔任省作協專業作家的，只有小飯與張悅然兩人而已。而郭敬明本人也在 2008 年底就任長江文藝出版社北京編輯中心的副主任，由文學創作踏上了文學編輯之路。

　　青春文學所代表的「八〇後」，在某種意義上是一個歷時性的辭彙，即這個群體本身是不固定的。在八〇後之後，「九〇後」迅速佔領了「八〇後」之前的位置，並且以一種更為另類、更為不苟同的狀態展示在大眾傳媒面前──這種叛逆的呈現並非是一種對於既成體制的悖反，也不是精神上的決裂，而是出於吸引大眾傳媒與公眾視野眼球的做秀與偽裝──以一種拒不妥協、特立獨行的姿態來獲取更多人的關注，從而進入到體制內的頂端──這種叛逆被媒體諷刺為「非主流」。

　　誠然，正如雷蒙・威廉斯所說，任何一種文學現象都有著其深刻的文化背景與特定的知識語境，青春文學的勃興也不例外，定然是由其獨特的歷史文化背景所決定的。對青春文學進行「去蔽」的解構式研究，遂成為拆除其巴別塔的唯一工具。

　　當資訊、科技高速發展，但世道人心卻呈現出艾略特所說的「荒原」時，那麼對於一種「真實文學」（natural literature）的訴求就成了文學審美的一個關鍵話語。這個話語自身所蘊含的文學潛質則是「純文學」。」青春文學」甫一面世時，確實因為其中單純的感情──不帶「性描寫」與成人社會爾虞我詐的青春文本不斷引發文壇、圖書市場以及讀者們的一片叫好。但可惜的是，正如前文所述，胡果・巴爾認為，在現代文學的語境中，影響文學最大的不是文學觀念本身，而是附著在文學文本之上的三重表徵性的符號──句式（sentence style）、姿態（attitude）與文本結構（text structure）。青春文學也是如此，文本隱喻的價值逐漸被「句式」、「姿態」所替換掉。

「我是一個在感到寂寞的時候就會仰望天空的小孩，望著那個大太陽，望著那個大月亮，望到脖子酸痛，望到眼中噙滿淚水。這是真的，好孩子不說假話。而我筆下的那些東西，那些看上去像是開放在水中的幻覺一樣的東西，它們也是真的。」[8]這是郭敬明最為代表性的語言，在郭敬明之後，無數後來寫作者對這種風格的語言爭相效仿到了趨之若鶩的地步。用華麗的語氣充斥著自己構建的小說文本──小說已然喪失了其敘事的本性，取而代之的是它的「語言張力」，但是這種語言張力倒是與早期先鋒小說的「馬爾克斯句式」有點相似，但既然是來自於對他者的模仿，那麼這種張力也就自然而然地沒有了。

「殘破的手掌」、「開到荼靡」、「梔子花在裙角綻開」、「青春成長的哀痛」……雖然頗為華麗，初一看來確實令人耳目一新，但是從本質上所透露的，卻是一種集體無意識的「失語」與蒼白語言背後所營造出來的無力。這也是為何青春文學到了最後走向窮途末路的關鍵原因所在。

評論界、理論界對於「八〇後」文學的關注，則又是另一個奇異的現象。可以這樣說，評論界對於「青春文學」的關注超過了之前對於任何一種文學現象的關注。《人大複印資料‧中國現、當代文學卷》從 2003 年至 2008 年這五年中，對於青春文學的專題研究、比較研究論文共收錄 82 篇，這是一個非常龐大的數字。但是這些論文本身卻是將這些作家作品當作一個「文化現象」來解讀──尤其是文化研究在全國成為熱門以後，青春文學於是就成為了「文化研究」的靶心。

---

[8]　郭敬明：《愛與痛的邊緣》，東方出版中心，2002 年。

「熱門」與研究的深入程度並不是一回事。當評論界、理論界將目光聚焦到青春文學身上的時候，學者們對於他們的作家作品並沒有細緻的解讀。往往一篇文章評論數位甚至數十位作家，將他們統統劃成一個類別。這與「底層敘事」研究不同，評論家對於「底層敘事」的態度是冷靜、認真的審視，所關注的是「文本」，而對於青春文學則帶有好奇心與隨意性，所關注的則是「現象」——是「為什麼寫」而不是「寫什麼」或「怎麼寫」。

這種批評方式實際上對於文學創作並無好處。拙以為，所謂批評家的意義，當是從文本入手，進行一種冷靜、慎重的文本分析，釐清作家的敘事規律與文學精神，目的在於去瞭解作家創作的內部動因。而對於青春文學的評論、研究卻差了這麼一環。而且蜂擁而上的「文化研究」，對於評論體系今後自身的發展也是極為不利的（這一點在下面一節將會詳細提到）。

青春文學日漸退出文學舞臺，是在 2007 年之後的事情。奇幻、武俠、神怪等敘事文本逐漸登上全國各大暢銷書的排行榜。包括歷史探秘、文化重寫等「解構歷史」的文本，輕而易舉地擊潰了青春文學所搭建起來的文學帝國。但是值得注意的是，在青春文學作家中，小飯的中短篇小說、張悅然的長篇小說等等仍然是按照純文學的路子來走的，並一直嘗試著擺脫商業化出版的束縛。正因為此，青春文學在 2008 年以後，才有可能按照文學的發展規律，以其他的形式延續下去。

那麼，青春文學的「文學史」意義與「當代性」價值又在何處呢？

首先，作為一部完整的文學史來看，中國當代文學史有著其自身的規律性與特性。簡而言之，作為當代文學史中的主要組成的一

系列元素，本身有著一個共同的烙印──當代性。拙以為，所謂當代性，是與哈貝馬斯所說的「現代性」截然不同的一個概念。現代性強調公共性、理性與啟蒙精神，而當代性則恰巧將這三重本身嚴肅的精神定義予以了徹底的解構與消解。從結構主義的角度來看，現代性為社會提供了一種「語言」，而社會中所存在的零散「言語」與語言呈一種對比關係（譬如保守主義、自由主義與啟蒙主義的碰撞），而「當代性」更突顯的是一種類似於後現代的精神，即文化本身呈現出碎片化、多元化、無序化的「三化」傾向。作為當代文學史中的「當代性」而言，反映到文學之上便是文學本身的「三化」──而這又是與晚期資本主義之後所表現出的文化特徵相一致的。

「青春文學」作為當代文學的一個組成，尤其是當下所呈現出的一道文學景觀，我們無法用透視的歷史眼光去觀照審視，但是我們可以將其「歷史化」。「青春文學」的實質，實際上是之前一代文學「朦朧詩」、「傷痕文學」的代際重寫。在文學消費走向市場化的當下，所遇到相重合的文學現象是不足為奇的。但是，這又不等於兩者存在著相同的文學意義。青春文學明顯比前者存在著更為明顯、成熟的商業性、功利性與目的性。

在某種程度上說，青春文學正因為其文學文本的不成熟型，反而在文學生產與商業消費上在當代文學史上獨樹一幟，並為後來者提供了一種可資借鑒的範本。這當是青春文學的重要之處。而且尤其值得重視的是，青春文學在某種程度上影響到了當代文學的格局與規制──文學期刊、出版社甚至作家協會都不斷為這股新的勢力妥協、讓步。從長遠的角度來看，這種讓步無論是對於作家還是體制，都是非常好的趨勢。

　　其次，文學自身的規律性決定了青年人將會是文學的主潮。青春文學作為青年作者、讀者為主的文學思潮，本身強調了文學規律的重要性。長期以來，我們固守的文學觀念認為，純文學的參與者不應是年輕人，而是有「文學資歷」的參與者。這將在本質上決定了文學觀念的滯後性與文學格局的落後性。

　　青少年作家能夠先登暢銷書排行榜，然後再「佔領」各類文學獎、主流文學期刊與評論家們的視野，最後再進入中國作家協會這樣的權威機構。這在中國大陸文壇是「五十年未遇」的。文壇唯一一次為青少年作家們「破格提拔」乃是在上個世紀五十年代初，一批作家如劉紹棠、瑪拉沁夫、王蒙等都在那時以弱冠之年加入中國作協，並成為當代中國文壇的主流中堅人物的。

　　中國當代文學的格局與最大問題就是文學體制的問題，這也是困擾當代中國作家並讓評論家置喙最多的病症。長期以來，計劃性質的文學生產、文學創作與作家協會的「專業作家」制度與逐漸導致文本與受眾在傳播上的脫離性。諸多問題逐漸呈現在當代中國文學界的面前：囤積書過多、作品嚴重脫離生活、評論家「擊鼓傳花」、文學刊物舉步維艱等等，這些嚴重影響到中國當代文學新

1956 年，20 歲的劉紹棠成為中國作協最年輕的會員，一時成為中國青年人心中的文學偶像。

格局建立的問題已經成為步履桎梏的時候，青春文學這種文學現象作為一種「破冰」的工具，能夠有效且有效地為當代中國文壇提供必要的新鮮血液。

　　青春文學對於中國當代文學史的「文學史」意義與「當代性」價值並非只是體現在當下。當然，在若干年之後的未來中國文壇，是否有一種新的規範確立？或是既成的規範呈現出「失範」的傾向，以及抑或將現有的文學秩序與格局規範徹底顛覆？這些都是未知，但是已知的是，任何既存的「在場性」秩序都是當代性的，在全球化與現代性的語境下，都會呈現出「歷史性」的推進，這是歷史的必然所決定的。

第三節　文學的市場化與批評的功利化

　　之所以本章的標題命名為「現代性」危機，最關鍵一點在於文學的現代性直接催生了文學的危機——這一點與其他上層建築無異，當「現代性」作為一種意識形態滲透到文學自身當中時卻產生了之前未有過的「危機」——因為文學的「現代性」便是在接受關係上的功利化與市場化。

　　在 2003 年之後，國家相繼制訂了一系列關於出版的規章制度，其中影響最大的就是 2003 年 9 月 1 日國家新聞出版總署的《出版物市場管理規定》（如下簡稱《規定》）。這個規定取代了 1999 年國家新聞出版總署頒佈的《出版物市場管理暫行規定》。在這規定頒佈之前的 2002 年，國家相繼制訂了《出版管理條例》、《網際網路出版管理暫行規定》。除此之外，國家外經貿部、新聞出版總署還在 2003 年聯合發佈了《外商投資圖書、報紙、期刊分銷企業

管理辦法》（如下簡稱《辦法》），2003 年以來影響中國圖書出版業最重要的兩部法規。

　　之所以這樣論斷，之所以本章從「文化政策與出版法規」入手，乃是有著如下三點考慮。

　　首先是對於「法律」這個現代性名詞的解讀。可以這樣說，我們國家一直不斷地在完善各項立法工作，其中包括對人民代表權力的擴大、對於信訪制度的完善以及對於各種法律法規頒佈前的聽證會制度，這些都構成了自 1978 年以來大陸完善社會主義法制體系的努力。但是仔細看來，對於新聞出版這一部分的立法一直不甚完善，究其本質原因來說，大陸的新聞出版都屬於意識形態領域——這一塊一直都被稱之為「宣傳工作」，主要是由黨委下屬的宣傳部直接管理，而這又是與行政體系相游離的另一層制度。

　　新聞出版步入全面立法階段其重要意義當然不只是在於將「宣傳工作」與「文藝接受」兩者有機地結合到了一起，更是對於新聞出版有了法律法規上的約束。這個約束的目的是為意識形態的傳播設立一層底線——但是 2003 年相繼頒佈的兩部法規都在某個程度上側重於「市場化」（或產業化）這個問題。

　　這就引出了其次的問題——出版的「產業化」問題。通觀 2003 年頒佈的兩部法規，一部針對的是「國內市場」的管理與制約，一部則是如何去面對「國外資本」的問題。可以這樣說，這兩部法律法規形成了 2003 年以後中國官方對於中國出版業的兩個「現代性」改革，而這個改革又是以「世界性」視野為背景的。

　　第三個問題則是對「文學生產」（或曰「知識生產」）的審理。在出版體系進入到產業化當中之後，那麼重商主義將會是面臨到的

第一個問題。從出版體系的宏觀上看,寫作者(作家)本人便是這個「生產」的第一環,只有寫作者提供好的稿件才能具備價值與使用價值,從而作為商品進入到「交換領域」與資本發生聯繫。這個從「知識」到「商品」再到「資本」的過程我們稱之為流通。但是資本在市場中並非是定向流動,而是呈現出一種多元化、多方向的流動趨勢──這個流動會促使意識形態的解域化四處流動,即德勒茲所論述的「遊牧思想」。

在這樣一個成體系的生產模式中,作家所扮演的角色則由之前的「宣傳幹部」、「文學藝術工作者」變成了與其他企業工人別無二致的「生產者」。所謂生產者最大的問題便是直面消費者(受眾),而非直面自己的內心──正如工廠裏的工人並不是雕塑家,可以隨心所欲地完成工藝品的雕塑,而是按照工廠的要求與模具樣式製造出一模一樣的商品,並且是在質檢員的監督下大批量生產。在這樣一個條件下,相同的產品很可能是不同的工人製造出來的──文學藝術一旦進入到機械複製時代也就等於是被資本異化掉其本應該有的獨創性──即本雅明所說的「靈光」。

這是國家為何在 2003 年以來不斷推行出版產業化的原因所在──全

大量圖書紮堆出版,知識成為了適應市場需求的商品之一。

國各地組建出版集團、鼓勵民營資本與外資進入到中國大陸的出版
體系當中。雖然貝塔斯曼在上個世紀末就進入到中國圖書市場當
中，但是由於當時法律法規不健全，以及觀念陳舊，迫使貝塔斯曼
不斷在國內圖書市場中「突圍」，最後竟不了了之。

　　但是到了 2003 年，國內圖書市場相對已經發育健全，文學的
市場化已經相對較為完善，每年圖書出版的總量也比前一年有著巨
大的攀升幅度。但是與之相對卻呈現出之前沒有的各種問題，當然
其中有一部分是因為急功近利的重商主義導致的──文學的惡俗
化、跟風化、目地化，兼之偽書的蔓延，甚至抄襲。

　　文學市場化成為了 2003 年之後中國文壇最大的問題之一。文學
的繁榮並非是意識形態的繁榮而是市場的繁榮──作家開始關注創
作之外的東西，出版社開始逐漸在北京、上海等地設立各種「編輯中
心」，文化中心的「中心化」逐漸被商業中心的「中心化」所取代。

　　文學市場化的種種，反映到具體的文學界的現象，就是國內「作
家體制」開始呈現出了「霧中突圍」的訴求，即對「作協養活作家」
的專業作家制度進行改革。之前，作協、出版社都是隸屬於宣傳部
之下的辦事機構，宣傳部按照每年宣傳工作通過作協向作家派「任
務」，然後這些「任務」又統一地由宣傳部管轄的出版社出版、新
華書店銷售。知識生產變成了「從命令到資訊」的內循環，這種內
循環最大的問題是作家出的書沒有人看，新華書店與各地書店的倉
庫中出現大量的囤積書──截至 2003 年，全國圖書總庫積壓碼洋
達到 297.5 億元，這個數字是相當驚人的。

　　這就是「作家體制」中「受眾」缺乏的問題。之前的「內循環」
模式，最大的問題便是忽視了「受眾」在知識傳播中的重要作用。

但是就各種作家而言，當他們遭遇前所未有的「文化市場化」時，他們就開始展現出各種各樣的姿態。

當傳統作家面對「文學市場化」的時候首先擺出的姿態是一種迎合，當然，這與長時間作家的經濟待遇不高有著必然的聯繫。部分作家有過出國的經歷，對於國外作家的產業化早有期待，待到國內出版界、文學界開始走向產業化的時候，他們終於獲得了蓄勢待發的機會。

其中老資格的傳統作家面向產業化時所做出的反應是以一種「文化符號」的形式去與這個時代對話，他們會將自己的人生經驗與重大歷史事件的獨特經歷作為文學作品的針對者，從而獲得更多受眾的肯定與熱捧。

如王蒙出版了自傳《半生多事》、《大塊文章》、《王蒙自述：我的人生哲學》等；張賢亮在辦西部影視城之餘出版了收有《女人內褲的哲學》、《西部生意隨想》等篇章的散文集，編輯出版了《張賢亮近作》；叢維熙在足球、音樂、飲酒中出版了《叢維熙自述》、《走向混沌》三部曲等紀實文學，他們憑藉自己資深的文化成就、其他作家難以匹敵的文壇影響與創作資歷，文本開始由之前的「創作」轉向到了「自我性」的回憶錄與精神總結。

但中青年作家對於產業化的到來卻主動走向了「合謀」──實際上這正是產業化的目的所在。其實在之前的二十世紀八十、九十年代，王朔、莫言、蘇童等作家已經開始嘗試這樣一種「文學」與「娛樂」的大眾傳媒聯姻。其中，海岩、王海鴒與劉震雲等作家的結合度，堪稱是當代文學產業化一道精彩的風景線。

海岩原名侶海岩，是八十年代末崛起的新生代青年作家。曾經在九十年代初熱播的電視劇《便衣警察》便是海岩的成名作，可惜當時王朔原創、鄭曉龍執導的電視劇《渴望》影響力太大，風頭蓋過了《便衣警察》。在此之後，海岩便一邊從文，一邊從商，現在的海岩是北京昆侖飯店的總經理，也是一名獨立的影視劇製作人。

作家海岩。

2003 年以後，海岩憑藉電視劇《玉觀音》再次叫座國內編劇界，同時也引起文壇的一陣好評。這部以都市年輕人情感生活為主要背景的電視劇一經播出反響巨大。隨之另一位作家王海鴒也推出了同名小說的電視劇《牽手》與《中國式離婚》，這兩部情感電視劇各有千秋，但是卻以一種超寫實的手段在技術上將當代中國人的情感現狀與生活困境細緻、微妙地表達出來。這幾部以「現代人」情感為描寫主線的文學作品一開始都是以「電視劇」的形態出現的，待到電視劇引起爭議、轟動之後小說隨之推出，娛樂焦點很自然地就轉變成了文學熱點。

2004 年，導演馮小剛相中了作家劉震雲的小說《手機》，這部以「手機」為主題但在本質上卻揭露現代人在科學技術面前的「本我化」與「後現代化」荒謬之處的敘事文本改變成電影后一度反響巨大。劉震雲在此之後以獨立製作人的身份與馮小剛曾合作多次。2007 年底，劉震雲自己投資、製作的長篇小說《我叫劉躍進》交

付人民文學出版社出版，出版以後又製作成數字電影，雖然反響平平，但是劉震雲所走出的一小步卻是中國作家「自我地」邁向「文學市場化」的一大步。

「八〇後」文學的市場化是新世紀尤其是 2003 年之後一道奇特的文學景觀。截止至今，「八〇後」作家作品中僅有郭敬明的長篇小說《夢裏花落知多少》被投資方拍成一部影響平淡的電視劇之外，其餘的作家作品均未能有被改編的經歷。「八〇後」作家利用自己的「偶像化」趨勢，雖越過文本但卻未抵達到「大眾傳媒」的彼岸，而

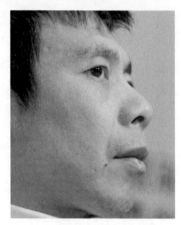

導演馮小剛。

是進入到以「造星」為主的流行文化當中，形成了以作家本人為核心，以文本為次的「光暈現象」。

可以這樣說，在 2007 年之後，「八〇後」文學的集體坍塌與沉寂，很大程度就在於對於文學市場化的認識不清。「文學市場化」並非是「作家教主化」，也不是「利益為先化」，而是作家利用自己的「敘事」優勢與大眾傳媒的「傳播」特質構成一種兩元性質的傳播樞紐。而資訊、資源均是從這個樞紐中通過，作家與大眾傳媒均分既得利益──而非「作家明星化」之後，作家進入到大眾傳媒的內部，然後與大眾傳媒共同製造出各種現象、事件。正如文藝理論家錢中文所說，作家是靠作品說話的，沒有作品的作家是失職的，就不應該在文學史上有任何地位。

　　通觀如上三種「文學市場化」的形式，作家雖各有千秋，但是評論家卻未能在這樣一種競爭中擺正心態，而是主動地參與到「娛樂至死」的活動當中。在整個過程中，評論家的作用並非是指出整個文化現象或是文化活動中的不當之處，或是對文學現象、現存文本進行從文學精神到敘事結構的審理，而是以「學者」的身份，參與到「泛娛樂化」的文學活動當中，目的在於讓這種活動更加地「文學化」——或者說，「評論家」在整個活動中所扮演的角色是「身份命名」，因為文學市場化的結果就是文學將會呈現出「現代性」危機，這是無可避免的。

　　功利化的文學批評成為了當代中國文學批評的一道奇特景觀。正如學者丁帆所說，文學批評有兩種，一種是問題性的，即就文學現象與文學文本提出問題與質疑，從而促使文學走向正規的軌道；另一種是總結性的，即對之前的文學狀況進行系統的審理與總結，目的在於釐清文學發展規律，對之後的文學發展軌跡進行學理性的展望。但是就當前的文學批評來看，「功利化」構成了文學批評最大的問題。在「文學市場化」這層語境下文學批評所存在的問題有如下三點。

　　第一個就是「捧殺批評」——這類批評往往以書評或序、跋的形式出現，評論家以學術權威的身份出場，對於某作家、某作品進行非常自我的讚美——作家作品往往是新人新作。大多數情況下，這種讚美並非是源自於作家對於文本的審理與觀照，而是依據私人交情、個人情緒或直接利益所決定。這樣的批評可以說是在國內由來已久，但是在文學市場化之後，這類批評層出不窮，已經成為了危害當前文學發展的桎梏之一。

　　另一種批評則是「現象批評」——這種批評往往針對的是業已成名的作家作品。評論家既懶得讀文本，又想在變成潮流的「文化現象」中撈一杯羹。在這類情況下，一部分評論家開始關注的是作家本人的私生活、作家創作時的一些訪談以及評論家對於作家自己主觀判斷——這類判斷並非是基於評論家對於文本的解讀或是對於作家的歷史性考量。在文學商業化的年代，當評論家遇上作家以後評論往往會「失範」——這便是是「現象批評」所呈現的問題。

　　最後一種批評則是當代中國文學批評的「泛學術化」。正如別林斯基所說，文學批評的前提當是「不虛偽、不做作」，喬治·布萊在《批評意識》中亦認同批評的第一個前提是「針對文本的整體性提出客觀理性的分析」[9]。但是隨著上個世紀八十年代末西方文論尤其是後現代文論的引入，中國當代文學批評呈現出了前所未有的奇幻景觀——批評家開始借鑒各種理論並將其付諸實踐，但是這些批評並不能被大多數人——甚至包括其他文藝理論研究者所解讀。批評不但脫離文本，更是游離於受眾之外，形成一種獨特的「偽學院派」批評。

　　當作家脫離文學思維，且同時批評不能解讀文本（或者不為文本所解讀）時，作家、文本與批評家三者之間就會呈現出「三者相互獨立」的景象。這是「文學市場化」在文學創作與文學批評中所呈現出的表徵危機。但是，從更深層次的文學本質來看——這一切當是由另一種接受關係決定的，即從讀圖時代到暢銷時代的「雙軸位移」。

---

[9]　喬治·布萊，《批評意識》，百花文藝出版社，2002 年。

第四節　從讀圖時代到暢銷時代

　　從讀圖時代到暢銷時代，究其本質而言，則是文學中「經典」的變化，即從「直觀審美」向「群選經典」的變遷。在 2003 年之後，中國當代文學界發生最大的趨勢性變化是對於「暢銷」的熱捧——暢銷書排行榜上的頭名於是也成為了這個時代被大眾所關注的時代「經典」，只是這個經典不是由文本自身所制約的，而是被大眾傳媒下大眾對於「經典」的「群選」所決定的。

　　自 2003 年以後，「（文學類暢銷書）排行榜」成為了中國文壇備受關注的名詞。但是通過對 2003 年至 2008 年的「排行榜」解讀，我們會很容易地發現兩個獨特的文學現象，一個是之前的傳統作家鮮有進入排行榜的排名，或者說能夠長期地雄踞排行榜的前茅，進入排行榜的作家多半是「青春作家」或「網路寫手」。另一個問題則是體裁上的單一化，上榜作品基本上以小說、回憶錄這類「敘事文學」為主，包括之前以寫散文名震文壇的余秋雨在 2003 年後也推出一部冠名為「記憶文學」的小說體作品《借我一生》，散文、詩歌等純文學作品在 2003 年之後幾乎沒有「上榜」的可能。

　　這就是「讀圖時代」向「暢銷時代」過渡的兩個重要規律。所謂「讀圖時代」，實際上是上個世紀末至本世紀初作家與大眾傳媒「聯合」的審美現象。文學文本不再以單獨的文本呈現，而是配合電視劇、電影甚至畫冊等圖片形式直接作用到讀者的審美層，這與當代中國文學的尷尬處境不無關係。德國美學家漢斯‧白廷（Hans Belting）主張，人類在對於某種資訊接受的時候，圖像的作用要比文字直觀的多也快的多。在注重效率與利益的時代，文學的審美作

用被剝奪了，娛樂性被強調了──如何在短時間內促使受眾獲得更多的資訊，則是擺在作家與大眾媒介面前的問題──強調「內容為王」是讀圖時代的最大問題，由是觀之，這便是「讀圖時代」的理論發端[10]。「讀圖時代」對於中國當代文學界一直存在著較大的影響並持續至今。

「暢銷時代」是本著就「讀圖時代」所闡發出的一個新概念，亦可稱其為「後讀圖時代」，這是「讀圖時代」在日益深化的文學市場化下，文學的深層次危機所反應的更是重商主義下的利潤驅使。作家對於自己的文本不再具備絕對的主導權，出版業亦不再以文學標準作為唯一的標準，兩者都必須要徹底地面對市場，能夠擁有圖書購買權的受眾成為了決定圖書一切指標的主要標準之一。當「經典」面臨群選時，文本當會以一種商品的姿態對資本妥協。尤其在 2006 年之後，政府逐漸准許民營資本進入出版體系當中後，資本對於文學本身的影響尤為深刻。

從「讀圖時代」到「暢銷時代」大致分為兩個階段，一個是2003 年至 2007 年的「娛樂時代」，在這個時代中，暢銷書的作者永遠是明星般的作家，作家在這裏被「娛樂化」了──這裏的作家既包括郭敬明、張悅然等偶像派作家，亦涵蓋了易中天、于丹等依靠大眾媒介走紅的學者，他們都是將自我偶像化、娛樂化的典型。在將自己娛樂化的同時，文本在這裏也呈現出了敘事層面的危機──即文本既不能「指涉文學」，亦不能為作家自身「代言」的尷尬，文本成為了大眾傳媒的產物被各種出版公司、宣傳機構隨意包裝。

---

[10] 廣暉：〈圖像的危機及其挑戰者──白廷圖像學的意義〉，《社會科學》，2002 年 9 月。

譬如郭敬明出版的《最小說》雜誌，他只是掛名主編而已，而易中天的各類「講壇」著作不同版本有五六種之多——作家在這裏只是一個署名的符號，文本失去了自己應有的意義成為了娛樂時代的衍生物。

在 2007 年之後，另一批作家聲名鵲起，即一批以奇幻、神怪敘事為主的「另類作家」，他們通常以筆名在網路上寫作，較少去參與大眾媒體的活動。部分作家既不提供真名，更不曝光照片——當然其中不排除「炒作」嫌疑，但是就這些作家而言，他們的影響力當然不是自己的身份與象徵，而是純粹的「文本」作用。

《鬼吹燈》、《盜墓筆記》與《藏地密碼》共同構成了 2007 年、2008 年連續兩年中國當代小說界最具影響的三部著作之一。這三部著作曾在 2007 年之後屢次登上各地暢銷書排行榜，並形成一陣陣的「跟風書」潮流。實際上他們的寫作模式並不新鮮，都是採取中國古典小說的「章回敘事」配合現代歐美電視劇的「分季敘事」（seasonly narrative）法，這種敘事法既無主要情節線索，亦無主要內容。但是主人公卻相對固定，主要以主人公的冒險、遇險、探險途中的奇怪經歷為敘事對象。作家可以將內容無限延伸，既可以無限拓展時間，亦可以不斷變幻空間——畢竟時間和空間是小說中最為重要的兩個元素，在這樣的敘事中，這兩者都被作家迅速地消解掉了。

當然，值得注意的是，後者是憑藉「文本」來獲得讀者的肯定，這又比前者更接近敘事這個概念的深層次本質。雖然兩者都在暢銷書排行榜上被「群選」經典這一概念所掩蓋，但是兩者被「選」的原因卻不盡相同。

「群選」在這裏並不是「多選」，而是一種建構在大眾輿論之下的「文學化審理」。這裏的文學早已不是雅各布森所述的「文學」，亦不是瑞恰慈在《文學批評原理》中所談到的「文本範疇」，而是建立在大眾輿論中的一個隱喻，即如何以「讀物」的形式去建構當代的「文學場」問題──在這個概念中，文學概念的內涵不是被縮小了，而是被拓展了。

《盜墓筆記》封面。

「文學」這個名詞的含義在 2003 年之後發生了自我的變形。這是之前也沒有過的情況。隨著作家協會體制的變化、出版產業的改革，傳統的文學期刊也開始將目光轉向了對青少年作家、暢銷作品的關注。

2008 年 10 月 25 日，第七屆茅盾文學獎名單公佈。暢銷書作家麥家的長篇小說《暗算》一舉獲得了第七屆茅盾文學獎，這是純文學開始將「暢銷」作為衡量文學標準的代表性事件。推薦麥家獲獎的評委、北京大學陳曉明如是在授獎辭中評價《暗算》的文學價值：

> 麥家的寫作對於當代中國文壇來說，無疑具有獨特性。《暗算》講述了具有特殊稟賦的人的命運遭際，書寫了個人身處在封閉的黑暗空間裏的神奇表現。破譯密碼的故事傳奇曲折，充滿懸念和神秘感，與此同時，人的心靈世界亦得到豐富細緻地展現。麥家的小說有著奇異的想像力，構思獨特精

巧，詭異多變。他的文字有力而簡潔，仿若一種被痛楚浸滿的文字，可以引向不可知的深谷，引向無限寬廣的世界。他的書寫，能獨享一種秘密，一種幸福，一種意外之喜。

《暗算》故事情節「傳奇曲折」、「充滿懸念與神秘感」，構思也「詭異多變」，書寫能夠「獨享一種秘密」，構成了其獲得茅盾文學獎的主要原因──這與該書為何會暢銷又是一致地相似。當暢銷標準覆蓋了其文學標準時，文學自身應有的「文學性」自然也受到了旁落與忽視。

　　毋庸置疑，「當代文學」以文本形式出現時，遭遇到了「暢銷時代」這一特定的文化語境，自然也會呈現出一種「變形」。這也是文學在「現代性」危機前所展現出的無力與妥協。當文本不能很好地承擔敘事價值時，文本的力量會隨之消減，並主動地與市場、資本與大眾媒介靠攏，這便是「暢銷時代」所帶給今後文學的最大問題。

電視劇《暗算》劇照。

　　在 2003 年之後的幾年中，文學批評也呈現出的新的變化與新的局面──這也是在之前沒有過的。雖然前文曾對當代中國的文學批評進行了批評與質疑，但是就批評的主流來看，仍然取得了之前

未能取得的成績，這既體現在對於西方實踐性理論譬如傳播政治經
濟學、文化研究、文學人類學、藝術心理學、後殖民主義與大眾輿
論學等前沿學科理論的掌握、應用上，亦在敘事學、文體學、現象
學、語言學等基礎性主幹學科上，取得了令西方學術界矚目的局
面。陳曉明、申丹、陳思和、王堯、趙毅衡、丁帆、王逢振、趙稀
方等學者更是在這些學科上不斷推陳出新，頻頻與國外漢學同行保
持對話，引起國內外學術界的廣泛關注，獲得了之前國內學者在一
個新領域中未能取得的新成績。

　　值得注意的是，海外漢學對於中國當代文學也由之前的「漠
視」轉向到了「注意」──這既包括宇文所安的當代詩學研究、李
歐梵的文化「現代性」研究、劉再復的「當代人學」批評、周策縱
的「五四」精神研究、張隆溪的「邏各斯」分析、王德威的當代中
國文學批評、馬悅然的「底層文學敘事」、史書美的現代都市文化
與現代主義文學比較、近藤直子的當代中國文化思潮研究以及史景
遷的基督教與當代文學關係研究等等──在這些「異域視野」的成
果中，亦包括顧彬等漢學家對於當代中國文壇過於「市場化」的尖
銳批駁──顯然，無論是什麼聲音，相對於之前的寂寞無聲來說，
這無疑是一個相當好的局面。

結　論

　　自 1978 年起，新時期文學走過了三十年的歷程，在這三十年裏，中國大陸發生了巨大的變化，文學作為現實生活中的意識形態反應，是與時代的變化相輔相成的。

　　本書始撰於 2008 年，終稿於 2009 年，從「新時期文學史」三十年到「當代文學史」六十年，新時期恰恰在中華人民共和國的年齡中，從量變到質變地佔據了主要階段──也說明了「新時期文學」在當代文學中的主導地位，這不得不說是一個值得紀念的時間點。

　　本書提到的現象，雖然在某些程度上做了較為尖刻的批評，但是並非是出於否定或是消極，而是以一種積極的、建設性的心態，就新時期文學的現狀與問題，做出自己應有的判斷。畢竟三十年作為五千年中國文學史來說，是不足為奇的三十年。甚至在某些歷史年代中，「三十年」是被人遺忘的一個短暫時間段。

　　在這本書中，我力圖以一個文學史研究者的視野，兼之以文學批評研究者的身份來進行「我觀」的還原性敘事，其中一些較為晚近的文學事件，我都作為參與者而非旁觀者的身份出場。這對這本書的成書有著最好的意義──能夠提供一手的資料，以供參照。

　　就這本書的寫作而言，我認為，大致有如下幾點問題值得有興趣或有想法的同道與之共勉。

其一，新時期文學的文學史價值問題。探討這個問題，並非能在今天解決。文學史的觀照，當以「遠觀」為解讀策略。很多文學現象、文學問題尚未定論，倉促評價，為時過早。所以一系列問題在本書這裏僅僅只是起到拋磚引玉的作用，還望日後同行研究者予以進一步的補充修正。

「當代文學」始終是一個開放的結構，並且其中不斷地被豐富、被完善，趨於一種「無定論的探討」。尤其是大眾文化、產業化與大眾傳媒進入到文學生產當中後，文學的意義越來越受到質疑與挑戰，究竟在新的環境下，文學以何種形式存在？這一問題既非當下所能說清，自是需要今後長時間的反思與總結。

其二，新時期文學的文學傳統問題。這個問題在導論中已經說得相對清楚，但是還是有一點值得補充。長期以來，國內學界對於文學史的研究方法似乎就注重兩點──文學批評與歷史歸納，而往往最重要的文學理論與歷史研究法的「對接」卻處於被忽視的境地。文學史的發展，與歷史的發展具備著一致性的。

我主張，歷史的發展是曲折前進的，或者說，處於螺旋狀態的上升。否定、肯定與再否定構成了推進歷史前行的邏輯動力。文學傳統中人的精神，亦一直是「遮蔽、去蔽再遮蔽」的一系列過程。如何上升到歷史研究的高度來審理新時期文學史的文學傳統？在這裏很有必要予以探討。

當然，這本書仍有不完備的地方。譬如說對於海外、港澳臺華語寫作對新時期文學的影響提及尚少。高行健的小說、陳之藩的散文、董橋的隨筆、賴聲川的戲劇──這些都是可圈可點的華語經典──對於新時期文學的影響亦是非常重大，自然也該作為文學

史的觀照對象被納入進來，但本書著重考慮的是新時期三十年大陸的文學變遷，故本書只是一部類似於「史稿」的簡史──上述內容待到本書日後修訂完善時，將重新納入筆者的考量範疇。

　　毛錐暫擱，意猶未盡，本書俟已完稿，亟待諸方家賜教。

當代文學史的新路子

夏高奇[1]

　　大概三年多前，我到訪香港中文大學（CUHK），遇到幾位從中國大陸過去交流的大學生，他們向我談起了大陸當代文學的研究狀況，我很驚訝。說實話，我不是研究中國當代文學的專家，甚至對於中國文學，也沒有什麼了解。1977 年我從斯坦福大學獲得中國經濟史專業的博士學位之後，就一直關註中國歷史方面的東西，對於當代文學也就是偶然一看罷了。

　　我為什麼在中文大學感到驚訝呢？原因很簡單，因為這些學生們向我陳述的當代文學，都是一種非常淺顯看法，尤其是 1978 年之後的文學，他們所了解的都是比較新潮的網絡小說、流行作家，對於中國思想空前活躍的八十年代，他們幾乎一無所知，這讓我驚

---

[1] 夏高奇（S. Gaucho，1952-），英裔美籍作家、漢學家。美國斯坦福大學博士、新澤西大學訪問教授，曾任劍橋大學客座研究員（1988）、柏林大學訪問學者（1997），研究方向為中國經濟史與民國史。代表作有《中國近代史與鄉村經濟》、《憲政的誘惑：從共和到立憲》等。

訝之餘也有些失望。回到美國後，我向我的同事 Tony Cheung 提到
這個事情，八十年代的時候他正在上海交通大學讀書，他對此見怪
不怪，因為他讀中文系的時候，能夠用來閱讀，並且不令人乏味的
文學史著作，幾乎很難尋到。這個問題到了現在，仍然沒有有效的
改變。

　　無疑，這在美國是不可想像的，至今為止，對於美國文學的研
究，一直是出版社、作者都樂於去參與的工作，在歐洲對於各個國
家、區域的文學史調查研究，也是一些大學、研究所青年學生們樂
意感興趣的事情。但是文學史研究在中國似乎卻被人刻意地冷處理
了，作為一個文學大國，這當然是不應該的。

　　當代文學史的著作在中國也不是沒有，但是教科書式的說教、
意識形態統一化的篇章，是很容易讓人產生閱讀疲勞的。在一個時
代迅速發展的當下，連大學課堂都不斷地在壓縮時間，學生們無法
捧著大部頭原著進行閱讀時，如何讓他們有興趣、自覺地吸收更多
當代文學的知識，這是擺在許多文學研究專家面前的巨大任務。

　　韓晗是我在中國的年輕朋友，我們相識於一次研討會，他的積
極、好學與博聞讓我改變了對大陸青年學生們的看法，至少在這本
文學史面前，我是對他充滿敬意的。雖然我的中文並不好，但還是
在助手的幫助下，將這本厚厚的書稿閱讀完畢了。讀後的感覺就
是，這本書稿不但內容豐富，而且不難讀，所以，在這裏我熱切地
推薦這本書。

　　如果非要我這個外行人給這本書一點評語的話，那就是，這本
書不只是為中國的當代文學史研究提供了一個很好的範例，更是為
如何進行文學批評塑造了一系列行之有效的例證。因為韓晗所列舉

的這些文學現象、作家作品都是很有特色與代表性的，如何窺探社會現象之後的更多本質，這倒真全憑研究者、讀者們的眼光與視野了。

前些日子，韓晗告訴我這本書要在臺灣出版了，並邀請我為這本書寫一個後記，我不知道這本書是不是臺灣地區的第一本「新時期」文學史──大陸官方似乎很熱衷於這個稱謂，我誠懇地希望，韓晗這本書，能夠開闢當代文學史研究的一個「新時期」，不只讓大陸，讓臺灣、香港、日本、美國甚至歐洲都來關註中國的當代文學狀況，這應該是這本書的最大意義。

是為跋。

誰的新時期文學？當代文學史何為？

——兼談「當代性」諸問題

在 2005 年之後，對於「文學史」的認識又重新關注起來，這既與本世紀再掀「重寫文學史」熱潮有關，亦是受到西方文藝學、傳播學等外來學科理論的影響所致。在這樣兩重背景下，「文學」與「文學史」這兩個概念又重新獲得了被審視、認識的可能。如何認識這兩個概念各自的內涵，或者說兩者之間究竟是何種關係，構成了當下中國文論界與文學史界一個較為重要的命題。

「當代性」是筆者在本文中著重提到的一個概念，目的是輔助詮釋當下語境下文學與文學史的價值觀念、存在形式與現代性危機問題。當意圖去釐清「文學」與「文學史」作為一種文學體制個體時，兩者如何相互作用或者產生何樣的作用便構成了一個具象的反思對象——此為「文學／文學史」這個重要命題的理論延伸。由此可知，以「當代性」這個切入點，分別解讀「文學」與「文學史」的問題，則有助於對上述問題，做一個根本性的梳理與解答。

一、從「現代性」到「當代性」

「現代性」是困擾文學史的一個問題，而「當代性」則是困擾文學的一個問題。

在西方文學批評與文學史的研究過程中，「現代性」是一個發端較早的美學命題，也是一個歷時性的概念。「現代」的意義並不是為了樹立某一種批評樣式、文體風格或思想體系，而是為了釐清「現代」與古典主義、新古典主義以及浪漫主義之間的差異。美學或哲學的「現代」，實際上是將美學或哲學的原理與範疇，從語言學、心理學與敘事學中「解放」出來，重新獲得被詮釋的可能。而「當代性」則是一個共時性的概念。即本身是與歷史脫節的。與「現代性」相比，「當代性」更具備批判意識。

「當代性」對於文學史的意義則在於：文學史的書寫是後發的，即文學史的書寫過程無法超越文學史書寫者的自身局限性，而這層局限性又是與時代背景息息相關。研究者在做文學史的審理時，很容易以自己的眼光或判斷力去審視之前的觀點與個體組成，而這又是以「當代性」的視野為出發點的。

但是當代性之於文學的影響卻是巨大的。文學的意義只存在於對於「當下」反思的文本當中。因為「文學」作為一個共時性名詞時，意義只存在於此刻對於客觀現實的解讀與反映。文學史與文學最大的區別並不在於兩者之間是客觀歷史與主觀本體的關係，而是在於「文學史」所強調的是文學的時間性，而文學則強調的是文學

的文本性。無論是「現代性」還是「當代性」，都是時間概念，並不能決定文學的文本意義。從這一點看，「當代性」又似乎對於文學本身沒有太大的影響。

這雙重吊詭構成了對於「當代性」的合法性解讀——即當代文學究竟是屬於文學史還是文學批評？按照瑞恰慈的觀點來分析，文學史與文學批評最大的區別在於在審理觀念上主客觀的差異。文學史的客觀性體現在其體系上的延續性，以及作家作品的客觀存在性——這是無法替代也無法去篡改的。1988 年陳思和與王曉明所提出的「重寫文學史」，也就是意圖在「當代」的視野下去還原文學史的客觀真實，而不是以「當代性」代替文學史所不可替代的歷史性本質。

若是再回到「現代性」的探求，我們就很容易發現「現代性」實際上是與「當代性」存在著矛盾的一對關係。因為「現代性」作為一個美學專用名詞，最開始界定它的是德國美學家姚斯（Hans Robert Jauss），他在《美學標準及對古代與現代之爭的歷史反思》一書中明確定義，「現代性」的首次使用是西元十世紀末，所指是古羅馬帝國向基督教過渡的特定歷史時期。而其後的卡林內斯庫、湯因比等學者，都對「現代性」有著全面的定義，直至 1980 年，美國學者哈貝馬斯在《論現代性》一文中為「現代性」提供了一個非常全面的定義：所謂「現代性」，乃是「人的現代觀」——它隨著信念的不同而發生了變化。此信念由科學促成，它相信知識無限進步、社會和改良無限發展。

由是觀之，「現代性」的意義實際上是一個歷史性的名詞。而「現代」與「當代」則構成了中國文學史學科建制的兩個分野。「現

代」實指 1917 年新文化運動之後的中國現代文學，但是這個分期截止點則是 1949 年的第一屆文代會召開，較之之前或之後的「文學史」而言，這是一段封閉的時間段——中國古代文學史的源頭尚不可考，而當代文學史又沒有終點。從上個世紀八十年代中期錢理群等提出「二十世紀中國文學史」到 1988 年發軔的「重寫文學史」思潮，直至本世紀初陳曉明、張頤武等人提出的從「文學研究」到「文化研究」的範式轉向。這些都展示出了當代文學的「無終點性」——並且還存在著多元的研究範式。但是就現代文學的研究而言，「現代性」幾乎快變成了一個倍加關注且具備現實性意義的問題。「現代性」既意味著從傳統的方法論意義中掙脫出來，走向現代意義的研究方式與學科建制，當然，這亦意味著「現代性」代表著具備時代意義的文學價值與啟蒙精神。誠然，之前「現代性」的意義雖是一個歷史名詞，但是在文學研究層面上卻存在著新的研究空間。

從「現代性」到「當代性」表面上是一字之差，但是在文學與文學史的研究體系中卻存在著兩種不同的路徑——不但方式不同，意義也不盡相同。前者強調是一種方法論意義與文學觀念，而後者則代表著一種立足點與研究語境。換言之，若將「當代文學史」作為另一種文學體制進行研究時，前文所述的問題就變得更加突出了。

二、「當代性」與「文學史」

前文所述，當代性是困擾文學的一個問題，理由在於文學的意義——文本價值、作家身份與敘事觀念都受到「當下語境」（instant context）的影響與決定。伽達默爾在就海德格爾的《存在與時間》的解讀研究時，遂提出了「在世存在」這個觀點。其後的梅洛－龐蒂更是從「當代」這個角度出發，系統地談到了「當代」與「存在」這兩個概念。

所謂文學史的「當代性」問題，自然是有別於文學的「當代」影響。文學作為作家創作的抽象性體制，「當代性」恐怕只存在於書寫的狀態與文本的隱性含義之中，而文學史的「當代性」問題除了作為「時間限定」之外，更著重於一種「話語」的建構。

「當代文學史」作為一個特殊的歷史分期，其從 1949 年第一次文代會為邏輯起點，以 1949 年 10 月 1 日中華人民共和國成立為事實起點。自上個世紀五十年代以來，關於「當代文學史」的研究與探索沒有停止過。通過對當代文學史的審理，拙以為，「當代文學史」經過了兩重體制變化，才有了目前的形式與內容。

首先是從「批評研究」向「歷史研究」的轉變。早在上個世紀五十年代，周揚、唐弢、劉綬松等學者治當代文學時，所關注的僅僅是建國以來部分作家作品的「當代價值」研究，這類研究的目的並非是將作家作品擱置在一個時間範疇內進行比較研究，而是將某個作家與作品單列出來，進行學理或意識形態的批評。

直至 1978 年之後，中國「當代文學史」已經有了近三十年的發展軌跡，並且也已經呈現出了從「革命敘事」向「人道主義」敘事轉變的趨勢與可能。這種轉變既與當時的主流意識形態觀念息息相關，也與當時文學狀況所呈現出的文化規律有著必然的聯繫。尤其進入到二十世紀八十年代以後，當代文學的價值與意義逐漸回歸到以「人學」為本位的當代語境當中。之前的「當代文學」與八十

年代的文學存在著先天而然的意識形態「斷裂」與歷史感的「碎片化」。從「批評研究」轉向到「歷史研究」當中，自然是理所應然、大勢所趨。

值得一提的是，這種「批評研究」除了共時性的文本批評之外，還存在著「革命話語」的批評。譬如劉大杰、游國恩等古典文學史專家，都將目光投向了「階級鬥爭」之上。至於唐弢、馮雪峰、劉綬松、丁茂遠等現當代文學專家更是主動將「意識形態」作為文學史觀的研究對象，建構之前並不存在的「當代文學史」學科建制。

「歷史研究」之後遂向「主體研究」呈現出了轉變的趨勢。這是以上個世紀八十年代中後期發軔的「重寫文學史」為主線，之前經歷過「人道主義與異化問題」爭論的中國批評界，對於文學史的「歷史研究」並不再報以一種好奇的審視態度，而是從文學作為一種「主體」的本體為前提，進行整體性的反思與重建。

「重寫文學史」的先聲是「重構文學」的理論訴求。當時的文學批評家如劉再復、湯學智、李歐梵等人對於現代文學理論體系、「當代文學史」的思維空間等問題進行綜合性的研究。其中，代表觀點則是劉再復在 1986 年第 1 期《文學評論》雜誌上發表的《論文學的主體性》。

這篇文章標誌著中國當代文學由「歷史研究」向「主體研究」的轉向。文中劉再復所強調的兩重主體性標誌著文學「當代性意識」的形成。兩重主體，一重是文本的接受者（讀者），一重則是文本中由作家塑造的人物，即主人公。劉再復認為，批評實踐中，通過「同化」和「順應」兩種機能，超越自身的固有意識而實現批評主

體結構的變革即實現自身的再創造，這才是「批評研究」轉向到「主體研究」的任務所在。

　　「文學是人學」這一宏大命題便是「主體研究」的理論根基，「主體研究」無疑是「人道主義與異化問題」的理論延展。但時過二十餘年之後再回頭看「主體研究」的意義與價值，我們很容易發現文學的定義在二十世紀八十年代中後期之後開始呈現出了一種「轉向」——其前提當然是文學史觀的變遷。

　　但是「主體研究」並未徹底將「當代文學史」引入「當代性」的研究範疇，相反更加地將「當代文學史」引入了一條從「文學史」向「學術史」過渡的新路，當然這與新歷史主義的「一切歷史都是當代史」理論的影響不無關係，即「當代性」並不指向當代文學，而是成為了一個立足點，目的是輻射古典文學的「當代價值」。1996年，章培恒、駱玉明合著的《中國文學史》以及 1999 年由中國社科院主編的《中華文學通史》可以看做是「人本文學史」的集大成之作，當然這也標誌著「主體研究」轉向的必然性。

三、「大眾文化」語境下的「當代文學史」

　　勞倫斯‧格羅斯伯格（Lawrence Grossberg）在《文化研究之罪》中曾提出「大眾文化」與「當代文學」的必然關係。他認為，憑藉資本、媒介與全球化，大眾文化開始逐步興起，在大眾文化的語境下，「當代文學」的書寫就變成了本雅明所說的「生產」，文學的市場化不可避免。

　　「當代文學」作為一個文學概念，其意義並不在於文學這樣一個古老的命題，而在於「當代」這個特殊的限定性語境。「當代文學」中的「當代性」旨在闡釋兩個命題。一個是當代文學的傳播方式，一個是生產形式。這兩者即意味著「當代」在傳播形式上的「大眾性」，「文學」作為傳播形式的「文化性」。

　　「文化研究」於是便成為了本世紀初以來當代文學史研究與文學研究最重要的轉型，也是上個世紀「主體研究」的精神賡續。所謂文化研究，最先肇始的是二戰之後由雷蒙‧威廉斯、斯道雷以及斯圖亞特‧霍爾等英國學者率先發起，目的則是發現「大眾文化」作為一重語境對純文學、純藝術的戕害。大眾文化作為一種重商主義下的文化形式，自然與資本、媒介以及受眾有著密不可分的聯繫。羅蘭‧巴特在《流行體系——符號學與服飾符碼》中也主張，當代文學與大眾文化都是以一種「符號」的形式呈現出來，符號學中的文學意象一旦與資本或市場經濟合謀，就形成所謂的「文化產業」，從而獲得雙重的功利性利益。

　　「當代文學」既是「文化研究」的對象，也是文化研究的基礎。大眾文化在某種程度上決定了當代文學的趨向與存在意義。「當代文學史」之前所建立的學統、道統體系也都崩潰，取而代之的是帶有公共性意識的「大眾文化」——其中既包括「讀圖時代」的文化趨勢，亦包括重商主義下的文化霸權——文學作為意識形態的一種，隨著資本的「解域化」流動而四處流動，形成「碎片化」的遊牧思想。

　　當代中國的文學實質上就暴露出了這樣一層表徵危機。羅蘭‧巴特曾一度將大眾文化與文學一攬子囊括到「神話」這個體制當

中，並且認為文學是個不受懷疑的神話學體系：它富有一種意義，屬於論述性質的；有一個能指，和形式或寫作一樣的論述；有一個所指，是文學的概念；還有一個意指作用行為，那是文學論述本身。

「能指」、「所指」與「意指」構成了文學這個體系的多重景觀。因為從形式、概念與論述本身來看，文學之所以成為文學，是因為具備文本性與敘述性。之所以當代文學會變成大眾文化的一個分支，原因乃是在於資本所主導的全球化趨勢、大眾傳媒與文化產業等多重原因所驅使。

催生「當代文學」的原動力並不是文學自身的內部機制或藝術規律，而是借助資本、媒介等其他工具，進行一種「產業」性的市場化力量。這就是「當代文學」的當代性危機。可以這樣說，資本化、全球化與重商主義顛覆了之前文學的「道統」與「學統」，從而將「當代文學史」的核心也從以往文學史的「文學規律史」下延為「資本媒介傳播史」。

「當代文學史」的書寫於是變的更加棘手起來。「當代性」將「文學」異化成了資本、媒介的工具之後，「文學史」在關於當代文學的敘述時，不再如古典文學史、近現代文學史一般嚴肅化、經典化。

當代歐美關於「後現代」文學史的書寫，也呈現出同中國「當代文學史」一樣的寫作困境。即「後現代文學」的身份認同問題。在後現代之前的現代主義、古典主義乃至古希臘、古羅馬時期，經典作品的決定，並不是如後現代時期一般，由「群選」所定義，而是由歷史範疇與美學原理所決定的。在這樣的一重語境下，「經典」作品的身份究竟為何，成為了困擾文學史作者們的大問題。

四、文學史的「重寫」與文學的「終結」

關於「文學」在當下語境中所呈現出的困境，前文已經做了較為詳細的敘述。美國學者亞瑟・丹托在《藝術的終結》一書中也多次論及藝術「終結」的緣由，即過分商業化、全球化與產業化的「生產」。

「藝術的終結」構成了本世紀前幾年最為熱門的文化話題，「文學的終結」緊隨其後。這裏的「文學」所指並非是所有文學，而是純文學、雅文學等高度具備「文學性」的文學形式。所謂「文學的終結」，所指的是純文學的風光不再，文學的標準日趨多元化、多樣化。而並非是文學本身所呈現出的各種危機。

中國進入到 1978 年之後，「現代化」的改革與「全球化」的開放成為了社會生活的主要命題。資本、媒介的權力較之之前有著前所未有的增加。文學體系由之前的「革命敘事加意識形態話語標準」的單一性轉變為多元化的敘事形式與話語標準，「大眾」的文學變成了真正意義上的「群選經典」。

文學一旦與資本融合，其自身的不可複製性、主體性也就自然而然地坍塌掉。在上個世紀，歐美、日本的文學率先進入產業化，與資本、媒介相迎合，形成了產業性的文學生產。作為作家來說，寫作必須要與市場靠攏，才能獲得出版的資助或大眾的肯定。在這樣逆向的動力下，之前文學的崇高與美自然也被消解掉了。

就當代中國大陸文學而言，文學史的「重寫」有過兩次高潮，一次是上個世紀八十年代中後期由王曉明、陳思和等學者提出的「重寫文學史」，其目的在於以一種「人道主義」或「人本文學史」的態度來重塑當代中國文學觀。即如何認識文學、認識文學史的問題。隨後復旦大學教授陳思和也獨撰了《中國當代文學史教程》一書，目的的便是在於對當代文學進行「重寫」的嘗試。

第二次高潮則呈現在 2000 年之後，進入到本世紀以來，各高校、研究所與作家協會的評論部都相繼推出了自己的「文學史」，一時間「文學史」類學術專著高達三千多種，總印數超過五百萬本。「文學史」的書寫不再是上個世紀八十年代的「如何認識文學」的問題，而變成了「如何反映文學」的問題。

這就是緣何「重寫文學史」在相隔十年之後還會老樹發新芽的原因所在。當然，新世紀之初的「文學史重寫」與上個世紀八十年代的文學史重寫有著天壤之別的差異。此刻的重寫意義不再是之前對於文學史重構的訴求，而是建立在對於文學本體重構的新要求。

由此可知，第二次關於文學史的「重寫」，究其原因乃是文學的「終結」所導致的，而這又是「當代性」所賦予當代文學史、當代文學最大的困境。尤其是 1978 年我國逐步走向全球化、資本化以來，文學本身在文體、形式與範疇上既獲得很大的進步，也暴露出了一系列前所未有的問題。

總體來說，這些問題可分為兩類，一類是文學的歸屬問題──即文學本體究竟是通過何種形式創作出來的？是源自於作家的靈感？還是源自於政府的指令？或是通過市場、媒介與資本的合謀而產生？這些都是「當代性」語境下困擾文學生成機制的諸多問題；

而另一類則是「文學史」的作用問題（或曰功能問題），即「文學史」的意義到底是「歷史敘事」、「規律總結」還是「文化研究」？以及「文學史」與「文學批評」、「文藝美學」的研究關係又是如何的問題。

五、「當代文學史」的功能與「新時期文學」的歸屬

　　首都師範大學教授陶東風曾認同，「重寫文學史」的很大原因在於曾經從事文學史研究的人，並不熟悉文學理論，尤其是文學理論的前沿問題；而從事文學理論前沿研究的學者，又不願意把精力放到文學史的研究上面，久而久之，「文學史」的書寫觀念也就越發陳舊，理論性越來越薄弱，相當多的「文學史」單行本都是歷史的流水賬，拾人牙慧的東抄西湊之作。

　　這個問題若是再深入下去，聯繫前文所述的「文學史何為」的問題來看，「文學史」意義的缺失更是尤為明顯。「文學史」不再從「文化研究」或「規律總結」中獲得必要的理論滋養，而是單純地從「歷史」這個不可敘述的文本中，得到單向度的時間延展。須知文藝理論與文學本體的關係則是息息相關的。無論是東方還是西方，一脈相承的文學批評史、文藝理論史都是由歷時性的文學本體所決定的。忽視同時代的文學理論單談文學本體是蒼白的，這實際上只能做到「以一知一」而不能「以一知十」──同樣這也是第二次「重寫文學史」的一個核心訴求。

　　「當代文學史」無疑與當代文藝理論息息相關，誠然這與本世紀初的「重寫文學理論史」有著先天而然的理論關係，拋棄了「當代性」的文藝理論，單談當代的文學史，此類文學史縱然出版再多，仍然在學界會存在著「重寫」的呼聲，由是觀之，這不奇怪。

　　而「新時期文學」則又是「當代文學史」中一個重要的歷史階段。在「當代文學史」剛剛滿六十年，而「新時期文學」剛剛跨入第三十一個年頭時。「新時期文學」從時間上對於「當代文學史」的重新認同與建構，有著不可替代的歷史意義。

　　正如前文所述，新時期文學與當代文學一樣，存在著「歸屬」的問題，即新時期文學作為文學本體的產生，成為了困擾新時期文學史寫作者們最大的桎梏。三十年新時期文學史，存在著多種多樣的文學生產形式，表面上形成各種各樣的經典作品，但是每一部經典作品的內部生成機制都截然不同——有的是「言為心之聲」的率性之作，有的是按照作協要求、政治需要的應景文本，當然也有因為產業化、資本化的出版體制而形成的「大眾讀物」。這些作品若是以一種身份進入當代文學史的書寫體例當中，明顯是不公正的。

　　那麼，「新時期文學」的歸屬成為了一個新時期文學史書寫的重要問題，而「當代文學史」的功能，在遇到「新時期文學」這個命題時，也呈現出了前所未有的症候。姑且不說「當代文學史」一攬子劃分的科學性，單說近十年文學本體所呈現出的各種變化，也足以讓「新時期文學」這個概念帶動「當代文學史」的意義範疇，發生原理上的改變。

　　「新時期文學」在 2009 年剛佔領了「當代文學史」的時間優勢，其在影響上的決定性優勢亦早已不言自明。在這樣的雙重優勢

下，「新時期文學」可以說對於「當代文學史」有著決定性的定義，尤其是在基本原理、概念內涵上的意義更是如此。

那麼「當代文學史」究竟如何從「當代性」的囚籠中走出來，打破之前文學史寫作的「當代性」桎梏與藩籬，重新為「新時期文學」的歸屬進行學理上的審理，釐清當代文學的內在生成機制與外在發展規律，成為了當下中國文學史研究者與文學理論學者們一項共同的重要任務與歷史責任。

國家圖書館出版品預行編目

中國當代文學發展三十年：一九七八～二〇〇
八年 / 韓晗著. -- 一版. -- 臺北市：秀威資訊
科技, 2009. 09.
　　面；　公分. --（語言文學類；PG0274）
BOD 版
ISBN 978-986-221-276-9（平裝）

1.中國當代文學　2.中國文學史　3.文學評論

820.908　　　　　　　　　　　　98013642

語言文學類　PG0274

中國當代文學發展三十年
——一九七八～二〇〇八年

作　　者 / 韓　晗
主　　編 / 蔡登山
發 行 人 / 宋政坤
執行編輯 / 林泰宏
圖文排版 / 鄭維心
封面設計 / 姜春平
數位轉譯 / 徐真玉　沈裕閔
圖書銷售 / 林怡君
法律顧問 / 毛國樑　律師
出版印製 / 秀威資訊科技股份有限公司
　　　　　　臺北市內湖區瑞光路 583 巷 25 號 1 樓
　　　　　　電話：02-2657-9211　　　傳真：02-2657-9106
　　　　　　E-mail：service@showwe.com.tw
經 銷 商 / 紅螞蟻圖書有限公司
　　　　　　臺北市內湖區舊宗路二段 121 巷 28、32 號 4 樓
　　　　　　電話：02-2795-3656　　　傳真：02-2795-4100
　　　　　　http://www.e-redant.com

2009 年 9 月 BOD 一版
定價：320 元

・請尊重著作權・

讀　者　回　函　卡

感謝您購買本書，為提升服務品質，煩請填寫以下問卷，收到您的寶貴意見後，我們會仔細收藏記錄並回贈紀念品，謝謝！

1. 您購買的書名：＿＿＿＿＿＿＿＿＿＿＿＿＿＿＿＿＿

2. 您從何得知本書的消息？

　　□網路書店　□部落格　□資料庫搜尋　□書訊　□電子報　□書店

　　□平面媒體　□ 朋友推薦　□網站推薦 □其他＿＿＿＿＿＿

3. 您對本書的評價：(請填代號　1. 非常滿意 2. 滿意 3. 尚可 4. 再改進)

　　封面設計＿＿＿　版面編排＿＿＿　內容＿＿＿　文/譯筆＿＿＿　價格＿＿＿

4. 讀完書後您覺得：

　　□很有收獲　□有收獲　□收獲不多　□沒收獲

5. 您會推薦本書給朋友嗎？

　　□會　□不會，為什麼？＿＿＿＿＿＿＿＿＿＿＿＿＿＿＿

6. 其他寶貴的意見：＿＿＿＿＿＿＿＿＿＿＿＿＿＿＿＿

＿＿＿＿＿＿＿＿＿＿＿＿＿＿＿＿＿＿＿＿＿＿＿＿＿

＿＿＿＿＿＿＿＿＿＿＿＿＿＿＿＿＿＿＿＿＿＿＿＿＿

＿＿＿＿＿＿＿＿＿＿＿＿＿＿＿＿＿＿＿＿＿＿＿＿＿

讀者基本資料

姓名：＿＿＿＿＿＿＿＿＿＿　年齡：＿＿＿＿　性別：□女 □男

聯絡電話：＿＿＿＿＿＿＿＿　E-mail：＿＿＿＿＿＿＿＿＿

地址：＿＿＿＿＿＿＿＿＿＿＿＿＿＿＿＿＿＿＿＿＿＿＿

學歷：□高中(含)以下　　□高中　　□專科學校　　□大學

　　　□研究所(含)以上 □其他＿＿＿＿＿＿＿＿

職業：□製造業 □金融業 □資訊業 □軍警 □傳播業 □自由業

　　　□服務業 □公務員 □教職　□學生 □其他＿＿＿＿＿＿

To：114

台北市內湖區瑞光路 583 巷 25 號 1 樓

秀威資訊科技股份有限公司　　　收

寄件人姓名：

寄件人地址：□□□

（請沿線對摺寄回,謝謝!）

秀威與 BOD

BOD（Books On Demand）是數位出版的大趨勢，秀威資訊率先運用 POD 數位印刷設備來生產書籍，並提供作者全程數位出版服務，致使書籍產銷零庫存，知識傳承不絕版，目前已開闢以下書系：

一、BOD 學術著作—專業論述的閱讀延伸
二、BOD 個人著作—分享生命的心路歷程
三、BOD 旅遊著作—個人深度旅遊文學創作
四、BOD 大陸學者—大陸專業學者學術出版
五、POD 獨家經銷—數位產製的代發行書籍

BOD 秀威網路書店：www.showwe.com.tw
政府出版品網路書店：www.govbooks.com.tw

永不絕版的故事・自己寫・永不休止的音符・自己唱